데스마치에서 시작되는
이세계 광상곡
13

루루
루토크 왕국 출신,
아리사의 언니.

리자
주황 비늘 종족의 소녀.

아리사
루토크 왕국의 첫 왕녀.
전생의 일본인.

미아
말수가 적고 음악을 좋아하는
엘프.

나나
무표정한 호문클루스

사토
이세계를 헤매고 있는
서른 즐 프로그래머.

"바나나도 잘 챙겼어~?"

"도시락이랑 간식도
챙긴 거예요!"

타마
고양이 귀 종족의 소녀.

포치
강아지 귀 종족의 소녀.

플로어 마스터
=디어, **계층의 주인**과 **싸우러** 간다!

데스마치에서 시작되는 이세계 광상곡

13

★★★

아이나나 히로

Death Marching to the
Parallel World Rhapsody
Presented by Hiro Ainana

CONTENTS

Death Marching
to the
Parallel World
Rhapsody

대사막
009

조짐
057

왕도
075

시가8검
111

선발대회
145

미궁 중층으로
171

준비
223

구두(狗頭)의 고왕(古王)
263

『계층의 주인』토벌
플로어 마스터
313

에필로그
339

EX: 제나 부대의 여로
353

후기
388

대사막

"사토입니다. 사막이라고 했을 때 떠오르는 이미지는 아라비안 나이트입니다. 마법의 융단에 램프의 요정. 낙타로 여행을 하고 모래 폭풍이 불어 닥친 다음에 나타나는 신기루 도시…… 로망이 있어요."

"하나, 둘, 셋…… 고작해야 열 대의 거대 골렘 무리 따위가 덤비다니 나를 얕봤군."

아리사가 보라색 머리칼을 뒤로 떨치며, 에메랄드 그린의 지팡이— 세계수의 결정 가지로 만든 지팡이를 양손으로 겨누었다.

그 지팡이를 겨눈 곳, 아지랑이가 흔들리는 모래 언덕 너머에 모래 먼지를 일으키면서 다가오는 6미터급 골렘 열 대가 보였다.

"—공간소멸." 디스인티그레이트

아리사의 말보다 조금 늦게 상급 공간 마법이 발동하더니, 지팡이 끝에서 뻗어 나간 흔들림이 세로로 나란히 선 골렘과 겹쳤다.

「큐우」나 「피이」처럼 들리는 흡인음이 나면서 골렘들의 몸통 일부가 소멸했다.

—MVA.

—MWA.

—MOWA.

몸을 잃은 골렘이 단말마를 남기고 붕괴했다.

내가 「석제 구조물」과 「땅의 종자 제작」의 흙 마법으로 만든 돌 골렘이라서 모두 레벨이 30이나 되는데 연극 소품마냥 맥없이 쓰러져 버렸다.

지금의 아리사라면 도시 하나의 군대를 상대로도 무쌍을 할 수 있겠어.

"후후흥, 별 거 아니네."

에메랄드 그린의 지팡이를 가볍게 휘두른 아리사가 재는 표정으로 턱을 치켜들었다.

마법소녀처럼 귀여운 복장의 예쁜 소녀인데, 어쩐지 어느 이야기의 암살자 캐릭터 같은 유감스러움을 풍긴다.

"아리사, 굉장해~?"

"별 거 아니군, 인 거예요!"

아리사 곁으로 달려간 하얀 숏헤어에 고양이 귀 고양이 꼬리를 가진 타마와, 다갈색 보브컷에 강아지 귀 강아지 꼬리를 가진 포치가 말했다.

오늘은 미궁도시 서쪽에 있는 대사막에서 새로운 장비의 실험을 하고 있어서, 둘 다 새로운 장비인 전신 갑주 「동글이 갑옷」을 입고 있었다.

갑옷을 구성하는 합금의 비율에서 오리하르콘을 넉넉하게 늘렸기 때문에, 청은색 시험작과 달리 금색으로 번쩍이는 화려한 갑옷이 되고 말았다. 안쪽에는 충격에 강한 대괴어의 은피 섬유를 사용했다.

좀 지나치게 눈에 띄니까, 미궁도시에 돌아갈 때는 기만용 장갑을 덧댄 수수한 시험작 동글이 갑옷으로 갈아입혀야겠다.

그리고, 오늘은 근접 전투를 할 예정이 없기 때문에 시야가 좁아지는 투구도 없었다.

"아리사, 위험해."

"호헤? ─우왓."

아리사가 자신의 공격 마법 여파로 만들어낸 해일에 휩싸였다.

아무래도 공간 마법을 이용한 방벽을 전개 안했었나 보다.

나는 언제나 발동하고 있는 마법 염동력 「이력의 손」을 뻗어 아리사를 모래 속에서 구출했다.

타마와 포치 두 사람은 재빨리 도망쳐서 나나의 뒤에 숨었다.

"푸에, 입 안이 까끌까끌해…… 고마워, 주인님."

모래투성이 아리사를 옆에 내려주고, 생활마법으로 깔끔하게 씻겨주었다.

가볍게 점검해보니 아리사의 마법소녀풍 드레스 아머도 이상은 없었다. 이 드레스 아머도 금속 부분을 오리하르콘제로 변경했더니 포치랑 타마의 장비처럼 번쩍이는 화려한 금색이 되었다.

"아리사, 다친 곳은 없나요?"

붉은 머리칼을 뒤로 묶은 주황 비늘 종족의 리자가 아리사 앞에 무릎을 짚고 물었다.

주황 비늘 종족의 특징인 목, 그리고 손 부분에 있는 오렌지색 비늘과 꼬리는 갑옷에 가려서 안 보였다.

그래. 꼬리를 뒤덮는 금속 갑옷은 상당히 어려웠지. 유연성이 있는 오리하르콘 섬유와 대괴어의 은피 섬유로 짠 천을 잘 조합해서 틈을 커버하여 구현했어.

"괜찮아, 조금 방심했어."

걱정스러워 보이는 리자에게 아리사가 씨익 웃음을 지었다.

"마스터, 새로운 장비의 포트리스 기능 및 공간 마법식 부유 방패의 동작 확인을 완료했다고 보고합니다."

고등학생쯤의 인간족으로 보이는 호문클루스 나나가 무표정하고 담담하게 말했다.

새로운 장비를 이용한 방어 장벽이 해일을 완벽하게 막아준 덕분에, 나나의 긴 금발은 전혀 흐트러지지 않았다.

그녀의 새로운 장비에 도입한 포트리스 기능은 「구역의 주인」^{에리어 마스터} 같은 초대형 마물의 돌격을 받아내기 위해 설계했다.

공간 마법인 「차원 말뚝」^{디멘젼 파일}이나 「격리벽」^{데라시네이터}의 이론을 응용한 덕분에 높이 10미터, 폭 15미터의 투명한 방어 장벽을 전개하여 사용자의 근력에 의지하지 않고 커다란 질량을 받아낼 수 있다.

단, 전개한 뒤에 이동할 수가 없으니 사용하는 타이밍이나 상황 등을 가린다.

상기한 성질과 방어 장벽의 강도를 높이기 위해서 겹쳐둔 라인이 돌담처럼 보이는 것에서 연상하여, 포트리스— 성채방어라고 이름 붙였다.

본래 거점 방어용으로 쓰는 코스트 높은 마법회로니까, 구형 장비인 엄브렐라와 마찬가지로 마력로나 성수석 기관을 이용한 마력 공급이 필요하다.

"주인님. 접이식 엄브렐라도 문제없어요."

전방에 양산처럼 방어 장벽을 펼친 루루가 보고했다.

스트레이트의 긴 흑발이 햇빛을 받아 윤기를 띠며, 루루의 초절적인 미모를 돋보이게 했다.

그 아름다움은 금색 베이스의 장엄한 무장 메이드복에도 지지 않는다.

"전개속도나 성수석 회로의 접속도 문제없구나. 접이식 기구는 어때?"

"네, 문제없어요."

양산의 연장선상에 펼쳐진 투명한 방어 장벽이 접히면서, 양산으로 빨려 들어가 사라졌다.

응, 메이드한테 양산은 잘 어울리지.

아리사와 미아도 가지고 싶어하니 나중에 여럿 만들어야겠어.

"사토."

미아가 옆에서 끌어안았다.

내려다보자, 트윈테일로 묶은 청록색 머리칼 사이에서 엘프의 특징인 조금 뾰족한 귀가 엿보인다.

미아의 장비도 아리사와 마찬가지로 금색 베이스지만, 장식 부분이 아리사의 빨간색과 대비되는 파란색이다.

"괜찮아?"

"정령 소환 실험이니?"

"응."

말이 부족한 미아의 말을 해독하여 허가했다.

미아가 새로운 정령 소환 전용의 속성 지팡이를 겨누고 정령 마법의 영창을 시작했다.

지금 쓰고 있는 것은 세계수의 가지와 결정 가지를 사용해서 만든 속성 지팡이다. 사용할 때마다 토정주(土晶珠)를 소모하긴 하지만, 마력 소비를 크게 절약할 수 있다.

"…… ■ ■ ■ ■ ■ ■ 모래 정령 창조."

미아의 주문이 완성되자, 발치의 모래가 융기되면서 「유사(流沙)의 거인」이 일어섰다.

「유사(流沙)의 거인」은 레벨이 40쯤 되지만, 물리 공격— 특히 참격이나 찌르기에 높은 내성을 가지고 있으니, 나나의 포트리스와 마찬가지로 초대형 마물과 싸울 때 방벽 역할에 적합하다.

"필요 마력 감소."

아마도, 미아는 보르에난 숲에서 행사했을 때보다도 모래 정령 창조에 필요한 마력이 줄었다고 말하는 거겠지.

"사막에서 만들어서 그럴까?"

미아의 보고에 아리사가 추론을 말했다.

"아니면, 속성 지팡이를 쓴 것도 가미돼서?"

"응, 둘 다."

"후~응, 그러면, 거물을 상대할 때 쓸 모래를 챙길까?"

"부탁해."

아리사의 제안에 미아가 고개를 끄덕였다.

"좋았어~『격납고』!"

아리사가 공간 마법인 「격납고」를 무영창으로 사용하자 사막

위에 하얀 평면이 발생했다.

이것은 자기 전용의 아공간을 만드는 마법인데, 아리사의 경우에는 민가 하나 정도의 사이즈를 만들 수 있다. 열고 닫을 때 마력이 들지만「보물 창고」스킬과 달리 물건을 넣고 빼는 데는 마력을 소비하지 않으며, 생물이나 골렘을 넣을 수도 있다.

"미아, 모래 거인한테 명령해서『격납고』에 모래 넣어줘."

"우응,『유사의 거인』."

미아가 거인의 명칭을 정정하고는, 유사의 거인에게「격납고」로 모래를 흘려 넣도록 지시했다.

나도 나중에 예비용 모래를 확보해둘까.

"그러면, 다음은 루루의 가속포를 시험해보자."

나는 모래 언덕 저 너머로 이동시킨 골렘을 가리키면서 루루에게 권했다.

저 골렘이 시험사격 목표다.

"앗, 네!"

루루가 요정 가방에서 생물적이고 거대한 검은 총— 아니, 소형포를 꺼냈다.

이건 루루가 흑룡 헤일롱에게 받은 가시를 포신으로 사용한 물건이다. 손잡이나 세세한 파츠도 흑룡 헤일롱의 비늘을 사용해서 토탈 코디네이트했다.

포신의 길이가 장창 정도로 길다 보니 보통 라이플처럼 조준할 수가 없으니까 허리춤에서 겨누고 마법으로 고정하여 쏜다.

아리사가 다섯 별 이야기의 대포 같다고 하면서, 꼭 포신을 접이식으로 만들고 싶어했지만 강도가 떨어지니 기각했다.

"탄은 보통 걸로 하자."

내가 강철제 철갑탄을 루루에게 건넸다.

루루가 무장 메이드복에서 케이블을 꺼내 가속포의 뒷부분에 있는 커넥터에 접속했다.

"마력통에 마력을 충전합니다. —『차지』."

—삐뽀.

루루의 말에 가속포에서 전자음이 응답하더니, 가속포의 뒷부분에 달린 마력통이 본체에서 튀어나와 무장 메이드복의 아공간에 설치된 성수석로에서 케이블을 경유하여 마력이 급속 충전됐다.

마력통에는 32까지 게이지가 있고, 이 게이지 수에 따라 포의 위력이 변한다.

"마력 차지는 전투하기 전에 해두는 편이 좋겠네."

"앗, 네."

마력통이 파란 빛을 뿜기 시작했다.

"가상 포신 전개—『스프레드』."

—삐삐빠.

가속포의 전방에 20미터쯤 되는 이력의 포신이 전개됐다.

루루가 스코프를 들여다보면서, 저 멀리 선 골렘에 조준을 맞췄다.

"조준 완료. 포신 고정용 차원 말뚝—『홀드』."

보이지 않는 차원 말뚝이 길고 묵직한 가속포의 포신을 공중에 고정시켰다.

가상 포신을 전개하기 전에 차원 말뚝으로 포신을 고정하는 편이 좋겠군. 나는 교류란의 메모장에 순서 변경을 기입했다.

"가속 마법진, 발동—『액셀러레이션』."

—삐잉.

마력통 게이지 3개 분량의 마력이 가속포에 충전되어, 포신을 중심으로 마법진이 3장 발생했다.

"쏩니다."

루루가 가속포의 방아쇠를 당겼다.

굉음과 함께 포신에서 쏘아낸 탄환이 빨간 잔상을 끌면서 목표에 명중하여 분쇄해버렸다.

"지금까지 쓰던 실탄총과는 위력이 상당히 다르네요."

"가속의 마법진 3장으로 아음속까지 가속할 수 있으니까."

전에 탐색자 길드에서 모집 의뢰를 냈을 때 입수한 「가속문」 마법을 응용해봤다.

가상 포신은 「가속문」을 이용한 탄환 가속에 거리가 필요한 것과, 급격한 가속으로 포신이 타버리기 때문에 쓰고 버리는 포신이 필요해져서 추가했다.

5연장 마포를 실은 부유 포대도 완성 직전이지만, 필요한 마력량과 위력을 생각해서 이 가속포를 우선했다.

"아음속이라, 기왕이면 레일건을 이길 정도가 좋은데."

"레일건은 속도가 얼마쯤 되더라?"

"마하 20쯤이라고 들은 적 있어."

상당히 무모한 말씀을 하시네.

"지금의 20배는 무리야."

나는 아리사에게 말하면서 루루의 가속포를 점검했다.

가상 포신 덕분에 포신은 살짝 따뜻한 수준, 헐겁거나 일그러진 부분도 없다.

"루루, 반동은 어떠니?"

"전혀 없어요. 전의 실탄총하고는 상당히 다르네요."

반동은 괜찮구나. ……레일건에 도전해보는 것도 재미는 있겠네.

일단은, 내가 쏴서 확인한 다음이겠지만.

"다만, 포신을 허리춤에 고정한 상태에서 쏘기 때문에 조준이 조금 어려워요. 그리고 바람의 영향을 받기 쉬운 것 같아요."

"조준은 숙제로 남겨줘. 그리고 궤도 안정은 라이플링을 하면, 되려나?"

이번에는 아음속에 이르는 가속을 실현하기 위해서 라이플링—나선모양의 홈을 새기지 않은 활공포를 골랐다.

가속과 명중률의 향상을 노린다면 가상 포신에 라이플링을 새겨야 할까?

그렇게 하면 실제 포신이 타거나 마모되는 일도 없으니까.

"그보다도, 주인님. 삐뽀삐뽀 울리는 전자음은 어떻게 안 돼?"

"듣기 쉽잖아?"

"어쩐지 기합이 빠져버린단 말야."

그런 건가?

루루에게 시선을 돌리자 조금 주저하면서 작게 고개를 끄덕였다.

"그러면, 음성을 재생할 수 없는지 시험해 볼게."

"녹음할 때 대사 감수는 아리사한테 맡겨!"

할 수 있을지도 잘 모르는데, 성질 급한 녀석이야.

만약 음성 재생이 된다면 주문영창을 하는 도구도 만들 수 있을 것 같은데.

"마스터, 새로운 이술인『자유 검』도 테스트하고 싶다고 보고합니다.

나나가 말하고, 이술로 투명한 검을 만들어냈다.

이것은 술리 마법에 있는「자유 방패」의 코드를 개변해서, 방패가 아니라 검을 만들도록 한 마법이다.

공격을 흘리거나 접근하는 잔챙이 적을 처리하는 용도니까 강적을 상대로는 도움이 안 된다. 위력은 고작해야 내가 만드는 철검 정도밖에 안되지만, 본래 방패용 코드를 가져다 쓴 거니까 생각보다 튼튼하다.

"골렘을 만들 테니까 그걸 상대해봐."

"알겠다고 고합니다."

나나의「자유 검」과 골렘의 싸움을 바라보면서 과제를 생각했다.

"수수하네."

"그리고, 투명한 검으로는 싸우기 힘들어 보입니다."

아리사와 리자가 감상을 말했다.

"보조용이니까 이 정도면 되지 않을까?"

반 자율형이니까 술자의 부담이 적지만, 움직임이 체계적이어서 검의 움직임을 읽기 쉽다는 것이 결점이다.

하지만 이 부분은 상충되는 요소니까 지금의 밸런스가 딱 좋다고 생각하거든.

"강화가 착착 진행되고 있네."

"『계층의 주인』 토벌은 꽤 힘들 것 같으니까, 가능하면 좋은 무구를 장비시켜주고 싶거든."

만족스런 기색의 아리사에게 긍정하고 동료들을 둘러보았다.

한 달 전에 처음으로 「구역의 주인」과 싸웠을 때보다 훨씬 강해졌다.

보르에난 숲에서 엘프 스승들과 재수행을 하고, 새로운 필살기나 연계 강화를 익혔다. 더욱이 나도 엘프의 기술자들에게 협력을 얻어 새로운 장비 개발을 진행했다.

자리곤 일행을 돕게 된 흐름으로 「구역의 주인」을 격파한 뒤에도 순조롭게 레벨 올리기를 진행하여, 레벨이 47까지 올라가는 동안 20개체 이상의 「구역의 주인」을 토벌했다. 내가 쓰러뜨린 것까지 포함하면 미궁 상층 구역의 과반수를 토벌해 버리고 말았다.

이제 슬슬 사냥터를 미궁 중층으로 옮겨야 할지도 모르겠군.

미궁도시의 사립 양육원이나 식사 배급도 금전적인 면 말고는 거의 다 내 손을 벗어났다. 덕분에 동료들의 육성이나 미궁 공략에 주력할 수 있었다.

탐색자가 되고자 하는 아이들의 지원도 시작은 했지만, 그쪽도 고용한 사람들에게 맡기고 있으니 내 부담은 거의 없다.

 저택과 함께 사들인 부지나 건물이 남아 있으니까 탐색자 학교의 개설도 생각하고는 있지만 그쪽은 아직 미착수다.

 학생들이 실습에 쓸 사냥터의 정비가 먼저 필요할 것 같거든.

◆

 "─이걸로 장비 확인은 끝났구나. 아리사랑 미아는 주문을 다섯 종류씩 배워야 하는데, 괜찮을까?"

 "오케이!"

 "응, 열심히 해."

 새로운 장비의 개발에 대활약한 시험작 장치는 직방체의 마법회로를 전사하는 것밖에 못하니까, 갑옷이나 무기 등 내구성이 중요한 마법 도구를 만드는 데는 적합하지 않았다.

 그래서 시험작 장치는 문자 그대로 시행착오용이고, 마지막 마무리는 종전처럼 아리사와 미아 두 사람의 마법이 필요해진다.

 "비상 신발? 이런 것도 만들었어?"

 내가 꺼낸 비상 신발을 보고 아리사의 눈이 동그래졌다.

 "아니, 이건 인양품이야. 부유 보드 테스트를 할 때 떨어지면 위험하니까 신으라고."

 이어서 서핑 보드 사이즈의 마법도구를 꺼내 비상 신발 옆에 놓았다.

부유 보드는 부유 방패와 마찬가지로 술리 마법인 「이동하는 판」의 마법을 응용한 마법 도구인데, 마력을 주입하면 공중에 떠오른다.

마력을 주입해서 공중에 띄우자 다들 흥미진진한 표정을 지었다.

"우와와~?"

"하늘도 나는 거예요?"

"아니, 허리 높이 정도까지야."

본래 술리 마법의 원리는 부유 고도와 소비 마력의 관계가 지수곡선을 그리기 때문에 그게 한계 고도였다.

비상 신발하고 달라서 제조하는데 희귀한 재료가 필요하지 않으니 주조 마검이랑 마찬가지로 양산이 가능하다.

널리 보급할지는 미정이지만, 짐의 운반이나 마차의 진동 제거 등에 응용할 수 있을 거야.

물론, 보이지 않는 곳에서 이미 사용되고 있을 것 같기도 하지만.

"재미나~?"

"타볼래?"

"네잉!"

타마를 부유 보드에 태워주자 다른 애들도 모여들었다.

"포치도 타고 싶은 거예요."

"마스터, 동승을 희망한다고 고합니다."

기왕 이렇게 된 거, 내가 보조해서 모두를 태우는 체험을 한 다음에 희망자에게 건네서 혼자 직접 타고 놀도록 했다.

나는 그동안에 다음 마법 장치를 꺼내 모래 언덕에 설치했다.

"이번엔 뭐야?"

"루루의 가속포를 만들기 전에 제작한 마법회로 확인용 시험작이야."

"이상한 형태의 문인줄 알았어."

본래 마법의 이름이 가속문이었으니까 육각형의 틀을 만들어 시험해봤거든.

"문을 향해서 돌 던져볼래?"

"우왓, 재밌다."

아리사가 던진 돌이 가속문을 넘은 순간에 급가속하며 날아갔다.

"캐터펄트 발진에 쓸 수 없을까?"

"사토 갑니다, 하는 그거?"

"그래그래, 그거!"

고전 명작 로봇 애니의 대사를 흉내 냈더니, 아리사가 바로 그거라며 몇 번이고 고개를 끄덕였다.

가볍게 도움닫기를 해서 가속문을 넘었다.

내 몸이 전방으로 쭉 끌리는 감각이 들고 단숨에 시속 60킬로미터 정도로 가속됐다.

"주인님, 아리사에게 전장에 고속으로 전개하기 위한 마법 장치가 있다고 들었습니다. 부디, 저도 실험에 협력하고 싶습니다."

성실한 리자에게 농담을 불어넣은 아리사를 보았다.

루루 뒤에서 죄송합니다 포즈를 취하고 있었다. 리자가 진심으로 받아들일 줄은 몰랐나보군.

"그러면 좀 도와줄래?"

내가 말하자 리자가 기합이 들어간 표정으로 수긍했다.

리자와 함께 실험을 시작하자 포치, 타마, 나나 순서로 참가 멤버가 늘어나고, 후위진의 세 사람도 계측 담당으로 참가하게 되었다.

"갑니~."

부유 보드를 안은 타마가 3장의 가속문을 통과해서 아음속으로 사출됐다.

한 장으로 충분한 속도를 얻을 수 있는 가속문이지만, 어느 정도까지 가능할까 실험을 해봤다. 레벨 47에 이르러 초인적인 육체를 얻은 동료들은 신체 강화를 하고서 가속문 3장까지는 괜찮다는 것을 알 수 있었다.

아무래도 맨몸으로 음속을 돌파하는 건 위험하니까 금지했다.

물론 아음속이라도 위험하니, 다들 프로텍터 대신 전신 갑옷과 투구를 장비시켰다.

부유 보드를 탄 타마가 푸악, 소리가 나면서 모래 언덕에 부딪쳐 멈추었다.

"아리사~ 몇 미~터~?"

큰 소리로 외치는 타마에게 확성기를 든 아리사가 계측기의 수치를 외쳐서 대답했다.

"잠깐만 기다려, 1109미터야."

"와~아, 신기록~?"

"그래, 축하해."

"과연 타마인 거예요. 포치도 질 수 없는 거예요!"

어깨를 빙글빙글 돌리며 기합을 넣은 포치가, 기세를 실어서 가속문에 뛰어들었다.

작게 「포후」 하는 소리가 나면서 포치가 사출됐다.

"—앗."

공중에서 밸런스가 무너진 포치가 드릴처럼 회전하면서 그대로 모래 언덕에 돌진하여 묻혀버렸다.

격돌 직전에 포치의 동글이 갑옷에 탑재된 긴급용 구형 방어 장벽이 발동했으니 다치지는 않았을 거야.

그 증거로, 포치가 모래를 헤집고서 나왔다.

"퉤퉷, 실수한 거예요."

포치가 몸을 부르르 흔들어서 모래를 떨쳐냈다.

"포치, 950미터. 노력상."

"아쉬운 거예요."

"포치, 걱정 마~?"

"다음에는 안 지는 거예요!"

포치가 척 포즈를 취하며 타마에게 재도전을 청했다.

두 사람에 이어서 리자와 나나도 날아봤지만, 둘 다 타마와 포치하고는 체중이 다르다 보니 700미터 부근에서 착지했다.

"우와~ 인 거예요~."

재사출된 포치가 또 다시 드릴처럼 회전하며 모래 언덕에 낙하했다.

엄청 즐거운 표정이었으니, 일부러 밸런스를 무너뜨려 회전 상태로 들어간 게 틀림없어.

"주인님~?"

도움닫기 포즈의 타마가 반짝거리는 눈빛으로 나를 올려다보았다.

분명히 포치가 한 것처럼 드릴 회전 비행을 해보고 싶은 거겠지.

"포치의 흉내를 내도 되지만, 회전할 때 말하면 혀를 깨무니까 주의해야 된다."

"아이아이 서~."

타마가 방긋이 웃고는 척 포즈로 기합을 나타냈다.

도움닫기를 한 타마가 가속문에 돌격하더니, 비행 중에 일부러 밸런스를 무너뜨리는 게 보였다.

어지간히도 즐거운지, 타마가 웃는 표정 그대로 푸악 모래 언덕에 격돌했다.

포치보다 각도가 얕아서 그런지, 그대로 모래를 통과하여 모래 언덕 반대쪽으로 튀어나와 땅을 데굴데굴 굴렀다.

모래를 부르르 떨쳐내고, 걱정스레 달려간 포치와 마주보더니 둘이서 웃었다.

"냐하하하하."

"아하하하하, 인 거예요."

참 즐거운 웃음소리군.

"그러면, 나도 내 작업을 해봐야지—."

스토리지에서 두루마리 2개, 「모래 조종」과 「신기루」를 꺼냈다.

전에 탐색자 길드에 수집 의뢰를 내서 모은 녀석이다.

"일단은, 알기 쉬운 『모래 조종』부터 해보자."

두루마리를 사용하자 컵 하나 분량의 모래를 자유롭게 움직일 수 있었다.

이어서 마법란에서 「모래 조종」을 사용해봤다.

꽤 넓은 범위의 모래를 움직일 수 있다.

"우왓."

"우웅."

내가 움직인 모래를 보고 아리사와 미아가 놀라서 소리를 냈다.

처음부터 이쪽을 주목하고 있던 루루는 입을 놀라움의 형태로만 만들고 버텨낸 모양이다.

"미안미안."

나는 세 사람에게 가볍게 사과하고, 모래로 벽이나 모래 조각상 같은 오브젝트를 만들어 실험을 계속했다.

모래 벽을 만들 경우 규모는 「흙벽」 주문의 절반 정도가 한계고, 모래 조각상도 그 상태를 유지하는데 정신집중이 필요했다.

모래 오브젝트가 신경 쓰였는지 다른 애들도 이쪽에 모여들었다.

"신통찮네."

"그렇네. 이런 것도 할 수 있지만 실용성은 없겠어."

모래로 만든 검을 보여주고, 채찍처럼 휘게 만들거나 도끼나 창 같은 형태로 변형시켰다.

"있잖아, 고주파 블레이드처럼은 못해?"

아리사가 재미있는 말을 꺼냈다.

시험해보니 고주파 블레이드는 무리였지만, 바깥쪽의 모래를 진동시키며 움직여서 전기톱 같은 건 가능했다.

"굉장하네. 이름하여 샌드 체인소라고 해야 할까?"

"응, 물로도."

아리사가 「모래 조종」의 기술에 이름을 붙이고, 미아가 물 마법판 워터 체인소 같은 마법을 가지고 싶다고 하기에 나중에 만든다고 약속했다.

「모래 조종」 마법은 대강 특성을 알았으니, 「신기루」 실험으로 이행했다.

"하늘에 도시~?"

"떠 있는 거예요."

"마스터, 여자애가 떨어지지 않는다고 고합니다."

아리사의 교육이 너무 효과가 있는지, 나나가 고전 명작 애니메이션의 소재를 꺼냈다.

미아가 정령 마법의 전서구를 날려 보거나, 아리사가 트럼펫 연주를 흉내 내거나, 제각각의 장면을 재현해서 놀기 시작하기에 가볍게 무시하고 실험을 계속했다.

"규모가 커지는 것 뿐인, 가?"

마법란에서 「신기루」를 실행해도 도시 영상의 질감이 올라가고 규모가 커지기만 한 것처럼 보인다.

어라? 마력 소비가 묘하게 많네.

"있지, 주인님—."

아리사가 콕콕 내 소매를 당겼다.

"—저 신기루 실체화한 거 아냐?"

"정말이네."

실체가 있는 신기루라는 존재가 모순되는 것 같긴 한데.

"잠깐 보고 올게."

나는 천구로 공중에 떠올라 신기루에 다가갔다.

진짜 신기루처럼 다가가면 멀리 도망치지도 않고 문제없이 침입했다.

『어때?』

걱정 많은 아리사가 공간 마법인 「원거리 통화」로 말을 걸었다.

"어쩐지 아라비안 나이트 같은 느낌의 건물이 많은데, 평범하게 만질 수 있고 수로에 물도 흐르는 모양이야."

맵을 열어보니 그림자 마법의 「그림자 감옥」처럼 「맵이 존재하지 않는 구역입니다」라는 표시가 떴다.

신기루 도시 상공을 천구로 샅샅이 비행을 해보니, 도시 안에 아무도 없는 걸 확인할 수 있었다.

몇 개의 가옥이나 중앙의 궁전을 확인했지만, 가구류나 일상 도구 같은 건 전혀 없었다.

로그를 보자 칭호가 몇 개 늘었다.

〉칭호 「누각(楼閣)의 주인」을 얻었다.

〉칭호 「신기루 도시의 주인」을 얻었다.

〉칭호 「환상왕」을 얻었다.
〉칭호 「이계의 주인」을 얻었다.
〉칭호 「이계의 왕」을 얻었다.

늘 있는 일이지만 묘한 칭호가 많단 말이지.

『하지만 두루마리면 중급 마법이잖아? 빛 마법이 아니라 공간 마법의 일종일까?』

아리사의 말은 지당하다.

마법란의 「신기루」를 골라서 세부 정보를 AR표시했다.

"상급―."

『뭐?』

"―이 「신기루」는 상급의 복합마법인가 봐."

게다가 빛 마법, 그림자 마법, 공간 마법 세 종류의 복합이었다.

어쩐지 마력 소비가 많더라니.

『상급? 분명히 두루마리는 중급 마법까지밖에 못 만드는 거 아니었어?』

아리사가 말한 것처럼, 상급 마법, 그것도 세 종류의 복합 두루마리를 만드는 건 내가 친하게 지내는 시멘 자작의 두루마리 공방에서는 불가능했다.

"미궁산이라서 그런가 보다."

이 「신기루」의 두루마리가 나온 사진 미궁은 이미 없는 모양이지만, 그 밖에도 두루마리가 남아있을지도 모르니까 탐색자 길드뿐 아니라 상인 길드에도 의뢰를 내서 다른 영지나 이웃나라에서도 모아보자.

"—어라?"

지금 신기루 도시 안쪽에 어린애 같은 그림자가 보였다.

한순간뿐이지만, 형체의 머리 부분에 보라색 무언가가 보여서 아리사가 공간 마법으로 찾아온 건가 싶었는데 그녀의 현재 위치는 그대로였다.

레이더나 맵에도 아무것도 안 비치고, 뭔가 잘못 봤을지도 모르겠군.

『왜 그래?』

"아니, 아무것도 아냐."

이 대사막의 더위와 눈부신 햇살이 보통이 아니니까 그런 일도 있는 법이지.

"그러면—."

그 다음에 골렘 등을 사용해서 실험을 해보니, 한 번 만든 신기루는 유지할 수 있다는 걸 알 수 있었다.

다만, 유지하는데 1분당 100포인트 가까운 마력이 필요하니까, 분당 180포인트 마력이 회복되는 내가 아니면 개인이 유지하기에는 무리겠지.

입구를 열고 닫는 건 안쪽에서도 술자밖에 못하니까, 감옥처럼 쓰는 것도 가능하겠군.

다만 신기루 안에서 밖으로는 아리사의 공간 마법으로도 탈출이 가능하니까, 마족이나 전이 능력을 가진 녀석을 봉인하는 용도로는 불가능해 보였다.

보통은 대용량 창고로 쓸지도 모르지만, 내 경우는 용량 무한의 스토리지가 있으니까.

고작해야 난민의 일시 수용이나 퇴치한 도적의 수감 말고는 타당한 사용법이 없으려나?

◆

"나비~?"

새로운 마법이나 장비의 실험을 마치고, 스토리지에서 꺼낸 소형 비공정으로 만든 그늘에서 잠깐 쉬고 있는데 타마가 새빨간 나비를 발견했다.

"사막에?"

"건너편이 비쳐 보입니다."

아리사와 리자가 고개를 갸웃거렸다.

"못 만져~?"

"아! 도망친 거예요."

타마가 붙잡으려고 했지만 손이 쓱 지나쳐 버렸다. AR표시를 보니 유령 사막나비¹라는 이름의 무해한 망령의 일종인가 보다.

지켜보고 있으니 두 마리 세 마리로 분리됐다.

타마랑 포치 둘이서 각각 유령 사막나비를 좇았다.

계속해서 도망치는 유령 사막나비를 보고 수렵 본능에 불이 붙었는지, 짐승처럼 땅바닥에 두 손을 짚은 포치가 꼬리를 흔들며 노리고 있었다.

"타앗, 인 거예요."

유령 사막나비에 뛰어든 포치가 갑자기 시야에서 사라졌다.

"—포치!"

포치가 유사(流沙)에 붙들린 모양이다.

나는 포치가 사라진 장소에 축지로 순간이동을 하여 포치를 뒤쫓아 유사에 뛰어들었다.

레이더에 포치의 광점이 비치고 있지만 「이력의 손」으로 포치를 잡기가 어려웠으니까.

—마력 갑옷.

나는 마력을 몸 표면에 둘러서 모래가 눈이나 코에 들어가지 않도록 하고, 포치를 뒤쫓으며 유사 안을 나아갔다.

모래색 어둠은 금세 걷히고 트인 장소로 나왔다.

마법란에서 술리 마법 「마등」을 발동하여 주위를 비추었다.

지금도 모래가 계속 떨어지는 공동의 바닥은 물처럼 모래가 흐르고 있으며, 그 안에서 찾고 있던 포치를 발견했다.

"포치!"

정신을 잃은 포치를 끌어안고 몸에 이상이 없는 것을 확인했다.

"뉴와~?"

뒤에서 푹 소리가 나면서 타마가 떨어졌다.

아무래도 나를 따라 타마도 유사에 뛰어든 모양이다.

나는 공간 마법 「원거리 통화」로 아리사에게 연락을 했다.

『다행이네. 리자 씨가 유사에 뛰어든다고 하기에 말리느라 힘들었거든. 그래서, 그쪽은 무사한 거지?』

"그래. 금방 돌아갈 테니까 잠깐 기다려."

『알았~어~.』

지상의 맵을 본 느낌으로는 타마 다음으로 뛰어들려는 리자를 나나가 붙들고 있었던 모양이다.

"포치~?"

"우뉴우― 타마?"

포치가 눈을 떴구나.

"아! 주인님, 인 거예요!"

포치가 벌떡 일어났다.

"아픈 곳이 있거나 힘들지는 않니?"

"포치는 괜찮은 거예요."

포치의 대답을 듣고 가슴을 쓸어 내렸다.

"그러면, 돌아갈까―."

그렇게 말을 하다가, 타마가 귀를 쫑긋 세우며 공동 안쪽을 가만히 보고 있는 걸 깨달았다.

"왜 그러니?"

"뭔가 있는 거예요?"

"어쩐지, 이상한 느낌~?"

타마가 이럴 때는 대개 뭔가 있다.

같은 방향을 바라보자, 시야에 「결계: 도시 핵/자폐 모드」라고 AR표시가 떴다.

보이지 않는 결계가 있나 보군. 맵을 확인하자, 결계 너머에 다른 맵으로 보이는 공백지대가 있었다.

"잠깐 탐색을 하러 갈까?"

"네잉~."

"네, 인 거예요."

둘을 데리고 결계 쪽으로 걸어갔다.

결계에 손을 뻗었더니 약간 공기의 벽 같은 감촉이 있었다.

지금까지 접했던 결계와 마찬가지로, 나는 간단히 통과할 수 있었다.

나는 마법란에서 「모든 맵 탐사」를 선택하여 이 공백지대의 정보를 수집했다.

넓은 방 안쪽에 숨겨진 문이 있고, 그 너머에 있는 나선계단을 내려가면 가장 아래쪽에 방이 하나 있었다.

아마도, 도시 핵의 방이겠지.

"아우치."

"구헥, 인 거예요."

뒤에서 귀여운 비명이 들렸다.

타마랑 포치가 결계 가장자리에 부딪힌 모양이다.

전에 거인의 마을을 방문했을 때 통과한 「산수의 결계벽」 같은 느낌이다.

"괜찮니?"

"난쿠루나이사~."

"이 정도는 끄떡없는 거예요."

코를 비비는 두 사람의 손을 잡아서 이끌자 평범하게 안으로 들일 수 있었다.

숨겨진 문을 열고는 타마와 포치를 데리고 나선계단을 내려갔다.

만에 하나의 경우를 생각해서, 지상에 있는 아리사 일행에게 소형 비공정으로 공중에서 대기하라고 지시했다.

"반짝반짝~."

"예쁜 장소인 거예요."

나선계단을 내려간 곳에 있는 방은 반경 50미터쯤 되는 돔 형태였다. 중앙 부분의 조금 높은 장소에 창백하게 빛나는 20면체의 수정 같은 것이 떠올라 있었다.

전에 무노 성 지하에서 본 도시 핵이랑 똑같다.

AR표시를 보니 「도시 핵: 페테리아스」였다.

도시 핵까지 이어지는 통로는 단수가 적은 완만한 계단이었고, 그 주변의 통로 말고 다른 장소는 파랗게 빛나는 돌의 수로였으나 물은 말라 있었다.

도시 핵은 천천히 깜빡이고 있었다. 빛이 상당히 약하다.

도시 핵이 떠있는 최상단까지 계단을 올라가도 도시 핵의 반응이 없었다.

무노 성에서는 그쪽에서 말을 걸었었는데— 그러고 보니 결계를 봤을 때 「결계: 도시 핵/자폐 모드」라고 AR표시가 떴었지.

"잠깐, 여기서 기다려."

"네잉!"

"네, 인 거예요."

나는 타마와 포치를 남겨두고 도시 핵 가까이 다가갔다.

거기까지 다가가도 반응이 없기에, 결심하고서 만져보기로 했다. 만약을 위해 이름은 공란으로 해둘까.

『―●●』

도시 핵을 만지자마자, 에코가 걸린 남자인지 여자인지 판단하기 어려운 목소리가 도시 핵에서 들렸다.

〉「프루 제국어」 스킬을 얻었다.

과연, 방금 그게 프루 제국의 말이었구나.

나는 스킬 포인트를 분배하여 「프루 제국어」 스킬을 유효화했다.

잠시 반응이 없었지만, 도시 핵의 빛이 조금 밝아진 타이밍에 도시 핵에서 아까 그 목소리가 들렸다.

『어서 오십시오, 상위 영역을 지배하는 왕이여. 이 땅을 위성 도시로 등록하시겠습니까?』

이 대사는 전에도 들었지.

아마도 도시 핵의 기본 탬플릿 대사인가 보다.

『등록할 생각은 없어.』

솔직하게 답하자, 도시 핵의 빛이 풀이 죽은 것처럼 약해졌다.

『왕이여. 이 땅을 평정해 주십시오.』

『어째서?』

『자폐 모드를 해제하려면 왕의 허가가 필요합니다.』

『―이미 자폐는 풀린 거 아냐?』

『자폐 모드란 지맥 네트워크에 대한 접속을 끊은 상태를 가리킵니다.』

과연, 스탠드얼론 상태를 자폐 모드라고 부르는 거구나.

『자폐한 상태면 뭐가 안 좋나?』

『지맥 네트워크에 접속하지 않은 상태에서는 원천이 닫히기 때문에 자전 주기 72에서 저장해둔 마력이 고갈됩니다. 또한 마력 고갈로 인해 도시 핵 유닛이 자괴됩니다.』

도시 핵이 약하게 깜빡였다.

프루 제국 시대 이후로 새롭게 도시 핵이 만들어졌다는 이야기는 못 들었다고 아리사가 말을 했으니, 귀중한 도시 핵을 마력 고갈로 잃으면 아깝군.

『알았어, 위성 도시로 등록하지.』

『알겠습니다―.』

내 머리 위에 빛이 모이더니, 파란 결정 형태의 왕관이 장착됐다.

더욱이 도시 핵을 통해서 이 땅의 원천이 외부 지맥과 결합된 것이 느껴졌다.

오랜 기간 방치한 탓인지 결합할 때 상당히 저항이 있었다.

꽤 신기한 감각이군.

"기운 났어~?"

"밝아진 거예요."

도시 핵의 변화를 본 타마와 포치가 기쁨의 목소리를 냈다.

말은 못 알아듣지만, 꺼질 것 같던 도시 핵을 걱정한 모양이네.

『다른 보조 관리자를 등록하시겠습니까?』

파란 빛이 가득한 도시 핵이 힘차게 깜빡이면서 물었다.

『보조 관리자라는 건 뭐지?』

도시 핵에게 자세한 설명을 요구하자, 보조 관리자라는 건 작위를 가진 귀족이라고 설명했다.

『보조 관리자에게는 무슨 특전이 있나?』

『보조 관리자에게는 단말이 부여되며, 단말 사이에서 통신 및 권한 레벨에 맞춘 도시 핵의 힘을 사용할 수 있게 됩니다.』

단말 사이의 통신?

『어느 정도 거리에서 통신할 수 있지?』

『도시 안과 그 주변입니다. 발신 측이 도시 핵 근방에 있다면 영역 안에 통신을 보낼 수 있습니다.』

별로 넓지 않군.

덤으로 공간 마법인「원거리 통화」등과 비교하면 소비 마력이 막대하다.

내 추측이지만, 술리 마법인「신호」를 쓰는 게 아닐까 싶은데.

무전기 놀이를 하는 동료들이 뇌리에 떠올랐지만, 놀이에 쓸 거라면 내가 시험작 장치로 통신용 마법 도구를 만드는 게 합리적이겠지.

시험 삼아서 타마와 포치를 보조 관리자로 지정할 수 있는지 물었더니, 노예에게는 자격이 없다며 거부했다.

『노예 계약을 강제 해제하시겠습니까?』

『가능한가?』

『가능합니다. 실행하시겠습니까?』

『아니, 관두자.』

멋대로 노예 해제를 했다간, 아인 소녀들이 「버리지 마세요!」
라면서 울먹일 테니까 확인만 해두자.

덤으로 도시 핵의 힘으로 「강제」를 해제할 수 없는지 물어봤
는데, 아쉽게도 그건 불가능하다고 즉답을 했다.

『―격리 공간고와 재접속에 성공했습니다. 내용물의 목록을
이하와 같이 표시합니다.』

도시 핵 앞에 반투명한 보드가 표시되더니, 도시 핵의 뒤에
황금색 문이 나타났다.

"뉴!"

"문이 나타난 거예요!"

"격리 공간고라는 창고라고 하네."

목록을 읽어보니, 재미있을 법한 물건이 많기에 둘을 데리고
구경하기로 했다.

"이 그림 굉장해~."

"이 목마도 멋있는 거예요."

타마가 그림 앞에서 움직이지 않기에, 포치랑 같이 보물을 검
토했다.

흘러넘치는 대량의 보석이나 금화를 비롯해서, 소량이지만
창화도 보관되어 있었다.

그 밖에도 미술품이나 공예품, 더욱이 투명 망토나 비상 목
마, 비상 신발 등의 마법 도구, 창화를 사용하는 마법 장치 등
이 들어 있었다.

유감이지만 무기나 병기 같은 건 없었다.

나무 선반에는 대량의 서적도 있었지만 대부분 사막이 되기 전의 행정 자료였고, 내가 바라는 마법서나 마법 장치의 설계도 따위는 극히 소수밖에 없었다.

『여기 있는 보물은 가져가도 될까?』

『물론입니다. 소유권은 현 영주인 왕에게 있습니다.』

　허가를 해주기에, 모두 스토리지에 수납했다.

　타마가 좋아하는 그림만 요정 가방에 넣었다.

『왕이여, 현재 상황 확인 허가를 바랍니다.』

　프루 제국 시대의 도시 핵에서 수동적인 신호 파장이 없으니, 이쪽에서 능동적인 신호를 보내고 싶다고 타진했다.

　물론 그럴 경우 잠재적인 적대자에게 발견될 가능성이 생긴다고 했다.

『다른 도시 핵도 자폐 모드인 거 아닐까?』

『그럴 가능성이 높다고 추정됩니다.』

　그러면, 위험을 범하면서 능동적인 신호를 보내도 상대에게 전해지지 않겠지.

『장소가 어디인지 알 수 있나? 알 수 있으면 내가 직접 가서 확인하고 올게.』

『왕이여, 감사합니다.』

　제공된 지도를 보니, 전부 243군데나 된다.

　내가 섬구로 직접 확인하러 간다 하더라도 전부 돌려면 시간이 걸리겠군.

　몇 백 년이나 방치되어 있었으니까, 점심 식사 먹을 정도 시간은 기다려주겠지.

◆

"도시 핵이라, 여기에 새로운 나라라도 만들 거야?"

지하에서 발견한 도시 핵과 프루 제국의 재보 이야기를 했더니, 아리사가 그렇게 말했다.

"그런 귀찮은 일은 안 해."

"에이, 시시해라."

오아시스를 만들어서 사막 횡단의 중계 지점을 만드는 것도 재미있을 것 같지만, 도시를 운영하는 귀찮은 일은 사양하고 싶다.

"그리고, 당분간 마력을 재충전하는데 전념하지 않을까?"

일단 내 마력의 90퍼센트와 마력 배터리 대신 잉여 마력을 담아둔 주조 성검 하나 분량의 마력을 도시 핵에 충전했다.

도시 핵의 저장 마력 총량은 나하고는 비교가 안 되게 많으니까 아직 풀 충전은 한참 먼 모양이지만, 천재지변 급의 재해가 일어나도 잠시 막을 수 있는 방어벽은 칠 수 있다고 도시 핵이 말했다. 이제부터는 평범하게 지맥이나 원천에서 마력을 쌓도록 할 셈이었다.

"마스터, 괜찮아 보이는 바위를 발견했다고 고합니다."

"고마워, 나나. 루루, 비공정을 그쪽으로 대줄래?"

"네, 주인님!"

100미터급의 바위가 이어지는 그늘에 소형 비공정이 착륙했다.

점심 식사를 하기에는 모래가 너무 많아서, 바위 그늘에「석제 구조물」마법으로 신사풍 도리이와 건물을 만들었다.

파르테논 신전풍으로 할까 망설였지만, 어쩐지 오늘은 신사 기분이라서 이쪽으로 했다.

조금 경계했지만, 전에 세류 백작령에서 돌 도리이 풍「부서진 전이문」을 봤을 때처럼 수수께끼 기억의 플래시백은 없었다.

"돌 도리이는 그렇다 치고, 사당까지 돌이니까 느낌이 이상하네."

"그러게."

아리사의 감상에 동의했다.

이어서, 「바람 벽」이나「공조」마법을 써서 경내와 사당의 공기를 정돈했다.

"시원해~?"

"멋지게 쾌적한 거예요."

모래 위에서 활기차게 폭주했던 타마와 포치도 사막은 더웠나 보군.

"이건 사무소야? 뒤에 툇마루까지 있네."

"그래. 목욕탕을 사당 안에 만들 수는 없으니까 그 용도로 만들었지."

아직 바깥쪽뿐이고, 안은 안 만들었다.

"내 사촌 여동생 집이 신사라서 말야. 초등학교 저학년 때까지는 거기서 자주 놀았어. 어쩐지 차분해지네."

허어, 처음 듣는 얘기군.

"툇마루에서 삶은 옥수수나 군고구마 자주 먹었어~."

정서보다도 식욕이 앞서는 게 아리사답군.

"안쪽에 일단 냉탕을 준비할 테니까 땀이랑 모래먼지 씻어내고 와."

아리사의 머리에 묻은 모래를 털어주면서 사무소 안쪽에 「석제 구조물」 마법으로 욕탕과 배수로를 만들었다. 이 마법은 너무 편리하다니까.

목욕탕이라기보다 풀장 같은 느낌이니까 큼지막한 가림막을 욕탕 주변에 세워놓았다.

"주인님도 같이 물놀이 하자."

"응, 같이."

"미안, 먼저 할 일이 있어."

아리사와 미아가 말했지만, 모래를 떨굴 거라면 욕의를 입는 건 방해되거든. 전라의 연장자 팀이랑 같이 목욕하는 건 좀 그렇단 말이다.

"에~ 기껏 쇼타의 육체를—."

"아리사."

"—이 아니라. 주인님에게 봉사할 찬스였는데."

욕망이 흘러넘치는 아리사를 미아가 타일렀다.

아쉬워하는 아리사를 가림막 너머에 있는 욕탕으로 보내고, 나는 생활마법으로 몸의 때나 모래를 떨쳐낸 뒤 지하에서 얻은 몇 가지 서적을 읽었다.

『신의 힘이란 이 얼마나 강대한 것인가—.』

그렇게 시작하는 영주의 일기에 대사막이 생긴 원인이 적혀 있었다.

『─우리들 수명이 정해진 사람의 자식이, 용신의 힘을 담은 「용염옥」을 다룰 수 있을 리가 없었다.』

보르에난에서 배운 소재 중에 「용염옥(龍炎玉)」이란 건 없었다.

내가 가진 건 「진룡주」니까, 문자를 해석해서 생각해 보면 「용염옥」이라는 건 용신의 숨결─ 브레스를 담은 구슬 같은 느낌의 아이템일까?

『모든 것이 잿더미가 되었다. 마왕의 군세도, 우리들의 군대와 도시도, 제국의 대지마저도 모든 것이 불타오르며, 지맥마저도 갈기갈기 찢어졌다. 이제, 이 땅에 사람이 살 수 있는 날은 오지 않으리라.』

거기서 일기가 끝났다.

도시 핵의 방에 백골은 없었으니까, 영주도 도시 핵을 버리고 떠난 거겠지.

─어라?

하지만 내가 자폐 모드에서 복귀시킨 도시 핵은 지맥이랑 평범하게 접속했는데?

뭐, 모르겠다─.

그것보다도 위험해 보이는 「용염옥」을 체크해두자.

일단 스토리지나 맵을 검색해봤지만 「용염옥」이라는 위험물은 발견되지 않았다.

나는 살며시 안도했다.

"주인님, 왜 그래?"

과일 우유를 한 손에 든 아리사가 터벅터벅 다가왔다.

"이 대사막이 생겼을 무렵의 이야기를 읽고 있었어."

"뭐~어야. 프루 제국의 마법서나 비술이라도 발견한 줄 알았는데……."

"마법서도 있었에. 식후에 읽어볼래?"

"물론, 읽을래!"

"읽을래."

아리사와 미아가 적극적으로 희망했다.

젖어 있는 미아의 머리를 천으로 닦아주면서 오늘 점심 식사 요청을 들었다.

"소면이 좋아! 그리고 식후 디저트로 수박 반통을 호쾌하게 먹는 거야!"

아리사가 여름방학을 맞은 어린애처럼 요청했다.

"고기~?"

"포치도 고기가 좋은 거예요."

"두 사람. 머리를 다 말린 다음에 가세요."

흠뻑 젖은 채 달려온 타마와 포치를, 뒤따라온 리자가 닦아주었다.

근데, 리자도 옷을 입은 다음에 좀 오자.

"소면이랑 고기라……. 차슈나 달걀채, 그리고 잘게 썬 오이나 토마토도 곁들일까?"

"어쩐지 냉면 같아졌네."

응, 냉면도 좋겠는데.

내일은 냉면으로 하자.

"그렇지! 나가시 소면으로 하자!"

"대나무도 있으니까 괜찮겠네."

"대나무?"

미아가 고개를 갸웃거리기에, 다른 애들도 포함해서 나가시 소면의 설명을 해줬다.

나는 스토리지에서 대나무를 꺼내 세로로 쪼갠 다음 마디를 제거했다. 그리고 그것을 「수령주」로 연결했다.

"물의 정령 불러."

미아가 정령 마법인 「물의 정령 창조」로 물의 의사 정령인 운디네를 소환하여 나가시 소면용 레인에 흐르는 물을 컨트롤했다.

"오옷, 물이 루프하고 있어."

끝까지 흘러간 물이 공중을 이동해서 다시 위로 올라가 흘러 떨어진다.

이거라면 놓친 소면도 물과 함께 순환하겠군.

"굉장하구나."

"응."

내가 칭찬하자 미아가 싫지 않은 표정으로 고개를 끄덕였다.

루루나 리자와 함께 소면을 데치고, 토핑을 준비했다.

미아에게 추가 리퀘스트가 있기에, 괴물 버섯 매콤달콤조림도 토핑에 추가했다. 치라시즈시[#1]에 곁들이고 싶은 맛이다.

#1 치라시즈시 초밥 위에 각종 생선회를 올린 일본의 요리. 본래는 남은 재료를 올리는 것이었지만 최근에는 고급화되었다. 한국의 회덮밥과 달리 비벼서 먹지 않는다.

어째선지 소면보다도 각종 차슈가 더 많지만, 그것을 의문스레 생각하는 자는 여기 없었다.

"그러면 간다."

준비는 금세 끝났고, 대나무 앞에 진을 친 동료들에게 개시를 선언하고 위에서 소면을 차례차례 흘려보냈다.

풍류를 중시해서 조금씩 흘리는 방식이어서는 하류까지 도달 못하거든.

"우아해."

"풍류가 있다고 고합니다."

미아와 나나가 즐겁게 소면을 집었다.

"어려워~."

"소면 아저씨가 미끄러져 버리는 거예요."

젓가락질이 서투른 타마와 포치에게는 어려운 모양이다.

"맛있습니다. 달걀채나 오이를 함께 먹으면 차슈의 식감이 바뀌어 재미있군요."

"타마도 할래~."

"포치도 신식감 선언하는 거예요."

리자가 소면을 조금 즐긴 다음에 차슈에 손을 대자, 타마와 포치도 소면보다 고기를 바라며 토핑을 담은 커다란 그릇에 돌격했다.

"어이쿠, 핑크 소면 발견."

아리사의 말에 타마의 귀가 움찔 솟았다.

"노란색 소면."

미아의 말에 포치도 돌아보았다.

타마와 포치가 색이 들어간 소면을 자랑하는 아리사 곁으로 달려갔다.

"색 달라~?"

"맛도 다른 거예요?"

"맛은 똑같지만, 색이 다른 소면을 먹으면 무병장수한다는 말이 있어."

흥미진진하게 물어보는 타마와 포치에게 아리사가 적당히 지어내 대답했다.

"포치도 무병장수하는 거예요."

"타마도 다음엔 집어~?"

놀이 삼아서 색이 들어간 소면을 몇 가닥 섞어봤는데, 이세계에서도 아이들에게 인기로군.

젓가락을 준비하는 타마와 포치를 향해서 색이 들어간 소면을 섞어 흘려줬다.

집기 쉽도록 「이력의 손」을 사용해 두 사람 바로 앞에서 소면을 감속시켰다.

"지금의 포치한테는 멈춰 보이는 거예요!"

멈춰있으니까.

"획득~?"

"으랏차, 인 거예요."

타마와 포치가 맹금류 같은 손놀림으로 흐르지 않는 소면을 집어 들었다.

젓가락은 포기하고 손으로 집었네.

"매끈매끈~?"

"재미있는 거예요. 더 먹고 싶은 거예요."

마음에 든 것 같아 다행이군.

"맨손은 안 됩니다. 이걸 쓰세요."

리자가 두 사람을 타이른 다음에 젓가락 대신 집게를 건넸다.

"네잉."

"죄송합니다, 인 거예요."

나도 나가시 소면을 먹는 쪽에 참가했다. 미궁에서는 파워풀한 고기 요리가 많으니까 이런 산뜻한 점심은 오랜만이다. 목으로 매끄럽게 넘어가는 식감이 좋군.

보통 쯔유[#2]에 질린 아이들에게 깨소금 쯔유를 권하고, 나도 고명을 바꿔가면서 소면을 탐닉했다.

"역시 더울 때 디저트는 수박이야."

나가시 소면으로 점심 식사를 마친 우리는 툇마루에 나란히 앉아서 식후 디저트로 수박을 먹었다.

희망자에게 수박 한 통을 반으로 쪼갠 걸 나눠주자 호쾌하게 스푼으로 퍼서 먹고 있었다.

말할 것도 없지만 아리사의 리퀘스트다.

"차슈도 좋지만, 수박도 맛있는 거예요."

"우이우이~."

아까 전까지 소면이 보이지 않을 정도로 차슈를 올려 먹고 있

#2 쯔유 간장을 기본으로 만드는 일본식 면 소스.

던 포치와 타마였지만, 식욕이 전혀 줄어들지 않았는지 이번에는 수박에 얼굴을 거의 파묻어가며 먹고 있었다.

"두 사람, 수박의 씨까지 먹으면 맹장에 쌓여서 몸속에서 수박이 자랄 거야."

"뉴!"

"큰일난 거예요!"

아리사의 농담을 타마와 포치가 진담으로 받아들였다.

"그러니까, 수박씨는 먹지 말고, 푸푸푸~ 뱉어내는 게 법도야!"

―씨는 이렇게 입에서, 푸푸푸~ 뱉는 것이 여름답고 청춘이니라!

아리사의 말에 겹치듯, 언젠가 들었던 말이 플래시백했다.

툇마루에 앉아 있는 아리사가 이쪽을 돌아보았다.

거기에 겹쳐서 **신록색** 머리칼을 한 어린 소녀의 웃는 표정이 뇌리에 떠올랐다.

"주인님도 참, 씨를 이쑤시개로 빼내고 먹다니. 호쾌함이 부족해!"

―이치로! 그렇게 계집애 같이 먹으면 안 되는 거란다!

아리사의 보라색 머리칼을 사막의 뜨거운 바람이 흔들었다.

어린 소녀의 **은발**을 여름의 바람이 상냥하게 쓰다듬는 영상이 겹쳤다.

차례차례 플래시백이 뇌리를 스쳤다.

이건, 뭐지?

"―마스터?"

얌전한 손이 나를 현실로 되돌려주었다.

나는 가볍게 머리를 흔들고 기묘한 잔상을 떨쳐냈다.

나나의 얼굴을 보고 떠올랐다. 보르에난 숲의 시냇가에서 놀고 있을 때도 봤던 백일몽이다.

"아니, 아무것도 아냐. 사막의 직사광선 때문에 좀 지쳤나봐."

"몸을 아껴 주십시오, 주인님."

리자가 상냥하게 말했다.

그때 안에서 조리를 하고 있던 루루가 돌아왔다.

"주인님, 후르츠 펀치를 만들어 왔어요."

"응, 예뻐."

"달콤한 시럽에 떠오른 동그란 과육이 귀엽다고 고합니다."

소녀다운 디저트를 만들어온 루루에게 미아와 나나가 찬사를 보냈다.

키위나 파인애플도 떠 있고, 선명한 색감이라 보기만해도 시원하다.

시럽도 너무 달지 않고, 과일의 달콤함을 딱 좋게 끌어내고 있었다.

"맛있어, 루루."

내가 칭찬하자 루루가 빛나는 미소를 보여주었다.

요즘 루루는 용모에 대한 콤플렉스와 타협을 하게 되었는지, 미소가 한가득이라 눈이 호강을 한다니까.

요전에 보르에난 마을에서 재수행을 하고 돌아올 때 낙원 섬을 들렀는데, 그때 레이와 유네이아에게 받은 대량의 남국 과일도 사치스럽게 커다란 그릇에 담았다.

"바나나 좋아~?"

"포치는 사과랑 파인애~포~도 좋아하는 거예요."

"요구르트를 뿌린 키위도 맛있다고 고합니다."

모두 제철이라서 참 맛있군.

동료들과 함께 남국 과일을 한껏 즐겼다.

◆

"잠깐 다녀올게."

나는 배부른 아이들의 낮잠 시간에 대사막을 돌면서 도시 핵을 체크하기로 했다.

"조심해. 위험한 짓은 하면 안 돼."

걱정 많은 엄마처럼 말하는 아리사에게 손을 흔들어주고 날아올라, 충분한 고도를 확인한 다음에 섬구로 목적한 방향에 진로를 잡았다.

"—그건 그렇고 참 넓어."

대사막이라고 불릴만하네.

맵으로도 복수의 구역으로 나뉘어 있고, 지금까지 내가 여행을 한 모든 면적보다도 이 대사막이 더 넓었다.

제트 전투기보다 훨씬 빠른 섬구 스킬이 없었다면 마음이 꺾였을지도 몰라.

"용염옥이란 것의 폭발이 만든 걸까?"

대사막과 경계가 되는 곳에 몇 겹으로 겹쳐진 높은 산맥이 있었다.

폭발의 영향으로 산이 생긴 건지, 산에서 사막화가 멈춘 낌새가 있는데.

"모래, 모래, 모래―."

이렇게까지 모래밖에 없는 사막도 드물다.

마물은 일단 있지만, 어지간히 운이 나쁘지 않는 한 마주칠 일 없을 정도로 적은 수밖에 없었다.

"―앗, 오아시스다."

대사막 서쪽 끝 부근에 작은 오아시스가 있었다.

이 부근은 대사막이 아니라, 모래 종족이란 사람들이 사는 뷰스텔 수장국이란 나라였다.

모든 맵 탐사로 나온 정보에 따르면 국토 자체는 오유고크 공작령의 4배 가까이 되지만, 인구나 도시의 수는 시가 왕국의 백작령 하나랑 비슷한 정도였다.

잠깐 빠져서 새로운 이국을 구경하고 싶긴 했지만, 사막에 매몰된 도시 핵 탐색을 하는 와중이라 자중했다.

「계층의 주인」을 쓰러뜨리고 수행이 일단락되면, 세류 시에 놀러 간 다음에 시가 왕국 말고 다른 나라들도 방문을 해볼까.

243군데의 포인트를 돌아보니, 살아 있는 도시 핵은 12개뿐이었다. 다른 곳은 도시 핵의 잔해로 보이는 결정체만 굴러다니고 있었다.

원형을 유지하고 있는 것도 많기에 수리할 수 없을까 싶어 스토리지에 수납했다.

살아 있는 도시 핵 12개는 처음에 발견한 도시 핵과 마찬가지로 모두 내 영지로 등록하고 각각 주조 성검 하나 분량의 마력을 충전해뒀다.

또한, 243군데 포인트에 있던 도시 핵의 방에는 모두 각인판을 설치했으니 사막을 넘어서 다른 나라를 관광할 때 도움이 될 거야.

조짐

"사토입니다. 먹을 걸로 낚는다고 하면 좀 안 좋게 들리지만, 실리를 『눈앞의 당근』으로 쓰는 건 옛날부터 상투수단이라고 생각합니다. 알기 쉬운 목표가 있으면 노력하기도 쉽단 말이죠."

"생각한 것 이상으로 대성황이군요."

대사막에서 도시 핵과 계약한 이튿날 오후, 나는 길드의 훈련소에서 개최되는 탐색자를 지원하는 사람들을 위한 교습의 상황을 시찰하러 왔다.

"네, 그렇네요."

교습의 교사 준비나 교습생의 모집 등을 담당해준 길드 직원 여성이 안내를 해줬다.

그녀 덕분에 내 역할은 운영비를 내는 것과 처음에 수업 방침을 정하는 것 정도였다.

"요즘에는 레시피를 모아서 일확천금을 꿈꾸는 애들이 많은 것도 한 몫을 하지만, 역시 교습 마지막에 나눠주는 식사를 노리는 애가 많은 것 같아요."

교습을 듣는 사람들 중에는 어른도 있지만, 중학생쯤 되는 애가 압도적으로 많았다.

식사를 기대하는 애가 정말로 많아서, 길드의 주방에서 수프 냄새가 풍기자 곧장 안절부절 못하며 차분함을 잃기 시작했다.

"이제 그만 마무리네요."

교사가 수업 끝을 선언하자, 아이들이 황급히 훈련소 구석으로 달려가 예쁘게 두 줄로 섰다.

"저건 식사 배급을 기다리는 줄인가요?"

"네, 맞아요. 사작님의 식사 배급에서 줄을 선 탓인지, 요즘 아이들은 질서 있게 정렬하는 게 특기인가 봐요."

식사 배급 초반에 우리 애들이 열심히 노력한 성과로군.

"오늘은 고기다!"

"엄청 통이 크네."

"오늘은 꼭 정답을 맞춰서 덤을 받을 거야."

"아까 그 교습은 두 번째니까 나도 자신 있어."

길드 요리사들이 수프 냄비나 구운 고깃덩이를 나르는 걸 보더니 아이들이 안절부절 못하면서 말을 나누었다.

그들이 말하는 덤이란 게 뭐냐 하면―.

"섬광옥을 쓸 때 주의점은?"

"쓰기 전에, 동료한테 『섬광옥을 쓴다』라고 전달하는 거!"

"정답이다. 수업을 제대로 들었구나. 고기 하나를 덤으로 주마."

"해냈다―!"

―이런 식으로, 수업 내용에 관한 질문에 정답을 맞추면 식사가 조금 늘어난다.

수업 중에 조는 아이가 많아서 그 대책으로 아리사가 고안한 방법이다.

"덕분에 교습생들이 진지하게 수업을 들으니까, 교사들도 평판이 좋아요."

"교사는 연배가 있는 분이 많은가요?"

"네. 탐색자를 은퇴한 분들 중에서 남을 잘 봐주는 분을 우선적으로 고용했습니다."

"그러면 인건비가 부족하지 않나요?"

2년째, 3년째 정도의 젊은 탐색자들을 교사로 고용할 셈이었기 때문에 길드에 제시한 인건비는 그다지 안 높다.

"아뇨. 처음에 제시해주신 금액으로도 괜찮습니다. 희망자의 선별이 힘들 정도니까요."

직원의 시선 끝에서, 교습생들에게 둘러싸여 함께 식사를 하는 교사의 웃는 표정이 보였다.

자기가 가진 지식이 젊은 세대에 계승되는 게 기쁜 걸지도 모르겠군.

이제 슬슬 교습의 시찰은 충분하니까, 안내해준 직원과 함께 길드 안으로 돌아갔다.

"기분 탓인지, 평소보다 활기가 있는 것 같은데요?"

사람이 많은 건 전에도 그랬지만, 밝은 표정의 탐색자가 많았다.

특히 젊은 층부터 중견 탐색자가 활기차다.

"베리아의 마법약 덕분이에요."

길드 직원이 말하는 「베리아의 마법약」이란 건 미궁도시가 있는 분지에 번성하는 다육 식물을 소재로 쓰는 마법약이다.

본래는 엘프의 현자 토라자유야 씨가 미궁도시에 보급했던 마법약이지만, 현재는 제조법이 실전되어서 사기의 상투수단으로 쓰이는 등 엉터리 존재로 추락해 있었다.

"미궁에서 레시피 단편이 발견된 것 말인가요?"

"네, 탐색자 길드와 연금술 길드 쌍방이 현상금을 내서 모으고 있으니, 아까 그 지원자들처럼 탐색자들도 일확천금을 노리는 사람이 많아요."

길드 안에 활기가 있는 건 이미 탐색한 구역 등의 정보 교환이 왕성하기 때문이란 것도 있는 모양이다.

참고로, 이 레시피 단편을 미궁 안에 뿌린 건 나다.

미궁도시에 저렴한 마법약을 퍼뜨릴 필요성을 느끼는 일이 있어서, 엘프의 연성판용 오리지널 레시피를 인간족이 쓰는 연성판용으로 개편한 레시피를 만들었다. 그걸 분할하여 미궁 안의 보물 상자에 감췄다.

나나 쿠로의 모습으로 탐색자 길드나 연금술사 길드에 전수해도 되겠지만, 탐색자들이 자신의 힘으로 미궁도시에 레시피를 가져오는 편이 좋을 거라고 생각해서 이렇게 했다.

보물 찾기 퀘스트를 하는 편이 즐겁고, 무엇보다도 꿈이 있잖아.

"보물 상자에서 레시피와 함께 베리아의 마법약 현물도 발견되니까, 팔아서 새로운 장비를 갖추는 애도 많은 것 같아요."

그 덕분에 기술자 거리도 조금 경기가 좋아 보였다.

분명히, 길드 안을 둘러보니 신품 장비를 입은 애가 평소보다 많았다.

—보라색?

시야 안에 보라색이 지나쳤다.

한순간 아리사인가 싶었지만, 후드에서 보이는 얼굴을 보니 개 수인 아이였다.

금방 인파에 파묻혀서 전생자나 마족으로 맵 검색을 해봤지만 히트하지 않았다. 보라색 털이라고 해서 모두 전생자는 아닌 모양이네.

어쩐지 신경 쓰여서 「멀리 보기」를 발동하여 길드 안이나 주변을 찾아봤지만 발견되지 않았다.

"무슨 일이시죠?"

"아뇨, 보라색 털을 가진 개 수인 아이가 보이기에 보기 드문 색이라고 생각해서요—."

"불길한 색의 털인가요? 그건 참 드문 일이네요."

어조를 보니 그녀도 본 적이 없는 모양이다.

보게 되면 이름을 물어봐달라고 부탁을 했다. 이름만 알면 검색할 수 있고, 검색하면 경계해야 할 대상인지 아닌지 알 수 있으니까.

1층 플로어에서 직원과 헤어져 길드장의 집무실로 갔다.

"여어, 사토. 『구역의 주인』을 쓰러뜨렸다고?"

"소식이 빠르시네요."

집무실에 들어가자마자 길드장이 말했다.

이미 동료들끼리 「구역의 주인」을 20개체 이상 쓰러뜨렸지만, 길드에 보고한 건 그 중에서 하나뿐이다.

그대로 「구역의 주인」의 마핵을 길드에 제출하기만 해도 상당히 고액의 포상금과 매각금을 얻을 수 있지만, 이번에는 「계층의 주인」을 공략한다고 선언하여 우리들이 직접 보존하고 있었다.

"당연하지 않나? 나는 이래봬도 길드 마스터니까."

일을 내팽개치고 응접용 소파에서 굴러다니며 말해도 설득력이 없어.

길드장의 감시자인 우샤나 비서관이 외출을 한 모양이네.

"그건 그렇고 20명도 안 되는 소수로 『구역의 주인』을 쓰러뜨리다니, 린그란데 양 이후 처음이구만."

길드장이 그립다는 태도로 옛날이야기를 해주었다.

용사 하야토의 종자인 「천파의 마녀」 린그란데 양은 종자가 되기 전에 한 파티로 「구역의 주인」을 격파하고, 왕도의 성기사단에게 지원을 받아서 「계층의 주인」을 토벌했다고 한다.

그러고 보니 예전에 무노 성에서 오유고크 공작령의 신전기사들에게 같은 이야기를 들었던 것 같은데.

"하지만, 아무리 그래도 『계층의 주인』을 한 파티로 토벌하는 건 무리겠지? 자리곤이나 유력한 『적철』의 파티에 말을 걸 거라면 내가 도와줄까?"

"배려 감사합니다. 하지만 『계층의 주인』에게 도전하는 건 아직 멀었고, 조력을 청할 파티도 짚이는 곳이 있으니까 괜찮아요."

길드장의 배려는 기쁘지만, 아무리 그래도 동료들의 치트 장비를 공개하는 건 문제가 있었다.

동료들의 안전을 위해서 만든 장비가 원인이 되어, 삿된 놈들이 눈독을 들여 동료들이 위험에 빠지면 본말전도니까.

"그러냐……."

길드장이 뭔가 생각하는 표정을 지었다.

친절을 베푸는 걸 거절한 정도로 기분이 틀어질만한 사람이 아니니, 분명히 다른 일이겠지.

"사토, 나는 네 공적을 뺏을 셈은 없다. 그것을 전제로 들어봐라—."

길드장의 말에 수긍했다.

"네가 주최하고 있는 교습을 길드에서 이어받을 수 있다."

아까 시찰한 탐색자를 지원하는 자를 위한 교습을 말하는 거겠지.

나는 길드장에게 고개를 끄덕이고 이야기를 재촉했다.

"연내에 내 재량권으로 비용을 마련하고, 내년부터는 나라에서 돈을 타내지."

"그건 근사한 일이군요."

"괜찮나?"

"네, 그냥 좀 참견 삼아서 한 일이었으니까요."

내가 없어도 돌아간다면 그게 제일 좋은 일이다.

나라가 필요로 하는 마핵을 채취할 수 있도록, 전문 인원을 육성하는 건 국익에 부합할 테니까.

길드장의 말을 들어보니 본래 그런 교습을 열어본 적이 있었는데, 나무증이나 청동증으로 승격하는 수가 미약하게 증가하는 결과밖에 안 나와서 비용 삭감 대상이 되어 폐지되었다고 한다.

"우샤나가 돌아오면 자세한 이야기를 하지."

길드장의 말로 그 이야기는 끝나고, 제릴 씨의「계층의 주인」토벌 진척 정보로 이야기가 바뀌었다.

공략을 개시하는 제릴 씨 일행을 본 뒤로 1개월이 지났는데, 아직도「계층의 주인」과 전투가 시작되지 않은 모양이다.

"『시련의 방』을 청소하는 도중에 주둔지를 레이스나 와이트가 매일 밤 공격했다고 하더군."

수면부족으로 사기가 내려가거나, 작전 중에 미스가 생기는 등, 자잘한 사고가 자주 일어나서 좀처럼 진행되지 않았다고 한다.

"왕도에서 레이스 퇴치의 전문가를 불러들여, 이제야 소탕 작전이 끝났다고 보고가 와있다."

"그건 다행이군요."

레이스 퇴치를 도울까 생각했는데, 이미 필요 없는 모양이다.

"진심으로 안도하는 게 사토답군."

길드장이 대책이 없다는 제스처를 하면서 웃음을 흘렸다.

"보통은 라이벌의 발이 묶인 상황을 환영하는 법 아니냐?"

"딱히 경쟁을 하는 게 아니니까요."

우리가「계층의 주인」을 노리는 건 동료들의 적당한 목표이기 때문이다.

"무욕하다고 해야 할지, 패기가 없다고 해야 할지…… 그런 주제에 젊은 층에서 제일이니까 고약하군."

꽤나 심한 말을 하는데, 길드장은 나쁜 뜻으로 하는 말이 아닌 모양이라 그냥 적당히 맞장구를 쳤다.

"그렇지. 사토. 소국의 공주님이나 태수 3남이, 귀족을 위한 전문 강좌나 탐색자 학교 개설은 아직이냐고 물으러 왔던데?"

잡담의 화제로 그런 이야기가 나왔다.

노로크 왕국의 미티아 왕녀와 태수 3남 게릿츠 군이 서쪽 길드에 찾아온 모양이다.

아마 우리가 미궁에 들어가 있는 동안에 탐색자 학교의 소문을 들은 거겠지.

"탐색자 육성 학교를 만들려고 생각한 적은 있지만, 아직 구상 단계라서 구체적인 계획은 세우질 않았어요."

"교습의 규모를 좀 크게 만든 느낌 아니야? 하면 되잖아? 길드의 허가는 내가 내줄 거고, 너라면 태수의 허가도 금세 받을 수 있겠지. 교사도 희망하는 녀석들을 찾아줄 수 있는데?"

엄청 친절하시네.

"왜 그렇게까지?"

"너한테 기대를 거니까 그렇지."

너무 친절해서 단적으로 물어봤더니 역시 단적인 대답이 돌아왔다.

"네가 미궁도시에 와서 짧은 기간에 얼마나 많은 일을 했는지 알고는 있나?"

"식사 배급을 시작하고, 사립 양육원을 만든 것 정도 아닌가요?"

"간단히 말하지 마라. 같은 일을 생각은 해도 바꾸지 못한 녀석이 많단 말이다. 식사 배급도 태수의 허가를 받는 게 얼마나 힘든 일인지—."

더욱이 길드장이 수로의 수질 개선 건과 미적 건을 들었다.

"미적은 제가 아니라 용사의 종자 쿠로 공과 길드장 아닌가요?"

"시작은 네가 루더만을 붙잡은 사건 아니냐?"

그러고 보니 미적왕 루더만은 사토일 때 붙잡았었지.

변장하고 암약을 하다 보면, 가끔 이렇게 뒤섞인단 말이지.

"뭐, 생각을 해두라고."

"네."

탐색자 학교라……. 지원자를 위한 교습은 넓고 얕은 느낌이니까, 무술의 기초나 실습 연수 같은 것도 포함한 종합적인 교육을 하는 장소가 있으면 좋기는 하겠네.

만약 개교한다고 해도, 처음에는 소수— 학비 무료의 특대생만 받고, 학교의 방향성을 확립하는 편이 좋겠어.

저택으로 돌아간 다음에 아리사나 리자의 의견을 들어볼까.

"큰일입니다, 길드장!"

길드장이랑 잡담을 하고 있는데, 길드장 비서관 우샤나 씨가 뛰어 들어왔다.

평소에는 차분한 사람이라 무슨 일이 있었는지 더 신경 쓰이네.

"진정해라. 무슨 일인데?"

"마왕입니다!"

─마왕?

소란을 떠는 길드장이나 우샤나 씨를 보면서 맵 검색을 했다.

응, 없어. 위기 감지 스킬도 아무 반응이 없고, 긴급한 건 아닌가 보다.

"그것만 가지고는 알 수가 없다. 어디서 마왕이 현현하기라도 했나?"

"아뇨, 예언입니다."

반쯤 일어섰던 길드장이 털썩 소파에 주저앉았다.

"뭐냐? 예언이라면 꽤 예전에 나오지 않았냐?"

길드장 말처럼, 공도의 테니온 신전에서 들은 마왕 부활의 예언 중에 이 미궁도시 세리빌라도 있었다.

"새로운 예언입니다."

"이번 달 당번은 어디지?"

"카리온 신전입니다."

"아~ 그 신참 무녀 쪽이군."

매달 당번제로 자이크온 신전을 제외한 6신전의 무녀들이 「신탁」스킬로 신전에 모시는 신에게 예언을 받는다고 한다.

"그래서, 내용은?"

"『사막의 바다를 다스리는 강대한 왕이 나타난다』입니다."

─아.

그건 나를 말하는 거 아닐까?

시기적으로 지나치게 잘 맞는 데다가 부활시킨 도시 핵도 나를 「왕」이라고 했으니까.

"왕이라……. 『사막의 바다』는 서쪽 대사막이겠지? 그런 불모의 사막에 자리 잡는 호사가가 있을 리도 없고, 어느 나라가 쳐들어갈 리도 없지. 그렇다면……."

"네, 대사막까지 뻗은 세리빌라의 미궁에서 마왕이 부활한다, 가 아닐까하고 카리온 신전의 신전장이 말씀하셨습니다."

"있을 수 있군……."

"릴리안, 겁먹은 거냐?"

노크도 없이 문을 열고서, 길드장의 상담관인 엘프 세베르케아 양이 들어왔다.

아리따운 미소녀 얼굴인데 어조는 거칠다.

"그 이름으로 좀 부르지 마."

"그러면, 『홍련귀』조나. 길드는 어떡할 거지?"

"마족을 끌어내야지. 그렇게 화려하게 일을 저질러 놓고는 아직도 계획이 이어지고 있다니. 나를 참 얕본 모양이야."

마왕이 부활하는 전제로 이야기가 진행되네.

전에 녹색 상급 마족이 미궁도시에서 마왕 부활을 획책한 것은 사실이지만, 그 계획은 이미 내가 좌초시켰다.

이번 예언은 십중팔구, 내가 대사막에 잠들어 있던 도시 핵을 부활시킨 것 때문이겠지.

솔직하게 말할 수도 없고, 이를 어쩐다.

"과거에, 미궁도시에 나타난 마왕은 넷―."

길드장이 이야기를 시작했다.

"―구두, 전갈왕, 벌레왕, 쇄람왕."

길드장에 이어서 우샤나 씨가 뒤이어 말했다.

"가장 오랜 마왕이자 사신(邪神)이라고까지 불리는『구두(狗頭)의 고왕(古王)』. 용사에게도 일곱 신들에게도 패배한 적이 없으며, 용신이나 천룡에게 퇴치되었다는 태고의 기록이 있어요."

용신 말고 다른 신이라도 못 이겼구나…….

뭐지? 떠올릴 수는 없는데 뭔가 걸린다.

"그리고 무한의 군세로 오크 제국을 고통에 빠뜨린『전갈의 마왕』. 역병과 기근으로 중앙 소국군을 몇 개나 멸망시키고, 사가 제국의 인구를 반감시킨『고독(蠱毒)의 마왕』. 회오리를 조종해서 시가 왕국의 도시를 몇 개나 파멸시킨『쇄람(碎嵐)의 마왕』. 모두 당시의 용사들도 고전한 몹쓸 마왕들뿐이네요."

우샤나 씨가 마왕에 대해 자세하게 말을 마치더니, 얼굴이 퍼래지며 몸을 떨었다.

"어허? 세리빌라의 미궁에는『주검의 왕』,『심연혈왕(深淵血王)』,『강철의 왕』,『소귀 공주』도 있지 않나?"

"그건 창작입니다. 기록에 남아 있는 마왕이 아니에요."

세베르케아 양의 의문을 우샤나 씨가 부정했다.

그 창작 이야기에는 흥미가 있지만, 이 자리에서 물어보기엔 좀 분위기가 안 좋네.

"그러면, 마족을 발견하면 곧장 길드에 보고하도록 할게요."

"부탁하지. 덤으로 마왕이 나타나면 쓰러뜨려 달라고."

"네, 알겠습니다."

길드장의 농담에 나도 농담으로 대답했다.

세베르케아 양이 만족스런 표정을 지었지만, 이번에는 내가 도시 핵과 계약한 건을 착각하여 인식하고 있는 것뿐이니까 그녀의 기대에 부응하는 사태는 일어나지 않을 것 같다.

　또한 신탁의 날은 공시되어 있어서, 태수의 관리나 미궁방면군의 사관도 동석하고 있었다고 하니 보고하러 달려갈 필요는 없는 모양이다.

　일단 동료들에게 동요하지 않도록 전달해둘까.

◆

"뭐~야? 마왕 부활 소문은 틀렸구나―."

"유감~?"

"인 거예요."

"우음."

　저택으로 돌아가서 동료들에게 신탁과 내 추측을 전달하자 연소자 팀이 낙담했다.

　혹시나 마왕과 싸우고 싶었던 걸까?

　아무래도 마왕은 지나치게 규격을 벗어났으니까, 동료들과 싸우도록 할 생각은 없었다.

"주인님. 외출하신 동안에 시멘 자작께서 보내신 물건이 도착했습니다."

"고마워, 미테르나."

　미테르나 씨가 건네준 짐을 확인했다. 두루마리다.

나나의 새로운 이술 「자유 검」을 설계했을 때 스스로도 써보고 싶어져서 시멘 자작의 두루마리 공방에 발주한 물건이 벌써 도착한 모양이다.

이술과 술리 마법은 호환성이 높아서, 살짝 수정만 하면 되거든.

덤으로 함께 부탁한 하급 바람 마법인 「음향」도 왔다. 이건 「녹음」 마법으로 기록한 음성을 재생하기 위한 마법이다.

"어라? 다섯 개나 있는데?"

내가 발주한 「자유 검」과 「음향」 말고도, 중급 물 마법 「해일」^{타이달 웨이브}, 중급 얼음 마법 「빙결 공간」^{아이스 필드}, 중급 벼락 마법 「낙뢰」^{콜 썬더} 두루마리가 들어 있었다.

첨부된 편지에 따르면, 창고에서 보기 드문 두루마리를 발견했기에 선물해준 모양이다.

전에 제공한 오리지널 빛 마법 「반딧불이 조종」의 두루마리가 왕도의 문벌 귀족에게 말도 안 되게 잘 팔린 답례라고 한다.

"주인님, 교습의 시찰은 어떠셨나요?"

내가 두루마리 확인을 끝내기를 기다렸다가, 리자가 교습 이야기를 꺼냈다.

"아아, 그쪽은 순조로워. 길드장이 나라에서 예산을 타다가 그쪽에서 전부 이어 받아준다고 하더라."

"에에. 그러면 공적도 그쪽으로 가 버리잖아."

"상관없잖아. 귀찮은 일도 모두 받아가니까."

아리사가 불만스러워 보였다.

"교습의 이름만 그대로 써달라고 하자."

"이름?"

"길드의 서류에는 『펜드래건 지원자 교습』란 이름으로 등록했어."

어쩐지 그 이름이면 내 가문이나 파티에 들어가는 걸 지원하는 것 같은데.

"그런 이름이었구나……."

"이름 좋지?"

자랑스럽게 가슴을 펴는 아리사의 머리칼을 거칠게 쓰다듬었다.

"잠깐— 머리가 흐트러지잖아—."

불평을 하면서도 아리사가 조금 기뻐 보였다.

"타마도~."

"포치도 쓰다듬어 주는 거예요."

"응, 다음."

쓰다듬어 달라고 조르는 아이들의 머리를 쓰다듬어주면서, 길드장이 탐색자 학교의 개설을 권했다는 말도 했다.

"괜찮지 않아? 그렇게까지 주인님을 인정해준다면, 개교를 해버리면 되지. 그리고 카지로 씨한테 『아리따운 날개』 두 사람을 다시 단련시키는 거 부탁한 것도 탐색자 학교를 위한 포석 아냐?"

「아리따운 날개」 두 사람은 교습의 교사로 고용했지만, 길드장이 신경을 써줘서 교사의 수배까지 해주는 덕분에 지금은 할 일이 없단 말이지.

그냥 놀려두는 것도 좀 가여우니까, 재활중인 카지로 씨에게 부탁해서 본격적인 무술이나 마물을 상대하는 법을 실습해가며 가르치고 있었다.

"자금에는 여유가 있으니까, 길드장이 인재면에서 지원을 해 준다면 거기 편승하자."

분명히 나 개인의 자산도 그렇지만 동료들의 레벨 상승에 대해서 나중에 태클 거는 사람이 없을 정도로 마핵이나 소재를 팔았으니, 동료들의 벌이도 상당한 금액이다.

"돈을 벌기만 하면 시기를 받을 테니까 미래의 인재 육성에 투자를 해보자."

"그렇게 나오셔야지!"

아리사 말고 다른 아이들도 이견이 없는 모양이기에, 비는 시간에 탐색자 학교 개설을 진행하기로 했다.

딱히 서두를 필요도 없으니까, 관계 각처에 사전에 접촉을 해 두자.

왕도

"사토입니다. 관청의 일이란 건 수속이 많은 법입니다. 한편으로 유력자가 한 마디 보태주면 수속이 금방 끝난다는 소문이 있는데, 그냥 시기심에서 나온 도시 괴담일지도 모릅니다."

"저게 왕도군—."

나는 왕도가 멀리 보이는 산 속에 전이 거점을 설치하고, 아침 해에 역광이 된 왕도를 바라보고 있었다.

탐색자 학교 설립은 하루아침에 어떻게 되는 것이 아니니까, 왕도에 파견한 금발 귀족 아가씨 에르테리나 일행의 지원을 먼저 하기로 했다.

그녀들은 미궁도시의 서민가 판잣집에서 보호하고 있는 멤버의 적자를 해소하고자 왕도와 교역하기 위한 품목과 거점을 찾기 위해 파견했다.

또한, 에르테리나는 반역 용의가 걸린 조부 케르텐 후작의 상태를 확인했을 것이다. 그녀가 주장하는 것처럼 누명이라면, 나도 좀 도울 셈이다.

"그러면, 합류하기 전에 티파리자도 데리고 올까."

나는 백발 군복에 외국인 얼굴인 쿠로의 모습으로 변신한 다음에 귀환전이해서 미궁도시로 돌아가, 「담쟁이 저택」에 머무르는 티파리자를 회수해서 다시 돌아왔다.

"혀, 현기증이 나요. 쿠로 님, 저 도시는 혹시?"

티파리자가 어깨 높이에서 다듬은 은발을 흔들면서 돌아보더니, 예리한 미모에 가벼운 놀라움을 드러냈다.

"시가 왕국의 왕도다."

"와, 왕도? 미궁도시에서 상당히 멀지 않나요?"

"그런 모양이군."

그래도 도쿄와 오사카보다는 가깝다.

"그, 그렇군요……."

내가 가볍게 대답하자 티파리자도 그런가 보다 하며 납득한 모양이다.

"이걸 입어라."

도시 핵의 격리 공간고에서 발견한 투명 망토를 건네자, 티파리자는 주저 없이 걸쳤다.

분명히 투명해졌지만, 과거에 환영을 간파한 것과 마찬가지로 티파리자가 반투명하게 보였다.

역시, 나한테는 이런 마법이나 아이템 류는 효과가 없는 모양인데.

"보이나?"

"쿠, 쿠로 님이 투명하게? —저도 몸이 사라졌어요."

"진정해라."

투명 망토의 설명을 먼저 했어야 했군.

보기 드물게 당혹하는 쿨뷰티 티파리자의 뜻밖의 일면을 탐닉한 다음, 그녀를 안고서 천구로 왕도에 갔다.

　왕도에는 동서남북으로 커다란 문이 있는데, 우리들이 가는 곳은 미궁도시에서 가장 가깝고 가장 커다란 서문이다.

　6차선 도로 정도의 폭이 있고, 왕도에 들어가는 입장 심사를 받는 사람들이 긴 줄을 만들고 있었다.

　우리는 적당한 장소에서 투명 망토를 벗고, 역마차에서 내린 사람들이 가는 줄 끝에 섰다.

　"정규 문으로 들어가는군요?"

　"당연하지 않나."

　티파리자의 물음에 수긍했다.

　사실은 투명한 채 외벽 위를 넘을까 했었지만, 왕도를 반구형으로 둘러싼 보이지 않는 결계가 「결계: 왕도〈경계〉」라고 AR 표시가 뜨기에 관뒀다.

　만약을 위해서 신분증명서는 이미 위조해뒀기에 그걸 써서 왕도에 들어갔다.

　상인이나 무장한 남자들 말고는 체크도 가벼우니까 문제없이 통과할 수 있을 거야.

　"기다려라, 거기 백발 남자."

　예상대로 통과할 수 있을 것 같았는데, 눈매 안 좋은 기사가 불러 세웠다.

　"무슨 용건이지? 기사 나리."

　"내가 묻고 있다. 가면을 벗어라. 왕도에 온 용건을 듣지."

그러고 보니 얼굴 위쪽 절반을 가리는 가면을 쓰고 있었지 참.

"그냥 심부름이다. 이것을 의뢰주에게 전달하는 도중이다."

나는 가면을 벗고, 티파리자에게 들려주고 있던 천에 감아둔 검을 받아 그걸 기사에게 내밀었다.

"─이. 이것은."

기사가 천 안에서 나온 고풍스런 대검을 조금 뽑아보더니 말을 잃었다.

저것은 「구역의 주인」 광란 난초의 보물 상자에서 발견한 빛 속성의 마검이다.

"이 정도 명검을 걸어서 운반한다고?"

"걸어서 운반하라는 지정을 받았다. 자세한 것을 알고 싶다면 릿튼 백작부인에게 직접 물어보도록."

의심하기 시작하기에 왕도의 문벌 귀족 중에서 아는 이름을 꺼내봤다.

미궁도시 태수부인의 친구라고 하지만 면식은 전혀 없다. 당연하지만 마검을 운반할 약속도 안 했다. 단순히 지어낸 이야기다.

"릿튼 백작부인이라……. 알았다, 가라."

나는 기사에게 마검을 받아 그 자리에서 물러났다.

사기 스킬은 오늘도 상태 최고군.

〉칭호 「운반인」을 얻었다.

〉칭호 「배송업자」를 얻었다.

〉칭호 「밀수하는 자」를 얻었다.

◆

"쿠로 님! 그리고 티파리자도!"

"오랜만입니다, 에르테리나 님."

맵 정보를 의지해서 에르테리나 일행이 묵고 있는 여관을 찾아갔다. 의외로 보통 여관이군.

기분 탓인지 에르테리나의 미소에 힘이 없었다.

조부인 케르텐 후작 일로 마음이 아픈 모양이군.

"건강한가?"

"""네, 쿠로 님."""

다른 귀족 아가씨들도, 함께 파견된 서민가 판잣집 상인 아가씨 셋도 활기차게 대답해주었다.

떠들썩한 왕도의 생활이 즐거운 모양인지 다들 피부에 윤기가 도는군.

"쿠로 님, 교역품목 선정은 이쪽에. 또 상회용 건물을 세 채 정도 보아두었습니다."

"그래, 멋지군."

교역품목의 샘플을 봤는데, 그야말로 미궁도시의 화려한 걸 좋아하는 탐색자들에게 잘 먹힐 법한 느낌의 물건들이었다.

운송을 의뢰할 상회도 몇 군데 접촉해두었다고 한다.

"그리고, 그것이— 상업 허가증만 있으면 문제없이 진행될 겁니다."

에르테리나가 말을 망설인 것은, 나에게 상업 허가증을 재촉하는 형태가 되기 때문이겠지.

"미안하지만 상업 허가증은 아직이다. 주군께 재촉을 부탁드리지. 잠시만 기다려라."

오늘 밤에 용사 나나시 스타일로 국왕한테 가서 졸라보자.

그녀들이 비공정의 공력 기관이나 주조 마검을 국왕이나 귀족들에게 판매하기 위한 창구가 되어줘야겠다고 생각하고 있거든.

일단은 장사 관련은 순조로운 모양이다.

"그리고, 케르텐 후작은 무슨 일인지 알았나?"

다른 아가씨들을 물린 다음에 에르테리나와 이야기를 나눴다.

"그것이…… 제가 할아버님을 찾아갔을 때는 이미—."

의미심장한 부분에서 말을 머뭇거리기에 자살이라도 한 줄 알았더니, 군무대신의 직위에서 물러나 자택에서 근신하고 있다고 했다.

"역시, 누명이었나?"

"네."

내 말에 에르테리나가 수긍했다.

그러나, 케르텐 후작 말고 실행 가능한 자가 없는 상황이라고 한다.

"그가 실각해서 이익을 얻는 자는?"

"군 관계의 문벌 귀족이나 군사 산업 관계자라면 과반수가……."

들어보니, 왕국을 사랑하는 케르텐 후작은 뇌물로 빌붙으려는 업자나 귀족을 모조리 제거해 버렸다고 한다.

"가장 이익을 얻는 것은 할아버님의 보좌를 하고 있던 군무부대신인 봅판 백작입니다만…… 그 분은, 그것이, 직정적이라고 해야 할지, 직설적이라고 해야 할지, 지나치게 올곧은 분이라, 음모 따위를 꾸밀 일은……."

과연, 넘버 2는 뇌까지 근육이라─.

"그러면 봅판 백작이란 자를 꼭두각시 삼고 싶은 누군가, 라는 것이군."

"군 관계 문벌 귀족 중에서 그런 생각을 할 법한 것은 나구아 자작이나 모스 남작일 거라고 생각합니다."

금방 후보가 나오는 걸 보니 에르테리나는 왕도의 문벌 귀족을 잘 아는 모양이네.

공도에서 귀족 관계에 대해 잘 알던 시멘 자작의 아우 토르마가 떠오르는군.

"나구아 자작과 모스 남작이라─."

맵 검색을 해보니, 나구아 자작의 집에 둘이 같이 있었다.

그들과 같은 방에 그 밖에도 세 명 정도의 귀족과 상인으로 보이는 남자가 한 명 있었다.

신경이 쓰여서 공간 마법 「멀리 보기」와 「멀리 듣기」를 발동하여 그 방을 엿보았다.

『케르텐을 몰락시키는 것이 제법 어렵군.』

어이쿠, 마침 딱 그 얘기를 하는 모양이군.

나는 「녹화」와 「녹음」을 시작했다. 내가 보고 들은 정보를 기록하는 마법이라서, 「멀리 보기」나 「멀리 듣기」로 보고 들은 정보도 기록할 수 있는 모양이다.

다행히 내가 공간 마법으로 엿보는 걸 깨달은 자는 없는 모양이라서, 차분하게 그들의 대화에 집중했다.

『국왕 폐하뿐 아니라, 평소에는 충돌하기만 하는 사이인 재상까지, 케르텐의 사직을 말리다니⋯⋯.』

『괜찮지 않습니까? 케르텐 파벌의 눈이 닿지 않는 동안, 노른 상회가 부정을 하고 있던 증거를 지어내고, 군수품의 어용상인 자리에서 끌어내리면—.』

『그 자리에 너의 고도조 상회가 끼어든단 말이군?』

『그렇게 되면, 여러분께도 충분히 만족하실 수 있는 보답을 준비하고말고요.』

과연, 군수 산업 관계자가 야심이 과대한 귀족을 부추겨서 일으킨 일이군.

〉칭호 「염탐꾼」을 얻었다.
〉칭호 「진실을 아는 자」를 얻었다.

『이것도 모두 전하께서 지휘하신 덕분이지. 꿈에서라도 충의를 잊지 말도록.』

『물론 잘 알고 있습니다.』

으엑, 왕족도 연관된 모양이네.

"네 생각이 맞는 모양이다."

"네?"

당황하는 에르테리나에게 방금 본 내용을 말해줬다.

"쿠로 님, 이 이야기를 할아버님께 해주실 수 없을까요?"

에르테리나의 애원을 조금 생각해보고서 부정했다.

"—기각한다."

케르텐 후작에게 전해도 되겠지만, 근신중인 몸으로 함정에 빠뜨린 상대의 저택으로 돌격하면 곤란하다. 그리고 왕족이 연관된 거라면 성가신 일이 일어날 것 같으니까.

"케르텐 후작에게 전하는 건 며칠 기다려라. 내 주군께 말씀을 올려 방금 보고 들은 내용을 국왕에게 전달하지."

국왕이나 재상은 케르텐 후작이 군무대신을 지속해주기를 바라는 모양이니까. 녹화 내용을 보여주고 설명하면 부추긴 왕족까지 한꺼번에 적절하게 처리를 해줄 거야.

—정말이지.

나는 레이더에 비치는 광점을 보고 한숨을 쉬었다.

문을 열자 문 너머에서 엿보고 있던 아가씨들이 우르르 방으로 쓰러지며 들어왔다.

"엿보고 있던 녀석들도, 말해선 안 된다. 알겠나?"

"""네, 쿠로 님."""

저속한 호기심이 아니라 에르테리나가 기운이 없어서 걱정이 된 거겠지.

국왕을 방문하는 건 밤이니, 에르테리나의 안내를 받아 점포 후보를 보고 다녔다.

"상회의 이름은 정하셨나요?"

"—상회명이라."

이동 중에 에르테리나가 그 화제를 꺼냈다.

혼리버나 미지후도 좋겠지만, 이번에는 일본 이름으로 할 생각이었다.

전생자나 르모크 왕국에서 소환된 행방불명의 8명째 일본인이 그걸 보고 접촉해주기를 기대하고 싶군.

나는 티파리자가 명명해준 가명을 한 번 훑어보고 적당한 걸 골랐다.

"에치고야 상회는 어떻지?"

그 이름이라면 사극에 나오는 단골 상인이니까 누구나 알 수 있을 거야.

그리고 어쩐지 좋고 나쁜 걸 모두 다루는 장사를 해도 용납될 것 같잖아. 물론 성실한 장사를 할 예정이지만.

"그것은 쿠로 님의 어용상인 이름이군요. 그 분의 상업 허가증을 사용하는 건가요?"

에르테리나의 말에 눈썹을 찌푸렸다.

조금 생각하고서 떠올랐다.

그녀들을 구출한 직후에 그런 이름의 상인으로 접촉한다고 말한 뒤에 완전히 잊고 있던 존재다.

"아아, 미안하군. 에치고야는 나의 수많은 다른 모습 중 하나다."

"그랬었군요."

내 변명을 에르테리나가 가볍게 믿었다.

그녀에게 쿠로가 어떤 인물인지 조금 캐묻고 싶었다.

뭐, 그건 그렇다 치고. 길을 바라보다가 신경이 쓰여서 동행하는 에르테리나에게 물어보았다.

"이국풍 의상을 입은 자가 많군."

"네. 제가 왕도에 살 무렵과 비교해도 족제비 수인의 상인이나 대륙 서방에서 온 자들이 늘었습니다."

특히 서민가나 슬럼가는 수상쩍은 외국인이 급증했다고 한다.

문득 웅성웅성 사람들이 소란을 피우더니 그들의 시선이 길 저편으로 모였다.

사람들의 시선 끝에 하얗게 번쩍거리는 성기사의 갑옷을 입은 기마의 남녀 세 명이 있었다.

두 남성은 검과 방패를 장비했지만, 여성은 판타지한 느낌이 넘치는 의장의 하얀 라이플총을 등에 지고 있었다. 스코프는 안 쓰는 주의인가 본데.

"희한하군……. 총잡이인가?"

"쿠로 님은 모르시나요? 저 분은 시가8검 제5위인 헤르미나 님이십니다."

총을 등에 진 금발 보브컷의 미인 여성이 시가8검인가 보다. 눈초리가 좀 올라간 기색인데도 센 느낌이 안 드는 상냥한 눈동자를 가졌다.

그녀는 나이가 27세로 젊은데도 레벨이 50 가까이 된다.

그러고 보니 전에 만난 시가 8검 차석인 샤로릭 제3왕자보다 레벨이 높은데 그녀의 석차가 낮군.

시가8검이니까 검이 아닌 걸 쓰는 사람은 석차가 낮은 건가?

엿듣기 스킬이 시가8검 일행의 대화를 포착했다—.

"젯츠 백작령의 고갯길에 나타났다는 용의 이야기는 들으셨나요?"

"그래, 들었어. 토렐 경이 파견됐다면서?"

"용이 상대라면 비공정을 보낼 수도 없으니까요.『비룡 기사』^{와이번 라이더}인 토렐 님이 적임이겠죠."

흑룡 헤일롱 말고도 살아남은 용이 있는 모양이군.

"부러워라. 나도 용이랑 싸워보고 싶었어."

"과연 헤르미나 님—."

뇌까지 근육인 시가8검의 말에 성기사가 감탄한 표정을 지었다.

과연, 성기사들도 배틀 중독자의 동류인가 보네.

모두 다 뇌까지 근육인 건 아닌지, 동료의 모습에 쓴웃음을 지은 성기사가 시가8검에게 다른 화제를 꺼냈다.

"헤르미나 님은 미궁도시에 파견되신다고 들었습니다만?"

"그래. 미궁도시의 카리온 신전이『사막에서 왕이 부활한다』같은 예언을 받았다고 해서, 그걸 조사하러 가게 됐어."

"사막의 왕— 역시 마왕일까요?"

"그걸 조사하는 게 이번 임무야. 하아…… 사막이라니, 나보다 헤임 경이나 류오나가 잘 맞는 장소인데—."

탄식한 시가8검 헤르미나 양이「쥬레바그 님도 참 너무해」라면서 상사로 예상되는 인물에 대한 투정을 했다.

죄송합니다. 분명히 제가 도시 핵이랑 계약을 한 탓입니다.

시가8검 일행의 목소리가 엿듣기 스킬로도 포착되지 않게 될 무렵, 그제야 목적지에 도착했다.

"쿠로 님, 저 빨간 지붕 건물입니다."

선도하고 있던 에르테리나가 점포 후보 건물을 가리켰다.

생각보다 크군. 미궁도시의 저택보다 부지는 좁지만 4층 건물이라서 바닥 면적은 두 배 이상 될 것 같았다.

서민가와 유복한 평민이 사는 구역의 중간에 있으니 입지적으로도 점포 후보로 충분한 느낌이다.

1층 부분은 점포, 2층 부분을 사무소 겸 창고, 3층보다 위는 주거 공간으로 쓰면 되겠군.

"뒤쪽에는 주차장이나 마구간이 있습니다. 창고로 쓸 수 있는 공간이 좁기 때문에 상회의 규모가 커지면 임대료가 싼 공장 거리 쪽에서 창고를 빌려야 할 거예요."

"그렇군."

커다란 포부를 펼치는 에르테리나에게 수긍하고, 다른 두 건의 점포를 돌아보았다.

결국 입지와 건물의 규모가 딱 좋은 첫 번째를 점 찍어두기로 정했다. 임대료가 미궁도시보다 비싸지만, 상정했던 범위 안이라서 문제없다.

나는 에르테리나에게 점포 계약과 매입에 필요한 자금을 추가로 건넸다.

그러면, 다음은 성에서 진짜 왕이랑 면회를 할까.

◆

"안녕? 폐하."

오랜만에 보라색 머리칼 용사 나나시로 변신하여 시가 국왕의 사실을 방문했다.

방문한다는 뜻을 담은 편지를 오늘 낮 무렵에 미리 국왕의 집무실에 두고 왔다.

그런데, 어째선지 이 방에는 국왕 혼자밖에 없었다.

공도에서 만난 대역을 방에 두고 자기는 다른 방에서 엿보거나 근위 기사들을 주위에 거느릴 거라고 생각했는데, 예상이 틀렸네.

일단 옆 방에 재상과 시가8검 필두가 있지만, 조심성이 너무 없지 않나 싶은데.

"오랜만이군, 용사 나나시 공."

그는 사실의 창문에서 실례한 나를 보고도 탓하지 않고 방으로 불러들였다.

목소리도 대역과 똑같다. 아무래도 공도에서 국왕의 대역과 만난 설정은 유효한 모양이다.

"잠깐 하늘 너머나 남쪽 바다에 용건이 있었거든."

"흠. 천계까지 초청을 받다니. 시가 왕국의 용사이자 구국의 영웅답군."

아니, 천계가 아니라 우주인데— 딱히 정정 안 해도 되겠지. 설명이 귀찮아지고.

은근슬쩍 **시가 왕국의 용사**로 인정했지만 넘어가줄까.

"나나시 공, 귀공의 말투가 전과 다르지 않은가?"

—아뿔싸.

그러고 보니 공도에서 공작이나 대역이랑 이야기했을 때는 미아처럼 말수 적은 어조였지.

아리사의 감수로 나나시의 어조를 사토가 연상되지 않도록 「무례한 어린애」풍으로 변경하다 보니까 국왕이 대역에게 들은 정보와 다른 거겠지.

"아~ 그때는 마왕이나 대괴어랑 연전을 해서 지쳤으니까 말하기 귀찮았었거든."

사기 스킬 선생님의 힘을 의지해서 적당한 이유를 지어냈다.

"그랬었던가…… 미안하지만, 다시 한 번 성검 클라우 솔라스의 진정한 힘을 보여줄 수 없겠는가?"

어라? 의심을 하나?

"좋아~."

나는 아이템 박스에서 성검 클라우 솔라스를 꺼내 충분한 마력을 주입하고 성구를 읊었다.

"《춤춰라》."

성검이 13장의 칼날로 갈라져서 몸 주위에 떠올랐다.

"오오오오오……."

국왕이 눈이 튀어나올 것처럼 놀랐다.

다치기라도 하면 위험하니까 기동한 성검 만지지 말아주세요.

국왕이 충분히 즐겼을 즈음에 말을 걸었다.

"이제 됐어?"

"고맙군."

그렇게 말하면서도, 국왕은 아직도 뭐라고 말하고픈 기색이었다.

"왜?"

내가 그렇게 말하자, 국왕이 결심한 것처럼 애원했다.

"나나시 공, 한 번, 가면 아래의 맨 얼굴을 보여줄 수 없는가?"

"좋아. 하지만 창피하니까 조금뿐이야."

분명히 요구할 거라고 생각했으니까 가면 안에 변장 마스크를 썼다.

이번 방문을 대비해서 변장 마스크도 버전을 올려 특제로 만들었다. 보르에난 숲에서 다시 배운 기술을 사용하여 투시 저해나 인식 저해의 마법회로를 넣어봤다.

가면에도 같은 마법회로를 넣었으니까, 대부분의 투시나 간파 계통 마법 도구를 차단할 수 있다.

"이러면 돼?"

뜸들일 생각도 없으니까 가면을 슬쩍 비껴서 변장 마스크 얼굴을 보여줬다.

얼굴의 조형은 초대의 변장 마스크와 마찬가지로 내 소꿉친구가 고교생일 무렵의 얼굴과 비슷하게 만들었다.

"오오오, 신이시여!"

어라? 소꿉친구의 얼굴이 마음에 안 들었는지, 국왕이 경련할 정도로 쇼크를 받았다.

하지만 신에게 기도하는 건 너무 거창하지 않나 싶은데.

"야— 아니, 나나시 님. 그 얼굴을 재상에게도 보여주실 수 없겠습니까?"

—님?

그리고 나에 대한 어조가 윗사람에게 하는 것처럼 존대로 변하지 않았나?

"『님』이라고 안 해도 돼. 폐하. 너무 남에게 얼굴 보여주고 싶지 않지만, 재상에게만이라면 좋아."

재상은 감정 계통이나 간파 계통 스킬이 없으니까.

"관대한 말에 감사합니다. 그러면 불러오겠습니다."

국왕이 부르자 옆방에서 대기하던 재상이 찾아왔다.

공도에서 받은 귀족 정보— 토르마 메모에 따르면 재상은 시가 왕국에 세 가문밖에 없는 공작 가문 사람이다. 두크스 전 공작.

가문은 아들에게 물려주고, 왕의 한 팔로서 행정을 담당하는 모양이다.

—그건 그렇고.

이 재상은 직업명에서 떠오르는 인상을 정면으로 배신하는 모습이었다.

장군이라고 소개를 받으면 딱 감이 올 것처럼 두꺼운 근육이 몸을 지키는 위장부. 손에 든 제갈공명 부채가 참 안 어울린다.

전투 계통 스킬은 「호신」밖에 없는데, 어째서 이렇게 마초가 된 거지?

재상은 미리 나나시 얘기를 들었는지 내 가면을 보고도 딱히 놀라지 않고, 한 번 흘끔 본 다음에 국왕에게 용건을 물었다.

"부르셨습니까? 폐하."

국왕이 서로를 소개해주어 인사를 마쳤다.

"나나시 님, 부탁드립니다."

존댓말을 쓰는 국왕에게 재상이 한순간 눈썹을 움찔 움직였다.

"자~아."

신경 끄고 가면을 벗어 재상에게 얼굴을 보여줬다.

"오오오오오오오오오!"

재상이 한 번 굳은 다음에, 아까 국왕보다 격하게 놀라는 목소리를 흘리며 눈물을 뚝뚝 흘리기 시작했다.

국왕도 그렇고 재상도 그렇고, 어째서 이렇게 과잉 반응이지?

소꿉친구의 얼굴은 잘 봐주면 그럭저럭 예쁘다고 해줄 수 없을 정도는 아니지만, 평범하게 수수한 얼굴이다. 남들이 보고 감동하거나 충격을 받을만한 짙은 개성은 없을 텐데…….

의외로 루루처럼 이쪽 사람의 미적 감각으로는 이상하게 느껴지는 걸지도 모르겠군.

"이제, 괜찮아?"

나는 가면을 한 손에 들고 국왕에게 물었다.

"후의에 감사드립니다."

"나한테 그런 말 안 써도 되는데?"

덩달아 울던 국왕에게 다시 한 번 말했다.

"기억하실지 모르겠습니다만, 이 자의 두크스 가문은 건국 전부터 야마토 님을 섬기고 있었습니다."

"후~응?"

그런 설명 있었나?

나는 고개를 갸웃거리며, 가면을 썼다.

"건국할 당시에 『모습을 본뜨는 비보』로 촬영한 야마토 님의 모습은, 지금도 두크스 가문의 「초상의 방」에 보관되어 있습니다."

갑작스런 국왕의 말에 내심 당혹했다.

카메라 같은 마법 도구에는 흥미가 생기지만, 아까 그 흐름을 보면 왕조 야마토의 사진이 보관되어 있다는 이야기가 되니까 의미를 잘 모르겠다. 자랑인가?

"야, 야마토 니이이이이이임!"

굵은 눈물을 팔로 닦은 재상이 갑자기 두 손을 펼치며 끌어안으려고 하기에 스르륵 피했다.

"진정해라, 두크스."

두 번째는 국왕이 말려줘서 안 피해도 됐다.

그건 그렇고 「야마토」 님?

혹시 내 소꿉친구의 얼굴이 왕조 야마토랑 닮았다는 건가?

우연의 일치겠지만, 엄청난 확률인데…….

"나는 나나시야. 왕조하고는 상관없어."

"예, 알겠습니다."

아니, 저건 분명 못 알아들은 표정이잖아.

분명히, 나나시를 왕조 야마토가 전생한 모습이라고 생각하는 표정이다.

어째서— 그렇구나, 이 머리다.

용사 하야토나 「불사의 왕」 젠도 말했지만, 전생자는 「보라색 머리칼」로 태어난다고 했다.

그래서 이 머리색을 본 국왕이 내가 전생자라고 생각해도 이상하지 않아.

하지만 전생했다면 얼굴도 바뀔 거고, 얼굴이나 머리 두 가지 조건만으로 짧게 생각을 할 사람들이라면 대국의 국왕과 재상을 맡기 힘들지 않을까……?

뭐 됐어. 자기 생각을 굳게 믿는 상대가 납득할 때까지 정정하는 것도 귀찮으니, 적당히 착각하게 놔둘까.

일단은 왕조 야마토 취급하지 않도록 못을 박아뒀다.

"그러면 본론으로 들어가도 될까?"

"죄송합니다, 왕— 나나시 님."

왕조라고 말하려던 국왕이 말을 고쳤다.

케르텐 후작의 일과 장사 이야기 어느 쪽을 먼저 할까— 역시 전자부터 가자.

"첫 번째는 말야. 내 시종이 지인의 누명을 벗겨달라고 부탁을 했거든."

"누명이라고 말씀하시면—."

국왕은 도중에 말을 끊었지만 케르텐 후작 일이란 걸 깨달은 느낌이군.

"응, 케르텐 후작이 반역을 꾸몄다는 이야기."

"역시 누명이었습니까."

재상이 고개를 끄덕였다.

아무리 왕조님이랑 닮았다고 해도 그렇게 간단히 믿어도 되나?

"이게 증거—."

내가 「녹화」의 마법으로 촬영한 정지화상과 「녹음」으로 기록한 음성을, 「정보 출력」의 마법으로 링크시킨 「환영」과 「음향」 마법으로 상영해 두 사람에게 보여줬다.

그리고, 정지화상인 것은 데이터의 전송 속도가 부족하기 때문이다.

"이, 이것은 신화시대의 비보, 『시간을 담는 수정』이옵니까?"

"아~니야, 이건 마법."

녹화 계통 마법 도구도 있는 모양이네.

"두크스, 이 녀석들의 처분은 맡긴다."

"알겠습니다. 국법에 따라 엄정하게 처분하겠습니다."

어쩐지 바이올런스한 기척이 느껴지지만, 이 나라의 법률에 참견할 생각은 없으니까 뒷일은 두 사람에게 맡길까.

귀족들을 부추긴 왕족이 누구인지까지는 모르겠지만, 그 부분 조사는 국왕과 재상에게 맡기자.

더 이상은 내가 나설 의미도 필요도 없으니까.

"정말 감사합니다, 나나시 님. 덕분에 충신을 잃지 않겠습니다."

"재판 때는 아까 마법 필요해?"

"아뇨, 왕인 저와 재상이 보았습니다. 나나시 님께서 괜한 걸음을 하실 일은 아닙니다."

피의자나 다른 귀족들에게 보여줄 필요는 없나 보군.

나는 괜한 수고가 없어서 편하긴 한데.

"케르텐에게 자신의 누명을 벗겨준 것이 왕— 나나시 님이라고 말해주면 분명히 졸도하겠지."

"케르텐 공은 왕조님의 열렬한 신자이니까요."

"나는 왕조님이 아니야~. 왕조님은 『몽정영묘』에서 잠들어 있잖아?"

"그랬었군요."

"잊을 뻔했습니다."

국왕과 재상이 거창하게 고개를 끄덕였다.

응, 입으로는 긍정하지만, 둘 다 내가 왕조님이라고 굳게 믿고 있네.

괜한 고생만 할 것 같으니 더 이상 정정하는 건 관두자.

"용건 두 번째 말인데~. 시가 왕국에서 마법의 물품을 팔고 싶어. 상업권 같은 게 필요하면 줄 수 없어?"

"곧장 준비하겠습니다."

국왕이 즉답하며 허가해 주었다.

술술 공문서용 종이에 문장을 쓰더니, 옥새를 꾹 눌러주었다.

과연 왕정. 이럴 때는 이야기가 빨라서 좋네.

"정식 서식의 상업 허가증은 후에 드리겠습니다만, 이 허가증만 가지고도 문제없이 상업 활동을 할 수 있습니다."

국왕이 그렇게 말하며 친필 허가증을 건네주었다.

"고마워~."

솔직히 인사를 하자 어째선지 두 사람의 웃음이 짙어졌다.

지금 그 한 마디가 무슨 심금을 울린 건지는 의문이지만, 딱히 신경 안 써도 되겠지.

"나나시 님, 어떠한 물건을 팔고자 하시는지?"

"응, 마법의 무구나 도구, 그리고 약품 관련을 다룰까 하고 있어. 주목 상품으로는 비공정을 준비했지~."

"비공정이란 말입니까?!"

재상의 물음에 대충 상품 장르를 대답했는데, 「비공정」이란 단어에 국왕이 굉장한 기세로 달려들었다.

"으, 응. 대형 운송용 비공정이랑 개인용 소형 비공정 두 종류를 판매하려고 생각중이야. 견본용 운송함 한 척 말고는 공력 기관밖에 없으니까 주문을 받고서 납품할 때까지 시간이 좀 걸리겠지만~."

운송함은 미궁도시와 왕도 사이를 항행하는 비공정과 비슷한 성능으로 만들었다. 항행 속도나 최대 고도는 비슷하고, 크기는 약 40퍼센트 증가. 적재량을 넉넉하게 설계했다.

개인용 비공정을 귀족들 사이에 퍼뜨려서 내가 사토 모습으로 도시 사이를 자유롭게 오갈 수 있어도 이상하지 않은 상황으로 만들고 싶거든.

"개인용?! 귀중한 공력 기관을 개인의 유흥에 쓴다는 겁니까?"

—거창하기는.

"지방 영주가 가볍게 왕도에 오갈 수 있으면 편리하잖아?"

"분명히 편리합니다만, 나나시 님은 공력 기관을 그 정도로 윤택하게 가지고 계신 겁니까?"

"응, 그럭저럭."

대괴어의 지느러미를 방출할 생각은 없지만, 설탕 항로를 여행하는 동안 상당한 양의 공력 기관용 소재를 얻었던 말이지.

하늘을 나는 상어 같은 괴어— 에어 피쉬의 지느러미보다도, 하늘을 나는 참치 같은 탄환 참치나 외뿔이의 지느러미가 많은 건 식욕이 개입해서 그렇다.

덕분에 공력 기관에 쓸 부위는 남는 기색이란 말이지.

물론 탄환 참치나 외뿔이의 얇은 지느러미로 만드는 공력 기관은 괴어의 두꺼운 지느러미로 만든 것만큼 출력이 안 나온다.

아마도 마법 도구 작성 스킬이 낮으면 전자로는 충분한 출력을 가진 공력 기관을 만들 수 없을 거야.

그리고 연안의 도시를 공격하는 것이 괴어뿐이라고 하니까, 참치나 외뿔이는 공력 기관의 소재로 알려지지 않았겠지.

"구체적으로 어느 정도의 수를 준비하시는 겁니까?"

내 애매한 대답에 재상이 좀 초조한 어조로 물어보기에 구체적인 수치를 제시했다.

"대형 비공정용으로 5척 분량, 소형 비공정용으로 20척 분량 정도인데."

참고로 소형 30척 분량 정도로 대형 1척의 출력이 된다.

그런 것보다 허가가 내려올 지가 문제인데, 국왕이랑 재상이 생각에 잠긴 표정이다.

밀매는 안 좋단 말이지.

"나나시 님, 말씀 드리기 어렵습니다만, 국방을 위해서 그 정도 수의 비공정을 가볍게 매매하시면 곤란합니다."

"당분간은 시가 왕국의 귀족에게만 팔 셈인데, 그래도 안 돼?"

징글귀엽하게 물어봤다.

기분 탓인지 마음의 라이프가 줄어들었다…….

"우, 우음, 그렇다면—."

"왕가에 우선권을 주십시오."

허가를 해줄 것 같던 국왕의 말이 끝나기 전에 재상이 조건을 달았다.

방금 전까지 왕조 러브였는데 갑자기 정치가의 표정이 됐군.

"비공정을 팔 경우, 우선 왕가 혹은 왕국군에게 상담을 해주셨으면 합니다."

"오케이~."

"오케이? 학식이 얕아 어느 나라의 말인지는 모르겠습니다만, 긍정이란 의미이옵니까?"

"아아, 미안. 긍정이란 거야."

그런 대화를 거쳐서, 왕국에서 비공정 매각 허가가 내려왔다.

대형 비공정 5척 중에서 견본 한 척을 헌상하고, 그 공적으로 상업권과 메달리온을 받았다는 걸로 했다.

용사 나나시가 아니라 에치고야 상회를 앞에 세울 거니까 이런 겉치레가 필요했다.

수여 예정인 메달리온은 왕가 어용상인의 증거로, 실제로 장사를 하는 자가 귀족들과 대등한 거래를 할 수 있다고 한다.

옥새를 찍은 국왕 친필 서류를 가볍게 제시할 수 없는 것을 우려한 재상이 준비해 주었다.

그리고 대형 비공정의 가격은 실물을 안 보면 가격을 매길 수가 없다고 하기에, 나중에 왕도의 공항에 가져올 헌상용 비공정을 기준으로 정한다고 했다.

"―아, 그렇지."

이대로는 사토가 비공정을 쓸 수 없어.

"무, 무슨 일이시온지?"

조심조심 물어보는 재상에게, 마음 편한 느낌으로 말했다.

"우~응, 조금 말야. 남쪽 바다의 나라에서 소형 비공정용 공력 기관을 몇 척 분량 팔아 버렸어."

"며, 몇 척 분량이라면……."

한순간, 재상과 국왕의 표정에 복잡한 기색이 스쳤지만 딱히 탓하지는 않았다.

이걸로 사토가 비공정을 소지하고 있어도, 남쪽 바다― 설탕 항로에서 입수했다는 변명을 할 수 있다.

"아까 마법의 무구라고 하셨습니다만 어떠한 물건인지요?"

"그렇네~. 그것도 견본을 건네둘게."

견본용으로 마검과 마창을 각각 다섯 자루, 그리고 마법약을 몇 종류 정도 헌상했다.

이 마검이나 마창은 양산이 간단한 1세대형 주조 마검이다. 전에 공도 어둠의 옥션에서 매각하여 시멘 자작이 에르탈 장군에게 자랑했던 마검 아카츠키와 같은 종류였다.

마창은 축 부분에 산수의 가지를 가공해서 사용한 것 말고는 마검과 다를 것 없었다.

"이, 이것은 오유고크 공작령에 돌았다는 마력 효율 특화형 마검!"

"이것도 나나시 님이 만드신 검이었군요."

의장이 같아서 국왕과 재상은 금세 깨달았다.

"최근에는 마족이 많은 것 같아서~. 마족에게서 나라를 지키려면 필요하잖아?"

"예, 예에! 이 정도 마검을 실력 있는 기사들에게 들려줄 수 있다면—."

재상이 말하던 도중에 머뭇거렸다.

"—서, 설마, 이 마검도 잔뜩 파실 셈입니까?"

"응."

잔뜩이라고 해도 100자루씩 예정이지만.

"이것도 폐하랑 왕국군에 우선권 줄까?"

"부, 부디 부탁드리겠사옵나이다."

어쩐지 재상이 배우 같은 어조로 고개를 숙였다.

"알았어~. 대량으로 납품할 때는 폐하를 우선할게. 상회에 주목을 모으고 싶으니까 한 달에 몇 자루 정도는 그쪽에서 팔아도 될까?"

"예, 예에. 왕조— 나나시 님의 뜻대로."

여전히 재상은 나를 왕조 야마토라고 부르려고 하네.

"죽음의 상인이 될 생각은 없으니까, 전쟁에 쓸 수 있는 마력포나 대형 골렘은 없거든?"

"안심하십시오. 왕조님의 마음은 잘 알고 있습니다."

만약을 위해 못을 박아두었지만, 국왕이나 재상의 모습을 보면 괜찮겠다.

대놓고 왕조라고 부르는 건 무시하자.

"어느 정도 가격으로 팔까?"

"미스릴 마검이라면 금화 300닢, 아니, 금화 500닢은 필요할 겁니다."

"기각."

그건 너무 바가지다.

"그렇지만, 나나시 님—."

"그거 미스릴 합금은 표면에만 썼어. 안쪽은 청동이니까 비싸도 금화 200닢 정도 아니야?"

"나나시 님, 오유고크 공작이 소유한 마검 아카츠키 말입니다만—."

문벌 귀족들이 현상금까지 걸어서 혈안이 되어 찾고 있는데, 현상금 시세가 금화 300닢에서 500닢이라고 했다.

미궁산 마검이 금화 200닢이니까, 성능을 보면 금화 300닢이 타당하다는 거군.

"그러면, 상회에서 파는 건 그 가격으로 하지만, 폐하한테 파는 건 한 자루에 200닢이야."

생산 원가가 한 자루에 금화 5닢 정도에다 1시간이면 100자루 정도 만들 수 있으니까 너무 바가지를 씌우는 건 켕긴단 말이지.

"몇 자루 필요해? 마검이 100자루, 마창이 200자루 정도 있는데?"

그렇게 많이는 필요 없지? 라는 뜻을 담은 의도를 헤아려주지 않고, 국왕이 모두 사들여 주었다. 금화 6만닢의 엄청난 장사다.

떼돈을 버는 게 목적이 아니니까, 이 6만닢은 시가 왕국의 산업에 투자를 할까?

이어서, 이야기가 헌상한 마법약으로 바뀌었다.

"별난— 아니, 보기 드문 마법약이군요."

재상이 마법약의 라인업을 보면서 희한하단 기색으로 말했다.

마법약은 전투에 쓸 수 있는 체력 회복약이나 마력 회복 등은 없고, 정력 증강제, 자양 강장제, 영양제, 증모제 등의 왕도에서 수요가 많을 법한 걸 골랐다.

자양 강장제는 견본이란 명목으로 국왕과 재상에게 넉넉하게 선물했다.

"그렇지~. 평화적이잖아."

"그야말로 왕조님의 깊은 자비가 드러나는군요."

"그러니까, 나는 용사 나나시라니까."

국왕이 「알고 있습니다」라면서 고개를 끄덕였다.

나도 그 이상 정정하지 않고 물러나기로 했다.

그리고 상품은 대형 비공정에 실어서 납품하니까 대금 지불도 그때 하기로 했다.

"그러면, 나는 이만 갈게. 우리 상회 애들이 의지하러 올지도 모르는데, 그때는 잘 부탁해~."

내 부탁을 재상과 국왕이 흔쾌히 수락했다.

"나나시 님……."

뭔가 말하고 싶은 국왕에게 고개를 갸웃거리며 「뭔데~?」라고 타마처럼 물어봤다.

"왕국에 마왕이 현현했을 때는—."

"응, 눈치채면 쓰러뜨릴게."

상대가 우호적이라면 문답무용으로 싸울 생각은 없지만, 공도에 나타난 「황금의 저왕」이나 지금까지 만난 상급 마족들을 돌이켜보면 아마 당연하게 싸우게 될 것 같단 말이지.

"어디 부활할 것 같은 장소라도 있어?"

"몇 개월 전에 미궁도시 세리빌라, 그리고 서쪽 대사막에도 예언이 내렸습니다."

전자는 암약하고 있던 녹색 상급 마족의 계획을 꺾었고, 후자는 도시 핵과 계약한 나를 잘못해서 해석한 예언 같단 말이지.

"알았어. 주의할게. 무슨 새로운 정보가 들어오면 우리 상회 애들한테 전해줘~."

나는 일방적으로 말하고 국왕의 사실에서 물러났다.

국왕과 재상에게 정기적으로 정보를 얻을 수 있는 환경이 생겼지만, 왕도와 미궁도시 사이의 정보 전달 수단을 준비하지 않으면 그다지 의미가 없으려나.

◆

"에르테리나, 주군께 받아왔다."

나는 금발 귀족 아가씨 에르테리나에게, 메달리온과 국왕 친필의 상업 허가증을 건넸다.

"손으로 쓴 허가증인가요?"

"그것은 국왕 친필이라는군. 정식 서식의 상업 허가증은 후일 점 찍어둔 점포로 올 거다."

""""폐, 폐하의 친필인가요!!""""

귀족 아가씨들이 일제히 소리치며 들여다보았다.

그녀들 말에 따르면 친필 허가증은 소지하기만 해도 상대가 한 수 접어준다고 했다.

"이 메달리온은?"

"이, 이건!"

상인 아가씨가 눈알이 튀어나올 것 같은 표정으로 나를 올려다보았다.

"어용상인의 증거라고 하더군. 왕성에 갈 때 휴대해라."

"여, 역시!"

메달리온에서 보이지 않는 아우라라도 나오는 것처럼, 상인 아가씨가 팔로 얼굴 앞을 가렸다.

─거창한 애네.

덤으로 에치고야 상회 시동에 맞춰 내 대리를 임명하자.

"에르테리나, 너에게 에치고야 상회의 지배인을 맡긴다."

"제, 제가 지배인인가요?"

"그래."

국왕이나 귀족을 상대로 장사하는 일도 늘어날 거고, 그녀처럼 견식이 넓고 귀족들의 상식을 알고 있는 자가 적임이겠지.

"맡아주겠나?"

"네. 제 몸을 던져서라도, 에치고야 상회를 시가 왕국 제일의 대상회로 키우겠습니다."

에르테리나 지배인은 기합이 충분하곤.

그렇게까지 할 필요는 없지만, 의욕이 있는 건 좋은 일이니까 그녀의 어깨를 툭 두드리고 「기대하고 있다」라고 속삭였다.

사람은 환경이 만드는 거니까, 이제부터 금발 귀족 아가씨나 에르테리나가 아니라 지배인이라고 부를까.

"티파리자, 서류 관련이나 경리는 너에게 맡긴다. 지배인을 지탱해줘라."

여기 있는 다른 애들은 에치고야의 간부 후보로 해두자.

미궁도시에 남아 있는 폴리나와 스미나도.

"네, 쿠로 님!"

늠름한 태도의 티파리자에게, 아까 국왕이나 재상과 나눈 거래 관련 메모를 건넸다.

"쿠로 님, 이것은?"

"첫 일이다. 내 주군이 국왕과 재상에게 팔았다고 했다. 납품은 내가 하겠지만 사무 수속은 너에게 맡기지."

서류를 눈으로 훑은 티파리자의 하얀 얼굴이 밀랍처럼 새하얗게 변했다.

"쿠, 쿠로 님? 여기에 대형 비공정 5척과 소형 비공정 20척, 마검 100자루, 마창 200자루라고 쓰여 있습니다만?"

끼기기. 녹슨 소리가 날 법한 움직임으로 티파리자가 고개를 돌렸다.

"아아, 미안. 실수가 있군."

"—그렇겠죠."

티파리자가 안도의 한숨을 흘렸다.

"대형 비공정 한 척은 헌상할 것이니, 매상에서는 제외하도록. 그것 말고 다른 비공정의 가격은 헌상하는 한 척을 본 다음에 가격을 매기기로 했다."

내가 정정하자, 티파리자와 뒤에서 듣고 있던 이들의 움직임이 멈추었다.

갑자기 매상이 너무 큰가?

"무리입니다!"

티파리자가 보기 드물게 감정적으로 외쳤다.

"딱히 그 매상을 기준으로 할당량을 지울 셈은 없다만?"

"할당량? 아뇨, 그게 아닙니다."

티파리자 대신 지배인이 앞으로 나섰다.

"저희들은 비공정이나 마검을 다룰 힘이 없다고 말씀 드리는 겁니다."

"무슨 뜻이지?"

허가증은 있고, 상품도 있다. 뭐가 문제지?

"저희들은 그 물건들을 유력한 문벌 귀족이나 타국의 간첩에게서 지켜낼 수가 없습니다."

―아하.

그건 생각 못했네.

국왕이 뒤를 봐줘도 위법적이지 않은 아슬아슬한 선에서 공격하는 불량 귀족이나, 애당초 국왕의 위광이 닿지 않는 간첩에게는 의미가 없지.

"알았다. 얼마 동안 비공정과 마검은 내가 직접 다루지."

동료들의 「계층의 주인」 토벌이 끝날 무렵에 에치고야 상회의 간부들만이라도 미궁으로 데리고 가서 집중 훈련으로 레벨 30 정도까지 끌어올리는 편이 좋을지도 모르겠네.

일단 정식 호위를 준비할 때까지는 「땅의 종자 제작」의 흙 마법으로 돌 골렘이나 말 같은 걸 만들어 배치해두자.

"지배인, 미안하지만 왕도 안에서 대형 비공정을 건조할 수 있을 법한 장소를 확보해주겠나."

매번 보르에난 숲까지 가서 만드는 것도 힘들고, 왕도 안에서 만드는 편이 편하단 말이지.

그리고, 내가 혼자서 전부 만드는 것보다 선체 부분이나 의장은 조선 관계 기술자가 만드는 편이 좋을 거야. 고용도 늘어나니까.

"아, 알겠습니다. 조선 설비는 어찌할까요?"

"넓이가 충분하다면 문제없다."

건물은 흙 마법으로 금방 만들 수 있으니까.

"그러면 뒷일을 맡긴다."

나는 지배인 일행에게 말하고, 그녀들에게 등을 돌리며 메뉴의 마법란을 열었다.

"그렇지—."

깜빡한 것을 말하려고 돌아보자 다들 움찔거렸다.

"한 달 정도 뒤에, 국왕이 귀족 거리에 커다란 저택을 주기로 했다. 점포 예정지는 그대로 써라. 새로운 저택은 귀족을 상대로 장사할 때 쓰면 된다."

"알겠습니다."

지배인이 안도한 표정으로 수긍했다.

아무래도 저택 일은 그녀들이 놀랄 정도의 내용은 아니었나 보다.

평범한 반응에 조금 아쉬운 기분을 느끼면서, 나는 귀환전이로 미궁도시에 돌아갔다.

)칭호 「무기상인」을 얻었다.

)칭호 「어용상인」을 얻었다.

시가8검

"사토입니다. 예쁜 누나를 좋아합니다. 보통 때는 빈틈없는 사람이 문득 짧은 타이밍에 보여주는 무방비한 모습 같은 건 더 좋아합니다. 갭 모에라는 건 좋다니까요."

"젊은 나리~!"

누가 부르기에 돌아보자, 붉은 머리 넬이 탱크탑 모습으로 땀을 흘리며 타코야키를 굽고 있었다.

나는 손을 흔들면서 동료들과 함께 그녀의 노점으로 발길을 옮겼다.

"안녕하세요? 넬 씨. 오늘은 비공정 승강장에서 노점인가요?"

"그렇슴다! 시가8검 님이 미궁도시에 오다니, 절호의 돈벌이 기회임다!"

넬이 하얀 송곳니를 반짝이면서 미궁도시 서쪽의 비공정 승강장에 모인 군중을 둘러보았다.

오늘은 왕도에서 시가8검 일행이 그「사막의 바다를 다스리는 위대한 왕이 나타난다」에 대한 예언을 조사하러 온다고 했다.

미궁도시의 분지를 둘러싸는 산들 너머로 대형 비공정의 모습이 보였다.

"넬, 타코야키 한 그릇, 마요 넣고, 파래 빼고."

"마요가 뭔가요? 소스 없이 먹으면 맛 없습다?"

"그렇지, 마요는 아직이었지. 소스 넣어서 부탁해."

아리사가 얼른 군것질을 시작했다.

분명히 타마가 그린 간판 「유전하는 타코야키」를 보고 먹고 싶어졌겠지.

"뉴우~?"

"왜 그러니? 타마."

"어쩐지, 미묘~?"

"꼬치고기, 맛있는 거예요?"

아인 소녀들이 꼬치고기에 혀를 내둘렀다.

미아, 나나, 루루는 함께 산 프라이드 포테토를 먹고 있었다.

노점 음식은 배가 안 고파도 손이 나간다니까.

"어라라~? 펜드래건 사작도 마중 나왔어?"

미궁방면군의 여우 장교가 대장과 함께 새꼬치를 한 손에 들고 인파 너머에서 나타났다.

"안녕하세요? 저는 그냥 구경 왔습니다."

"그렇구나. 나도 구경꾼으로 변경해 버릴까?"

"당연히 안 되지, 이 바보 자식!"

여우 장교의 머리에 대장의 꿀밤이 떨어졌다.

어쩐지 이거 오랜만에 보는 것 같네.

"아야야야~? 너무해요, 대장. 아까 대장도 그렇게 말했잖아요."

"그건 그거고. 너 혼자 도망칠 수 있을 것 같냐?"

대장은 장군 각하의 대리로 시가8검을 마중하러 왔다고 한다.

"괜찮으면 펜드래건 사작도 함께 안 갈래? 시가8검한테 소개해줄 수 있어~."

"음. 그게 좋겠군. 어차피 미궁도시에 오는 건 『잡초』헤임 공이나 『풀 베기』류오나 공일 테니까."

유감이지만 오는 건 그 두 사람이 아니란 말이죠.

그리고, 나라를 대표하는 시가8검인데 둘 다 좀 심한 별명이 붙었네…….

"그러면 에르탈 장군과 술자리를 여는 건 필연이야. 주연에서 만나거나 여기서 만나는 차이밖에 없지."

나는 고사했지만, 대장과 여우 장교에게 억지로 붙잡혀서 그대로 마중행렬의 제일 앞줄로 끌려갔다.

일반 시민뿐 아니라 귀족들조차도, 일하러 온 사람들 말고는 울타리로 구분된 영빈 구역에 못 들어오는 모양이다.

"사토 공!"

앳된 목소리가 인파 너머에서 들렸다.

바위의 기사를 거느린 노로크 왕국의 미티아 왕녀.

그 뒤에는 태수의 호위 기사 한 사람을 거느린 태수 3남 게릿츠 군과 추종자 소년소녀들도 있었다.

"사토 공도 시가8검을 마중 나온 것인고?"

"네, 킹크리 씨의 배려로……."

본의 아닌 마음은 무표정 스킬 선생님의 도움으로 은폐하고, 미소 짓는 미티아 왕녀에게 지지 않는 표정으로 대답했다.

"우리들은 태수의 대리인 게릿츠 공에게 억지를 부려서 동행을 하게 되었느니라."

그들 뒤에는 미궁도시에 왔을 때 만난 중년 관리가 있었다.

아마 진짜 안내자는 그의 역할이겠지.

"아~ 어흠어흠."

게릿츠 군의 추종자 중에서 토케 남작 차남인 루람 군이 서투른 헛기침으로 내 주의를 끌었다.

그는 넬 일행이 여는 미궁 앞 노점의 단골이라 꽤 자주 본다.

"펜드래건 경, 탐색자 학교의 개교는 아직인가? 게릿츠 님이 걱정을 하고 계시니 그것을 좀 들려주게."

"탐색자 학교 말인가요?"

"그래. 귀족 대상의 강좌도 좋아."

루람 군 뒤에 있는 게릿츠 군과 귀족 자제와 미티아 왕녀도 눈빛을 반짝거리며 주목하고 있었다.

그러고 보니 길드장이「소국의 공주님이나 태수 3남이, 귀족을 위한 강좌나 탐색자 학교 개설은 아직이냐고 물으러 왔던데?」라고 했었지.

"여러분이라면 굳이 귀족 대상 강좌 개설을 기다리지 않아도 자택에 강사를 불러 강의를 들으면 되지 않을까요?"

귀족 대상 강좌를 한다고 해도, 교사를 부를 수 없는 가난뱅이 하급 귀족을 대상으로 할 것 같단 말이지.

"그래서는 의미가 없어."

게릿츠 군이 즉답했다.

"—의미, 라고요?"

내 물음에, 듀케리 준남작 영애 메리안이 내뱉듯이 대답했다.

"그래. 허울만 좋고 실전에 견딜 수 없는 형식적인 검술만 가르쳐 주거나, 미궁에서 있었던 모험담을 들려주는 것뿐이야."

미궁도시를 이끄는 귀족들의 자제를 상대하면 그렇게 되겠지. 어설프게 미궁에 데리고 가서 다치기라도 하면 책임 문제가 크니까.

"그런 것이니라! 사토 공이 강사를 해주면 되는 것이니라!"

"미티아 님, 명안입니다! 사작님은 미궁 깊숙한 곳까지 들어갈 수 있는 숙련자니까요!"

미티아 왕녀가 난처한 말을 꺼내자, 메리안 양이 볼을 붉히며 그것에 찬성했다.

한순간, 게릿츠 군이 재미없다는 표정으로 메리안 양을 흘끔 보았다.

"부, 분명히 펜드래건 경이라면 적철의 탐색자다."

"적임일지도 모르지."

게릿츠 군의 추종자들도 마찬가지로 찬성의 말을 거듭했다. 흐름이 안 좋네.

"—그건 안 된다!"

게릿츠 군이 의외로 강한 어조로 부정해 주었다.

반사적으로 나온 말이었는지, 게릿츠 군이 한 마디 하고서는 입을 다물었다.

"왜 안 되는데?"

"그것은, 그건 말이다—. 어쨌든지 안 된다!"

추종자의 물음에, 게릿츠 군이 감정적인 느낌으로 부정했다.

분명히 좋아하는 상대의 관심이 나한테 오는 걸 용납하지 못하는 거겠지.

"제 말을 들어주시겠어요?"

동료들끼리 말다툼하는 귀족 자제들에게 말을 걸었다.

"죄송합니다만, 저도 제릴 님에 이어『계층의 주인』에게 도전하고자 수행을 하고 있는 몸입니다. 지금은 시간을 아껴 수행을 거듭해야 할 때라서, 분에 넘치는 광영이오나 교사 일을 할 수가 없습니다. 관대하게 이해해주시기를 부탁드리겠습니다."

「이야~ 유감이네~」라는 마음을 담아서 교사를 거절했다.

마지막에는 조금 말투가 거창해졌지만, 아무도 신경 쓰지 않았으니 문제없겠지.

"펜드래건 경, 이제 그만 내려올 거야~."

옆에서 싱글싱글 웃으며 보고 있던 여우 장교가 상공에 도착한 비공정을 가리켰다.

발착장에 검은 그림자를 드리운 비공정이 천천히 강하했다.

그것을 지켜보고 있는데, 아리사가 내 소매를 당겼다.

『주인님, 타마가 수상한 녀석을 발견했나 봐.』

입가를 가린 아리사가 공간 마법「전술 대화」로 말을 걸었다.

레이더에 빨간 광점이 비치지는 않지만, 타마가 바라보는 방향에는 후드를 깊숙이 눌러쓴 잿빛 로브를 입은 남자들이 있었다.

AR표시를 보니 파리온 신국의 상인이었다. 칭호에 「상인」,

「어둠의 인도자」, 「마왕 신봉자」라는 것이 있었다. 두 번째 이후의 칭호는 인식 저해 계통 아이템으로 숨긴 모양이군.

그 밖에도 소속이 「케트툴 상회」, 「자유의 빛」이었다. 후자는 칭호 둘과 마찬가지로 숨겨져 있었다. 아마도 공도에서 마왕을 부활시킨 마왕 신봉자 집단 「자유의 날개」와 비슷한 거겠지.

가장 경계해야 할 「사람을 마족으로 바꾸는」 짧은 뿔이나 긴 뿔은 안 가지고 있나 보군.

맵 검색을 해보니, 무역도시 타르투미나에 거점이 있는 것 말고는 지금 여기 있는 여덟 명뿐인가 보다.

나는 마왕 신봉자를 슥슥 마킹했다.

『타마 대원, 포치 대원, 미션을 명한다.』

"네잉!"

"인 거예요!"

척 포즈를 취한 타마와 포치가 활기차게 대답했다.

나는 두 사람에게 「입에 지퍼」 제스처로 침묵을 요청하고, 이어지는 지령을 입에 담았다.

『잿빛 로브 남자들을 군중들 뒤로 던질 거야. 타마랑 포치는 남자들을 기절시킨 다음에 포박할 것. 루루와 나나는 귀족 자제의 안전을 신경 써줘. 아리사랑 미아는 주변 경계. 리자는 예측 못한 사태에 대처해줘.』

모두 고개를 끄덕이고, 타마와 포치가 군중의 발치를 사사삭 빠져나가서 넓은 장소에 대기했다.

『비공정이 착륙하고 트랩에 중요인물이 나온 타이밍에 시작한다.』

아마도 그 타이밍에 놈들도 행동을 시작할 테니까.

나는 공간 마법 「멀리 보기」를 발동해서 부감하며 상황을 확인했다.

"선두는 성기사구나~."

여우 장교가 말한 것처럼 네 명의 성기사가 트랩을 내려와 트랩 아래쪽에 정렬하여 그들의 주인을 기다렸다.

성기사들 중에서 절반이 내가 국왕에게 견본으로 헌상한 주조 마검을 장비하고 있었다.

"으으음, 헤임 공도 류오나 공도 아닌, 고지식한 헤르미나 공인가……."

대장이 속삭인 말은 군중의 환성에 지워져 버렸다.

그와 동시에 마왕 신봉자들이 눈짓을 주고받는 게 보였다.

『시작한다―.』

나는 「전술 대화」로 말을 걸고, 「이력의 손」으로 마왕 신봉자들을 차례차례 붙잡아 타마와 포치가 기다리는 장소로 던져버렸다.

남자들이 비명을 질렀지만, 주변의 환성에 지워졌다.

그들이 공중에 날아가는 걸 깨달은 것은, 날아가는 모습을 본 자들과 시가8검 헤르미나 양뿐이다.

아이템 박스를 가진 자가 한 명 있기에, 그 녀석만 그냥 던지는 게 아니라 기절시키기 위해 낙법을 못하는 자세로 땅바닥에 내팽개쳤다.

그 녀석이 아이템 박스 안에 사람을 마족으로 바꾸는 「짧은 뿔」이나 「긴 뿔」을 숨기고 있으면 위험하니까.

―응?

미약하지만, 「위기 감지」 스킬이 비공정 방향에 뭔가 있다고 경고했다.

시선을 올리는 것과, 레이더에 빨간 광점이 홀연히 나타나는 것이 동시였다.

광점은 헤르미나 양의 바로 등 뒤.

시선 끝에서 헤르미나 양이 돌아보았다.

강모(剛毛)에 둘러싸인 팔이 헤르미나 양을 때려서 날려버렸다.

피를 토하면서 하늘을 날아간 헤르미나 양에 이어서, 강모의 주인― 레벨 45의 중급 마족이 비공정의 해치를 부수고 뛰쳐나왔다.

"리자, 와라."

나는 대답을 기다리지도 않고 달려서, 가볍게 점프하여 헤르미나 양을 받아냈다.

"알겠습니다."

대답한 리자가 헤르미나 양을 공격하려는 강모 마족 사이에 끼어들었다.

―GWOOOOORLYEEE.

포효를 지른 여섯 팔의 강모 마족이 은색으로 빛났다.

아무래도 방어력을 올리는 뭔가를 쓴 모양이다.

"……큭, 무슨 일이."

가벼운 스턴 상태에 빠졌던 헤르미나 양이 내 팔 안에서 부활했다.

—GWOOOOORLYEEE.

또 다시 강모 마족이 포효를 질렀다.

"적입니다."

발치의 땅에서 돋아난 바위의 창을 피하면서 대답했다.

바위 창은 강모 마족의 흙 마법이 만들어낸 모양이다.

모두 피해낸 다음에 헤르미나 양을 땅에 내려주었다.

리자가 상대하는 강모 마족에게 성기사 네 명이 달려가기에 제스처로 리자를 물렸다.

"헤르미나 양을 뒤에서 친 것은 저겁니다."

"과연, 당신은 내 은인이구나—《열려라》."

헤르미나 양이 아이템 박스에서 전에 본 총을 꺼냈다.

"답례 대신 시가8검의 싸움을 보여줄게."

"그러면 미력하게나마 돕겠습니다."

"도와?"

내 말에 헤르미나 양이 미소를 지었다.

"—당신, 괜찮은데."

아니, 여유가 있는 건 좋은데요. 성기사들이 핀치거든요.

성기사들의 미스릴 검이나 마검은 중급 마족의 은색 털가죽을 꿰뚫지 못하는데, 상대의 손톱은 성기사들의 방패나 갑옷을 종잇장처럼 찢어냈다.

아무래도 저 중급 마족은 격투전이 특기인 모양이다.

"펜드래건 경! 저 녀석은 중급 마족이야! 장군이랑 길드장을 불러올 때까지 도망쳐!"

여우 장교가 외치는 게 들렸다.

그의 뒤에는 대장이 귀족이나 시민들의 피난을 지시하고 있었다.

"—뭐, 중급이라고? 운이 없네."

헤르미나 양이 장전된 탄환을 뽑아내, 아이템 박스에서 꺼낸 다른 탄환을 새로 장전했다. 붉은 보석의 탄두가 달려서 예쁘네.

겨눈 총에 그녀가 마력을 흘려 넣었다.

그 모습을 보면서, 가끔 강모 마족에게서 날아오는 바위의 포탄을 리자와 함께 요격했다.

"정말로 운이 없어—."

총에 흘러드는 마력이 증가했다.

갑자기 무슨 큰 기술을 쓸 셈인가 보군.

"—내 앞에 나타나다니."

헤르미나 양이 자신 있는 표정으로 방아쇠에 손가락을 걸었다.

"《파헤쳐라》— 수접총(水蝶銃)!!"

헤르미나 양의 말 「《파헤쳐라》」를 신호로, 그녀의 총 주변에 물방울이 떠올라 소용돌이치더니 총신 주변을 몇 겹으로 선회했다.

그녀가 방아쇠를 당기자, 어마어마한 속도의 탄환이 발사됐다.

마치 나선 회전하는 물방울이 탄환의 가속을 재촉하는 것 같았다.

물빛 궤적이 강모 마족의 이마에 빨려 들어가—.

—피했다.

강모 마족은 명중 직전에 초반응으로 몸을 비틀더니, 팔 하나를 희생하여 치명상을 면했다.

그녀의 탄환은 강모 마족의 은색 털을 꿰뚫을 수 있구나.

—GWOOLUELUELYEEE.

"그걸 피할 줄이야— 어머, 늘었어?"

헤르미나 양이 고운 눈썹을 치켜 올리며 내뱉은 직후, 경악하는 표정을 지었다.

강모 마족 주위에 같은 모습의 마족이 다섯이나 나타났다.

AR표시를 보니 늘어난 것은 강모 마족의 분체다. 레벨 30의 근접전 전문 스킬 구성을 한 녀석들이다.

『주인님, 마족이 늘었는데 괜찮아?』

『괜찮아. 늘어난 건 레벨 30쯤 되는 하급 마족들뿐이야.』

『그러면 어떻게 되겠네. 당장은 일반인 피난 유도 주체로 가도 되지?』

『무대 뒤의 일이라 미안하지만 부탁해. 리자는 나랑 같이 시가8검을 지원하자.』

『알겠습니다.』

우리는 「전술 대화」로 재빨리 상황을 공유했다.

"이놈, 마족놈!"

"늘어난 놈들도 강하다."

"환영이 아닌 건가?"

"으그극."

강모 마족은 포위한 성기사들에게 분체들을 하나씩 보내고, 본체는 하나를 데리고 이쪽으로— 헤르미나 양을 향해 돌격했다.

"하나 맡겠습니다."

내가 제안하자, 헤르미나 양이 이쪽을 돌아보지 않고 수락했다.

"무리하지 마."

헤르미나 양이 수접총을 아이템 박스에 던져 넣고, 두 정의 권총을 꺼냈다.

권총과 같은 사이즈의 총검이 달려있어서 꽤 멋있다. 이미 잃었던 중2의 마음이 되살아날 것 같군.

"총잡이는 근접전을 못한다고 말하지는 못하게 해주지."

급격히 접근하는 강모 마족들을 향해, 쌍권총에서 교대로 탄환이 발사됐다.

아무리 그래도 반동으로 때리거나 점프를 하진 않는 모양이군.

이번 탄환은 그다지 위력이 없는지, 강모 마족이 방패 대신 들어 올린 팔에 모두 막혀 버렸다.

"네 상대는 우리다."

뒤따라오는 분체의 연타를 요정검으로 받아 흘리고, 분체의 강모를 붙잡아 리자 앞으로 던져버렸다.

가볍게 성기사들의 모습을 확인했는데, 마검 장비의 두 사람은 분체 상대로는 유효타를 줄 수 있는 모양이다. 「이력의 손」으로 지원하는 건 나머지 두 사람 중심으로 하자.

『리자, 마족의 움직임을 막아.』

『알겠습니다.』

넘어진 분체의 몸을 리자의 마창이 땅에 꿰었다.

리자 너머로 헤르미나 양이 턱을 치켜들며, 강모 마족의 주먹을 스웨이 백으로 피하는 게 보였다.

"《재장전》, 철갑탄."

헤르미나 양의 말에 쌍권총이 반짝 빛났다.

아무래도 건 슈팅 게임처럼 원 액션으로 탄환 재장전을 할 수 있는 모양이다.

그렇게까지 실탄을 고집하지 않아도 마법총을 쓰면 될 텐데.

헤르미나 양이 몸을 젖힌 자세 그대로 자기 위를 뛰어넘는 강모 마족에게 아래쪽에서 탄환을 쏘았다.

—우왓.

남자로서 동정하게 되는 포인트에 몇 발인가 맞더니, 강모 마족이 지금까지하고는 다른 비통한 외침을 질렀다.

마족이라도 저기는 약점인가 보군.

"주인님."

리자가 외쳤다.

강모 마족의 분체가 성기사 한 사람을 날려버리고 피난하는 군중 쪽으로 돌진하는 게 보였다.

마족과 싸울 수 있는 바위의 기사나 태수의 호위기사는 자기들의 호위 대상을 안전권으로 호송하는데 힘을 쏟고 있어서 분체에 대한 대처는 맡길 수가 없었다.

『몰래, 「차원 발 후리기」.』
디멘전 스네어

아리사가 무영창으로 사용한 공간 마법이 분체의 발을 후렸다.

"에잇!"

루루가 불 지팡이 총으로 분체의 눈을 저격했다.

분체는 아까 강모 마족이 보여준 초반응으로 피하고자 했지만, 아리사의 마법으로 발이 꼬인 탓에 제대로 된 회피능력을 발휘하지 못하고 불 탄환에 귀가 타버렸다.

더욱이 군중들 뒤에서 날아온 마인을 띤 쿠나이가 분체의 눈을 꿰뚫고, 남은 한 쪽 눈에 루루가 쏜 두 발째 불 탄환이 명중했다. 쿠나이는 타마가 던진 거겠지.

—GWOGWORLYZEEEE.

"실드 배쉬라고 고합니다."

비명을 지르는 분체의 몸통을 나나의 둥근 방패가 때렸다.

『그 녀석 상대는 맡길게. 적당히 상대한 다음에 쓰러뜨려.』

『오케이, 「놀이 플레이」는 좀 서툴지만, 주인님 오더니까 해볼게.』

아리사가 남자다운 대답으로 수락해줬다.

저거 하나는 맡겨둬도 되겠지.

시선 끝에서, 다른 하나가 성기사를 날려버리고 달리는 것이 보였다.

나는 리자가 상대하고 있는 분체를 그녀에게 맡기고, 달리기 시작한 분체의 행동을 저지하러 갔다.

너무 서두르면 축지나 순동이 될 테니까 조절이 어렵다.

인명이 걸려있으면 특히나 더.

"네 상대는 이쪽이야."

따라잡은 분체의 등을 요정검으로 베고, 돌아보면서 크게 휘두른 분체의 손등 공격을 피한 다음, 무방비하게 옆구리가 드러난 분체를 헤르미나 양의 전방으로 차 날렸다.

분체가 땅을 파헤치면서 굴러갔다.

"《파헤쳐라》—수접총!!"

라이플로 바꿔 든 헤르미나 양이 분체의 머리를 꿰뚫었다.

내 발차기를 맞아 남은 체력이 10퍼센트 이하였던 분체가 검은 안개가 되어 사라졌다.

"과연 헤르미나 님."

"시가8검이 함께 싸우는 한, 마족 따위 별 것 아니다!"

분체의 소멸을 본 성기사들이 사기를 높이며 기염을 토했다.

피투성이에 만신창이지만, 그들의 투지는 꺾이지 않았다.

"꺄아아아아아아!"

분체를 공격한 직후의 헤르미나 양이 강모 마족의 공격을 맞아 땅을 굴렀다.

고작 일격인데 헤르미나 양의 체력 게이지가 절반 줄었다.

그런 그녀에게 마무리를 지으려고, 강모 마족이 예리한 손톱을 붉게 빛내며 추가 공격을 하러 움직였다.

—그렇겐 못하지.

나는 순동이 되지 않는 아슬아슬한 가속으로 강모 마족의 측면에 날아 차기를 감행했다.

일격으로 쓰러뜨리지 않도록 너무 조절한 탓인지, 아까 그 초반응을 보인 강모 마족이 클린히트를 피해내서 공격이 완벽하게 들어가지는 않았다.

—GWOLYE.

비틀거린 강모 마족이 나를 노려보더니 방심하지 않고 자세를 잡았다.

강모 마족의 한쪽 팔 셋이 힘없이 늘어지고, 체모의 은색 빛이 사라졌다.

방금 그 날아차기가 타격이 없진 않았나 보군.

—GWOOOOORLYEEE.

그 뺨을 헤르미나 양의 총탄이 두들겨댔다.

강모 마족은 초반응으로 머리를 지키긴 했지만, 은색 빛을 잃은 팔이 손쉽게 관통되어 커다란 대미지를 입었다.

헤르미나 양은 방어력이 종잇장이지만, 공격력은 상당히 높은가 보군.

"여기는 우리들에게 맡기고, 너희들은 헤르미나 님의 방패가 돼라."

"알았다, 죽지 마라."

사망 플래그 대사를 나누고, 성기사 두 사람이 헤르미나 양을 지원하러 달려왔다.

실제로 남은 두 성기사는 이대로 가면 머지않아 분체한테 살해당할 것 같군.

『주인님, 죄송합니다.』

리자가 사죄하는 목소리에 돌아보자, 그녀에게 맡긴 분체가 검은 안개가 되어 사라지는 게 보였다.

힘 조절에 실패하여 그만 쓰러뜨려버린 모양이다.

『이쪽도 토벌해 버렸어.』

아리사 쪽이 담당한 분체도 리자와 거의 동시에 퇴치해버린 모양이다.

—마침 잘됐어.

『상관없어. 그보다 성기사가 담당하는 분체 둘을 이어 받자. 타마랑 포치도 이쪽으로 올 수 있니?』

『괜찮으이~.』

『나쁜 사람들은 순경 아저씨한테 넘겼으니까 괜찮은 거예요.』

맵 정보를 보니 태수의 위병들이 마족 신봉자들 곁에 있었다.

그러면, 맡겨도 괜찮겠지.

『루루, 나나 대신 아리사 쪽의 호위를 맡길게. 나나도 이쪽으로 와.』

동료들이 기운차게 승낙의 말을 해줬다.

"이 녀석들은 이어받겠습니다. 여러분은 헤르미나 님 지원을."

"무모한 소리 마라. 이 녀석들은 마족이다."

"미궁의 마물과는 차원이 다르다."

성기사는 고결한지, 달려온 우리들에게 분체를 떠넘기는 걸 좋게 보지 않았다.

"고릴라는 동물원에 어울린다고 고합니다."

나나가 문답무용으로 도발을 실은 말을 외치고, 성기사들 앞에 있던 분체들을 끌어들였다.

"에이야~."

"체스토~ 인 거예요."

마검을 붉게 빛내면서 달려온 타마와 포치가 포탄처럼 두 분체를 날려버렸다.

그걸 본 성기사들이 아연한 표정을 지었다.

"이쪽은 괜찮습니다."

"어, 그래."

"알았다, 맡기지."

방금 본 광경이 쇼크였는지, 성기사들이 순순히 수긍했다.

그때 미아의 회복 마법이 발동해서 성기사들의 상처를 급속하게 치유했다.

"감사한다."

"죽지 마라."

두 성기사가 말하고서 헤르미나 양 쪽으로 달려갔다.

남은 적은 헤르미나 양이 상대하는 강모 마족과 우리들이 상대하는 분체 둘뿐이다.

『나나, 하나의 주의를 끌어줘. 아리사의 불 마법으로 나나가 상대하는 하나를 섬멸하고, 리자 쪽은 또 하나를 놓치지 않도록 상대한다.』

나는 지시를 내리고 헤르미나 양의 상황에 의식을 기울였다.

성기사들이 강모 마족을 포위하여 움직임을 막고, 헤르미나 양이 그들의 등 뒤에서 총으로 강모 마족의 체력을 깎는 모양이다.

그녀 일행을 둘러싼 반짝거리는 빛은 「빛 방패」나 「빛 고리 갑옷」이라는 방어 계통 빛 마법인가 보다.

—FWOOOOORLYEEE.

강모 마족이 자기를 중심으로 뿜어낸 「석순」 마법으로 성기사들이 피투성이가 되어 날아가 버렸다.

"아직 멀었다아아아!"

"성기사의 방패는 이 정도로 부서지지 않는다!"

함성을 지르며 성기사가 전선으로 복귀했다. 근성이 대단하군.

미아가 「무모」라고 쓴 소리를 하면서, 회복 마법으로 그들을 치유했다.

"""■ ■ 빛 방패.""""

성기사들이 자신의 방패에 빛 마법인 「빛 방패」를 거듭해 걸었다.

그들이 레벨 32에서 37 정도인데도 방벽 역할을 할 수 있는 건 방어 계통의 빛 마법이 우수하기 때문만이 아니다.

일급품 갑옷을 장비하고, 더욱이 「금강신」이나 「받아 흘리기」 같은 방어 계통 스킬을 가진 덕분이다.

"헤프, 괜한 공명심을 버려라."

"라카스야말로, 헤르미나 님에게 넋이 나가지 말고 움직여."

"헤프, 라카스, 잡담하지 마라."

—GWOOOOORLYEEE.

"마족의 범위 공격이 온다, 대비해라!"

성기사들이 빛 마법이나 스킬로 방어를 굳혔다.

그들은 시가 왕국 제식 검술을 쓰는 모양이니까, 태수의 호위기사가 전에 보여준 「앵화일섬」을 써주지 않을까 생각했는데, 자기들의 공격보다도 헤르미나 양이 공격할 틈을 만드는데 전념하고 있었다.

일단 어깨너머로 봤으니 「앵화일섬」을 재현할 수는 있었지만, 꽃잎에 해당하는 마인의 얇은 파편이 커다랗고 진홍이 되어 버려서, 벚꽃이라기보다는 장미 같은 느낌이 됐단 말이지.

그래서 다시 한 번 보고 내 기술과 무슨 차이가 있는지 확인하고 싶었는데.

뒤에서 쿠우웅, 하는 굉음이 들리고 열파가 닿았다. 돌아보자 분체가 아리사의 불꽃에 타올라 검은 안개가 되어 사라지는 참이었다.

나머지 하나의 분체는 힘 조절이 서투른 포치의 공격으로 빈사 상태다.

"주인님!"

엿듣기 스킬이 아리사의 외침을 굉음 속에서 포착했다.

눈앞에 한쪽 팔 3개를 들어 올린 강모 마족이 있었다.

한눈을 파는 한순간에 거리를 좁힌 모양이군.

"—앵화일섬."

아차차.

직전까지 필살기인 「앵화일섬」을 생각한 탓에, 카피한 기술이 반사적으로 나와 버렸다.

요정검에서 장미 꽃잎 같은 새빨간 빛의 파편이 흩어졌다.

시야 구석에서 강모 마족의 체력 게이지가 쭈우욱 굉장한 기세로 줄어들었다.

"《파헤쳐라》─마탄총살."

그때 헤르미나 양의 필살기가 닿았다.

2연속으로 쏘아낸 광탄이 나선 형태로 빛나는 입자를 뿌리면서 다가오더니, 강모 마족의 후두부를 분쇄했다. 상당히 예쁜 기술이네.

머리가 없는 강모 마족이 땅에 쓰러지더니, 검은 안개가 되어 사라졌다.

동료들이 싸우고 있던 분체도, 본체 소멸과 동시에 사라져 버렸다.

그러면, 「앵화일섬」은 어떻게 변명하지?

◆

"고마워, 덕분에 살았어. 나는 헤르미나 키리크. 시가8검을 하고 있어."

헤르미나 양이 전투로 너덜너덜해진 옷을 가리려는지 아이템 박스에서 꺼낸 외투를 걸쳤다.

땀을 폭포처럼 흘리면서도 산뜻하게 인사하는 헤르미나 양에게 나도 인사를 했다.

"도움이 되어 영광입니다. 저는 무노 남작 가신 사토 펜드래건 명예사작이라고 합니다."

뭔가 뜻밖이었는지, 헤르미나 양이 눈을 깜빡였다.

괜한 질문을 하면 일이 커질 것 같아서, 격납 가방에서 꺼낸 흡수성이 뛰어난 페이스 타월을 건네며 그녀의 말을 기다렸다.

"고마워. 무노라면, 그 무노령의 무노지?"

그녀는 현명하게도 「저주 받은 영지」라는 무노 남작령의 별칭을 피해서 물어주었다. 나는 순순히 수긍했다.

"네, 그렇습니다. 무노 남작의 용기가 그 땅의 저주를 떨쳐냈습니다."

덤으로 「불사의 왕」 젠이 예전 무노 후작에 대한 원한으로 걸어둔 무노 영지에 대한 저주가 이미 풀렸다는 것도 고지했다.

이름을 봐서, 그녀는 국왕령의 무역도시 타르투미나의 남동쪽에 있는 키리크 백작령의 일족일 거다. 시가8검이라는 시가 왕국의 카리스마 중 한 명이라 영향력도 있을 테니까, 그녀가 정보를 확산시켜주기를 기대한다.

"당신은 무노 남작령의 기사야? 미궁도시에는 마핵을 사러 왔어? 아니면 탐색자가 되러 왔나?"

"기사는 아닙니다. 동료들의 수행을 위해 머무르고 있습니다."

어쩐지 검문 당하는 것 같지만, 그녀에게 악의는 없는 것 같아서 평범하게 대답했다.

"성기사 여러분은 괜찮으십니까?"

"그래, 당신 동료들이 전투 도중에 치유도 해줬고, 단련했으니까 괜찮아."

성기사들은 전투가 끝났을 때 만신창이 상태라서, 그녀들과 동행하던 소심해 보이는 갈레온 신관이 필사적으로 치유 마법을 쓰고 있었다.

"그리고 제이다 신관의 **술법**은 왕도에서도 손에 꼽히니까, 맡겨두면 괜찮—."

갑자기 휘청거린 헤르미나 양을 지탱했다.

손에 축축한 감촉이 느껴졌다.

땀인가 했는데, 지탱한 손바닥이 새빨갛다.

"꽤 상처가 깊군요."

"대단치 않아. 빛 마법으로 상처는 거의 막았으니까."

허세를 부리지만, AR표시에 뜨는 체력 게이지는 70퍼센트 정도 줄어든 상태였다.

회복을 해서 이 정도라면, 전투중에 상당히 피를 흘렸겠지.

"저 남자들은 뭐야?"

위병에게 붙잡힌 마왕 신봉자들을 헤르미나 양이 깨달았기에 함께 가봤다.

"수고했어, 펜드래건 경. 또 공을 세웠네."

위병들 옆에 여우 장교가 있었다.

"어떤 자들인지 알아냈나요?"

"어라라~? 마왕 신봉자라는 걸 알고서 붙잡은 거—."

"—마왕 신봉자라고? 펜드래건 사작, 알고 있었어?"

여우 장교의 말에, 헤르미나 양이 과민한 느낌으로 끼어들었다.

마왕 관련 예언으로 방문한 미궁도시에 마왕 신봉자가 있으니 놀라는 것도 무리가 아니지.

"아뇨. 수상하기에 감시하고 있었더니 무슨 약을 뿌리려고 해서 붙잡았습니다."

"그래."

내 대답은 그녀의 기대에 부응하지 못한 모양이다.

달려온 에르탈 장군과 길드장에게 상황을 설명하고, 마왕 신봉자들을 태수 공관으로 연행하는 김에 태수에게도 사건을 설명하게 되었다.

"—과연."

"역시 펜드래건 경이네요. 저도 콧대가 높아졌어요."

태수부처에게 설명을 끝내자, 태수부인이 자기 일처럼 기뻐해 주었다.

함께 태수공관에 온 에르탈 장군과 길드장도 만족스레 고개를 끄덕였다. 나이 차이가 나는 술 친구인 내가 활약한 것을 자랑스럽게 생각해주는 모양이다.

"그래서, 그 중급 마족은 어디서 나타난 거지?"

"목격자의 보고에 따르면—."

태수의 질문에 헤르미나 양이 대답했다.

목격자에 따르면 비공정에 타고 있던 노예 중 하나가 아이템 박스 안에 숨기고 있던 보라색 알을 던지자, 그 알이 깨진 장소에 발생한 마법진에서 마족이 출현했다고 한다.

"노예라면 주인이 있겠죠? 잡았나요?"

"네, 노예와 함께 포박했습니다."

그 마왕 신봉자들과 마찬가지로 태수공관의 지하에 있는 마력을 봉하는 감옥에 수감된 모양이다.

"─태수 각하."

태수의 호위기사 한 명이 태수에게 달려가 뭔가 귓속말을 했다.

"『보물 창고』를 강제로 열어본 결과, 안에서 그『뿔』이 발견됐습니다."

뿔─ 사람을 마족으로 바꾸는 짧은 뿔과 긴 뿔을 말하는 거겠지.

"짧은 쪽인가?"

"아뇨, 긴 것도 하나 있었습니다. 짧은 것은 다섯 개 정도."

목소리를 죽이는 두 사람의 대화를 엿듣기 스킬이 포착했다.

─얼른 대처하길 잘했네.

그 상황에서 군중들 속에 중급 마족 하나랑 하급 마족이 다섯이나 나타났다면 힘을 숨긴 채 희생을 내지 않고 쓰러뜨리는 건 어려웠을 거야.

"도적의 정체는 알았나요?"

"태수님에게 빌린 야마토 석으로 조사한 결과, 대륙 서방에 만연한 마왕 신봉자 집단『자유의 빛』에 소속된 자로 판명됐습니다."

대륙 서방─ 용사 하야토가 활동하고 있을 테니까 마왕 조사를 하는 김에 퇴치해줄 것 같네.

"그래요……. 타국의 도적이 들어오다니……."

"역시, 포프테마를 대신할 자는 없는가……."

태수부처가 씁쓸한 표정으로 말을 나누었다.

첩보 담당이었던 예전 녹색 귀족─ 포프테마 전 백작이 빠진 구멍이 큰 모양이다.

"뭔가 새로운 정보인가요?"

태수부처의 대화가 끊어진 타이밍에 헤르미나 양이 말을 걸었다.

태수부인이 헤르미나 양, 에르탈 장군, 길드장까지 셋을 불러들여 방금 그 정보를 전달했다.

"그건 다행스런 일이군요. 그 상황에서 중급 마족이나 다수의 하급 마족이 늘어났다면 제 목숨을 던져도 쓰러뜨릴 자신이 없습니다."

"우후후, 미궁도시의 위기를 구한 데다가, 간접적으로 시가8검인 헤르미나 공까지 구하다니. 과연 펜드래건 경이네요."

태수부인이 기쁘게 말했다.

분명히 다음 다과회 화제는 이게 될 거야.

"그렇군요. 그와 같은 실력이 있다면 시가8검으로 천거하는 것도 가능할 거예요."

헤르미나 양의 말에, 그녀의 수행원인 성기사들이나 태수의 호위기사들 사이에 술렁거림이 일었다.

시가8검의 천거라는 건 상당히 커다란 일인가 보다.

"어머나."

"허어."

내 희망을 알고 있는 태수부인과 에르탈 장군이 「어쩌겠나?」라고 물어보는 시선을 보냈다. 길드장은 오늘밤 술자리의 안주삼을 생각인지 싱글싱글 웃는 표정이다.

"—혹시, 천거를 바라지 않는 거야?"

어떻게 거절할까 고민하고 있던 나의 「무표정」 스킬이 만들어 준 표정을, 헤르미나 양이 간파했다.

"설마."

"시가 왕국의 무인이 거절할 리가 없어."

"그야 그렇지."

"중급 마족 앞에 갑옷도 안 입고 뛰쳐가는 전투광인데?"

성기사들이 입을 모아 헤르미나 양의 말을 부정했다.

마지막 한 사람에겐 하고픈 말이 있지만, 그보다 먼저 헤르미나 양에게 긍정했다.

"……별난 사람이네."

헤르미나 양의 실례되는 말에, 어른들이 모두 고개를 끄덕였다.

상관없잖아요. 영달을 바라지 않아도.

◆

"날씨가 좋네."

사건으로부터 사흘 뒤, 우리는 사막을 조사하러 출발하는 헤르미나 양 일행을 배웅하러 왔다.

그 사건이 일어난 날이 지나기 전에 왕도의 도빈 남작 가문—중급 마족 소환의 보라색 알을 던진 노예와 주인이 소속된 문벌 귀족이 포박당하고, 도빈 남작에게 보라색 알을 넘긴 파리온 신국 국적의 상인이 적발됐다고 한다.

무역도시 타르투미나에 있던 마왕 신봉자 집단 「자유의 빛」의 거점은 내가 용사의 종자 쿠로로 변신해서 일망타진했다.

그들을 포박할 때 「파리온 신국어」 스킬을 비롯해 대륙 서방 4개국어 스킬을 배웠으니 「자유의 빛」은 대륙 서방의 광범위에 세력을 가졌을 가능성이 높았다.

대륙 서방을 관광할 때는 먼저 「자유의 빛」 녀석들부터 처리하는 게 좋겠어.

어쨌든지 마왕 신봉자들이 미궁도시에서 하려던 무언가는 미리 막아냈고, 그들이 뭘 하려고 했는지는 왕도의 전문가가 조사해주는 걸 기다리려고 한다.

고문 따위 야만적인 일은 전문가한테 맡기자.

"숙취에, 이 햇살은 힘겹군."

성기사 한 사람이 손으로 그림자를 만들면서 태양을 밉살맞은 기색으로 노려보았다.

"펜드래건 경, 어제는 좋은 대접을 받았다."

"그래. 럼주는 뱃사람이 마시는 야만적인 술이라고 생각했지만, 그렇게 맛있을 줄이야."

"이슈라리에의 리큐르 칵테일도 근사했다."

"……펜드래건 경, 다음엔 지지 않는다. 그때까지 시가 왕국 제일의 주호가 가진 칭호 『주선』은 귀공 것이다."

에르탈 장군 주최의 술자리에서 사이가 좋아진 성기사들이 호의적으로 말을 걸었다.

한 명이 두통을 견디고 있지만 신경 쓰면 안 된다.

그리고「주선」칭호는 이미 가지고 있단 말이죠.

"황송합니다. 조사에서 돌아오면 또 술자리를 가지죠."

"그건 지금부터 기대되는군."

이 세계의 군인들은 고귀한 사람이든 거친 사람이든 술을 좋아하는 사람이 많아서, 술자리 커뮤니케이션이 아주 효과적이라서 좋다니까.

덕분에 성기사단에 대한 거나 그들이 본 다른 성기사 이야기를 이것저것 들어서 즐거웠다.

"어이, 저쪽 이야기가 끝난 모양이다."

태수부처와 에르탈 장군에게 출발 인사를 하고 있던 헤르미나 양이 성기사들 곁으로 돌아왔다.

"펜—."

나를 발견한 헤르미나 양이 내 이름을 입에 담다가 얼굴이 빨개져서 고개를 돌렸다.

그녀는 술이 약한 데다가 끌어안는 술버릇이 있는지, 어젯밤 연회에서 길드장의 장난에 빠져 도수가 높은 술을 단숨에 마셔버렸고, 연회 내내 나한테 달라붙어 있었다.

아마 그게 창피한 거겠지.

나로서는 예쁜 여성이 자꾸 달라붙은 감각이니까 신경 안 쓴다.

공도에서도 용사의 종자 린그란데 양이 취해서 그랬었고, 내 얼굴은 취해서 달라붙기 쉬운 뭔가가 있는지도 모르겠군.

"헤르미나 님, 선물입니다."

"이건 물주머니?"

어젯밤 술자리에서 사막의 조사는 비공정이 아니라 비공정으로 사막 입구까지 나르는 모랫배라는, 요트 같은 것으로 이동한다고 하기에 수분 보급용 아이템을 준비했다.

"우와~ 『맑은 샘의 물주머니』라니 꽤 힘을 썼네~."

중장비인 여우 장교가 그걸 보고 놀랐다.

미궁도시의 마법 도구 상점에서 파는 미궁 탐색자용 마법 도구다.

이건 내부의 물 광석을 수정주(水晶珠)로 교환했으니까 시판품보다 오래 가는 데다가 마력 변환 효율이 높다.

"게다가 사람 수만큼 있어~. 엄청 도움돼~."

여우 장교가 물주머니를 하나 들고 볼을 비벼댔다.

그는 대사막의 안내자 역할로 시가8검 일행의 조사대에 동행한다고 한다.

어젯밤 술자리에서 「왜 군의 심의관인 내가 안내를!」이라고 한탄하는 여우 장교에게, 「시끄럽다! 네가 제일 대사막을 잘 아니까 그렇지」라면서 대장이 주저 없이 꿀밤을 먹였다.

나는 가여운 여우 장교에게서 시선을 돌리고 헤르미나 양을 보았다.

"대사막에는 물가가 없으니까요, 만에 하나의 보험 삼아 가져가 주세요."

"감사하군, 펜드래건 경."

맑은 샘의 물주머니를 받은 헤르미나 양이 내 손을 쥐었다.

헤르미나 양이 내 귓가에 입을 접근시켰다.

뒤에서 지켜보는 동료들 사이에서 아리사와 미아가 「바람?」
이라며 서로 확인하는 소리가 들렸지만 나는 무죄를 주장한다.

내가 사랑하는 상대는 보르에난 숲의 하이 엘프, 아제 씨뿐이
거든.

"펜드래건 경, 나는 매일 정오에 마법 도구로 서쪽 산에 있는 파
수탑에 정기 신호를 보낸다. 그것이 없을 때는 나에게 무언가—
아마도 마왕과 만나 쓰러졌다는 거다. 탐색 의뢰가 나와도 거절하
고 도망쳐라. 왕도의 쥬레바그 님— 시가8검 필두를 의지해라."

단숨에 말하더니, 헤르미나 양이 몸을 물리고 비공정의 트랩
을 올랐다.

그녀는 「탄광의 카나리아」 역할을 할 셈인가 보네.

"……뭐, 마왕은 아무데도 없지만 말야."

날아오르는 비공정을 배웅하면서, 나는 작게 중얼거렸다.

마왕이나 마족 관련한 건 이제 배부르니까 나오지 말았으면
좋겠어.

하지만 동료들의 안전을 위해서도, 미궁 하층을 확인해두는
편이 좋을까?

선발대회

   "사토입니다. 시험에 합격한다는 것은 목적이 아니라 통과점이라고 생각합니다. 합격하고서 재가 될 때가 아닙니다. 거기서부터가 진짜 승부인 겁니다."

   "우리들『매의 부리』를 데리고 가면, 『계층의 주인』 토벌도 여유로울걸?"

   "적철의 탐색자『고고(孤高)』의 가스트 님이 힘을 빌려준다고 하잖아! 뭐가 불만이야!"

   "부디, 본관을 펜드래건 사작의 토벌대에 참가시켜 주시오."

   저택 바깥에서 수많은 사람들의 목소리가 들렸다.

   시가8검 헤르미나 양을 배웅한 다음날부터 우리가 「구역의 주인」을 토벌했다는 소문을 들은 사람들이 어필을 하러 오게 되었다.

   적철의 탐색자가 많았지만, 「계층의 주인」과 교전중인 제릴 씨나 그의 라이벌인 자리곤의 토벌대에서 빠진 사람들이니 그다지 실력이 높지 않은 사람이 대부분이다.

   가끔 실력이 있는 사람도 섞여 있었지만, 그런 사람은 대개 성격에 문제가 있기에 다른 사람들과 마찬가지로 물러가주십사

하고 있다.

그것을 떠올리고 있는데, 말다툼하는 소리가 들린 다음에 저택 바깥이 조용해졌다.

아마도 태수부인이 순찰하라고 보낸 위병들이 시끄러운 사람들을 치워준 거겠지.

"주인님."

문을 노크하고서 아리사가 내 집무실에 들어왔다.

"목수가 탐색자 학교 예정지에 눈가림용 천을 둘러줬어."

"아아, 고마워."

탐색자 학교의 교사나 기숙사는 내가 깊은 밤에 「석제 구조물」 마법으로 만들 예정이다.

본래 있던 저택은 흙 마법으로 땅을 판 다음에 「공간 절단」으로 잘라내 스토리지에 격납할 생각이었다.

훈련에 쓸 교정은 「흙 벽」의 마법을 쓰면 간단히 땅을 고를 수가 있으니까, 교사 건축과 함께 할 예정이었다.

"뭐 그리고 있어?"

"실습 예정 구역의 지도야."

탐색자 학교의 실습에 쓰려고, 미궁 안의 입구에서 가깝지만 인기가 없는 제11구역을 개척하기 위한 지도를 제작하고 있었다.

또한 제11구역은 노로크 왕국의 미티아 왕녀나 태수 3남 게릿츠 군 일행이 미적왕 루더만에게 습격을 받은 장소이기도 하다.

기사 살해자로 불리는 외뿔 메뚜기와 바위머리 벌이 출몰하니까 성가시고, 더욱이 병사 사마귀나 전투 사마귀가 배회하는 위험한 구역이니까 여기를 홈 그라운드로 쓰는 탐색자는 적다.

"우왓, 자세하네. 외뿔 메뚜기나 바위머리 벌의 분포도랑 둥지의 장소, 그리고 사마귀즈의 배회 루트까지 그려져 있잖아. 이 마크는 물가― 으에엑, 휴식 장소나 숙박 가능한 안전지대 설치 예정 장소까지 픽업한 거야?"

지도를 훑어본 아리사가 놀라며 소리를 냈다.

"그렇지. 당일치기로 사냥을 갈 수도 있지만, 아무래도 이동 시간이 길어지잖아."

"후~응, 미궁 마을의 소규모판이라기보다는 여관 같은 규모네?"

"섣불리 크게 만들 필요도 없잖아?"

관리인을 두는 것도 위험하고, 오두막 정도의 설비만 놓을 예정이다.

"하지만, 어째서 이렇게 자세한 지도를 그렸어?"

"실습 담당 교관에게 들려주기 위한 것도 있지만, 아리사가 동료들이랑 함께 사냥터의 마물을 어느 정도 줄이고 와줬으면 해."

"그건 괜찮은데, 주인님은?"

"나는 다들 개척 작업을 하는 동안에 미궁 하층을 조사하고 올까 생각해서."

내 말에 아리사가 걱정스런 표정을 지었다.

"또 혼자서 위험한 일을 하는 건 아니겠지?"

"안 해. 미궁 하층에 마족이나 위험한 생물이 없는지 조사하는 것뿐이야."

"그럼, 괜찮지만……."

마지못해 고개를 끄덕이는 아리사의 머리를 쓰다듬고, 다시 한 번「위험한 일은 안 해」라고 약속했다.

　어쩐지 플래그 같지만, 나도 아픈 건 싫으니까 되도록 지킬 생각이었다.

◆

"그러면, 다녀올게."

"조심해야 돼."

　미궁 제1구역의 갈림길에서 동료들에게 말했다.

　아리사에게 지도를 보여준 다음날, 나는 동료들이나 사가 제국의 사무라이 카지로 씨와 아야우메 양, 그리고 탐색자 학교 교사 예정인「아리따운 날개」두 사람을 데리고 미궁에 왔다.

　나 말고 다른 멤버는 탐색자 학교의 실습에 쓸 장소를 개척하는 게 목적이었다.

　덤으로 카지로 씨의 재활과「아리따운 날개」의 육성도 겸하고 있었다.

　어제 그린 실습 예정 구역의 지도를 아리사에게 넘기고, 그녀의 공간 마법「멀리 보기」와「멀리 듣기」로 실제 지형이나 마물의 상태를 확인했기 때문에 내가 없어도 길을 잃지는 않을 거야.

"—어?"

"젊은 나리는 안 가시는 건가요?"

"사작님, 혼자서는 위험하오. 나도 동행하겠소."

"카지로 님이 가신다면 저도……."

사정을 모르는 네 사람이 입을 모아 나를 걱정했다.

"괜찮습니다. 이래봬도 보통 마물 정도는 쓰러뜨릴 수 있으니까요."

"사작님, 아무리 강해도 방심은 금물입니다. 누군가 한 사람이라도 데리고 가시지요."

카지로 씨의 말에 조금 생각했다.

내 용건은 금방 끝나니까, 끝난 다음에 길드에 들러서 몇 가지 수속을 하고 싶다.

가능하면 아리사나 리자를 데리고 가고 싶지만, 아리사는 지도 담당 일이 있고, 여차할 때는 리자가 동료들과 함께 있어야 안심이 된다.

"그러면, 루루한테 호위를 부탁할게."

"앗, 네! 열심히 할게요!"

무장 메이드 차림의 루루를 본 카지로 씨 일행이 「어째서 하필이면 메이드에게 호위를 부탁할까?」라고 말하고픈 표정을 지었지만, 「루루가 함께 간다면 안심이군요」라는 리자의 말을 듣고 납득해 주었다.

다른 애들과 헤어져서 잠시 길을 따라 루루와 산책을 했다.

"루루, 이걸 걸쳐."

"이건— 투명해지는 망토군요."

루루의 말에 그렇다고 답하고, 나도 전에 도시 핵의 격리 공간고에서 발견한 투명 망토를 입었다.

모습이 안 보이는 루루와 함께 제1구역의 입구 쪽 커다란 광장으로 갔다. 환영을 꿰뚫어보는 나는 루루가 보이지만, 루루는 내 모습이 안 보이니 루루와 손을 잡고 이동했다.

미궁방면군의 주둔지를 빠져나갈 때는 루루를 안아 든 상태로 타이밍에 맞춰 축지를 써서 문을 빠져나갔다.

그리고 곧장 중층으로 이어지는 수직굴을 천구로 내려갔다.

"무섭니?"

"괘, 괜찮아요. 주인님이 함께니까요."

힘껏 허세를 부리는 루루에게 투명 망토를 살짝 벗어 미소를 보여주고, 천천히 천구로 하강했다.

중간에 필사적으로 승강기를 조작하는 탐색자들이 보였다. 이 수직굴은 미궁 하층까지 이어지고 있지만, 저 승강기는 중층까지다.

중층 플로어를 지나서 잠시 하강하자 레이더의 표시가 바뀌었다.

"여기서부터 하층인가 보다."

내 말에 루루가 반응하더니 떨리는 목소리로 중얼거렸다.

"여기가, 미궁 하층……."

안심시키려고 루루의 머리를 쓰다듬고, 마법란에서 「모든 맵 탐사」를 선택하여 실행했다.

이어서, 몇 갠가 조건으로 맵 검색을 하고 결과를 확인하며 안도의 한숨을 흘렸다.

—다행이네. 마왕도 마족도 없는 모양이다.

지난번 마왕전보다 훨씬 공격수단이 늘어났으니까 만에 하나 복수의 마왕이 출현해도 내가 지지는 않을 거라고 생각하지만, 나는 괜히 아픈 꼴을 당하면서까지 사투를 벌이는 취미가 없단 말이지.

지인의 목숨이 위험한 상황이 아닌 한, 되도록 접근하기 싫어.

―기왕이니까 조금 더 조사해볼까?

맵으로 강해 보이는 적을 조사해봤다.

상층이나 중층과 달리「구역의 주인」은 없는 모양이지만, 강적은 그럭저럭 있었다.

개중에서도 최대 레벨이 80인 사룡(邪龍^{이블 드래곤}) 일가나 레벨이 99나 되는「태고의 뿌리덩이^{엘더 루트}」라는 초거대 식물 계통 마물은 상층이나 중층에서는 볼 수 없는 상대다. 하층은 상당히 흉악하군.

둘 다 바깥으로 나올 수 없는 지형이고, 샛굴의 통로도 지날 수 없는 사이즈니까 미궁을 지배하는「미궁의 주인」이 그럴 셈이 없는 한 신경 쓰지 않아도 되겠지.

아까 발견한「태고의 뿌리덩이」가 있는 미궁 하층의 가장 깊숙한 곳에서 미궁이 끝인 모양이다.

그 안쪽 부분은「시련의 방」이란 이름이었으니, 끝판왕 같은「태고의 뿌리덩이」를 쓰러뜨리면「미궁의 주인」이 등장할 것 같은데.

맵 검색으로는「미궁의 주인」이 발견되지 않았으니, 더욱이 다른 공간이 있을지도 모르겠다.

덤으로 전생자나 마왕 신봉자 따위도 조사했지만 당연히 발견되지 않았다.

"좋아, 조사 끝. 루루, 지상으로 돌아가자."

"앗, 네."

어리둥절한 표정을 짓는 루루에게 말하고 수직굴을 상승했다.

미궁 하층에 마족이나 마왕이 잠복하고 있지 않을까 하는 염려가 걸렸으니 너무 오래 있을 의미도 없어. 우리는 미궁도시로 돌아왔다.

◆

"선발대회?"

"네, 탐색자 학교의 특대생을 선발하는 대회를 열고자 해서요."

특대생은 육성기간 3개월 동안의 학비뿐 아니라, 기숙사를 제공하며 식비와 잡비 등의 생활비도 무료다.

"사토, 너 『계층의 주인』에게 도전하는 준비를 하는 거 아니었냐?"

"네, 준비하고 있어요. 그렇지만 도전하기에는 동료들의 힘이 부족하니까 조금 더 수행을 한 다음에 해야겠다 싶어서요."

동료들이 모두 레벨 50쯤 되지 않으면 「계층의 주인」과 싸울 수 없다.

"그러냐. 신중한 건 좋은 일이야. 지금까지 『구역의 주인』 토벌에 성공해서 우쭐해졌던 바보 놈들이 『계층의 주인』에게 전멸당하는 걸 몇 번이고 봤으니 말이야……."

길드장에게 울적한 표정은 안 어울린다.

"그래서, 선발대회는 개최해도 될까요?"

"내 허가를 받을 필요는 없어. 너라면 태수 쪽 허가는 이미 받았겠지? 특별히 길드 앞이나 훈련소에서 선발대회 참가자 모집을 고지해 주지."

어이쿠, 부탁하기도 전에 고지 허가를 받아버렸네.

"감사합니다, 길드장."

"어허. 감사는 말이 아니라 맛있는 안주가 좋은데."

"요전에 미궁 토끼를 사냥했으니까 토끼 고기 요리 한상차림으로 갈까요?"

"그건 좋구만. 에일과 싸구려 레드 와인을 듬뿍 사들여놓지."

이번 연회는 길드장이 술값을 내주는 모양이군.

조용히 서류 작업을 하고 있던 길드장 비서관 우샤나 씨가 「저는 토끼 고기 튀김이 먹고 싶어요」라고 생긋 웃으며 요청했다.

성실해 보이는 그녀도 길드장의 영향을 받고 있긴 하구나.

나는 그 부탁을 수락하고, 길드 게시판에 선발대회 개최의 게시를 내려고 접수처에 갔다.

"─게시 내용은 알겠습니다. 용지는 가장 큰 거면 될까요?"

나는 접수원 아가씨의 말에 수긍했다.

용지 사이즈나 게시 내용에 따라 요금이 달라진다.

교습이나 두루마리 모집은 보수랑 포괄해서 신청했으니까 몰랐네.

"허허어, 펜드래건 젊은 나리는 탐색자 학교를 만드시는 거군요."

갈색 피부의 요염한 남성이 그렇게 말하며 접수원 아가씨 앞을 들여다보았다.

"자, 잠깐만요! 책상 위에 앉지 말아주세요."

"이거 실례를─."

접수원의 항의에 가볍게 사죄한 남성이 이쪽을 돌아보며 인사했다.

"─음유시인인 사리슈사스라고 합니다. 게시 내용의 낭독이나 고지에 음유시인을 써보실 생각은 없으신지?"

아무래도 그는 일을 받으러 온 모양이군.

접수원에게 흘끔 시선을 보내자 가볍게 고개를 끄덕였다.

딱히 문제가 없는 인물인가 보다.

"그럼 자네에게 부탁하지."

"감사합니다. 기간은 모레 심야까지면 되겠습니까?"

"그래, 그렇게 부탁해."

개최는 사흘 뒤 이른 아침이니까 그만큼 고지하면 충분하겠지.

"내용을 생각하면 길드 앞이나 훈련소 앞, 그리고 노점가나 미궁문을 순회하며 고지하면 되겠습니다. 아가씨, 이 고지 내용을 적은 종이를 한 장 받을 수 있을까? 그리고 게시대도 모레까지 빌려줬으면 좋겠군."

그는 척척 홍보의 계획을 세우더니, 「요금은 은화 2닢입니다」라고 하며 이쪽을 가늠하는 기색으로 보았다.

"잘 부탁하지."

"오옷, 흥정도 하지 않다니. 젊은 나리는 음유시인의 가치를 알아주시는군요."

은화 2닢을 건네자, 그가 거창하게 말하며 미소를 지었다.

내가 여성이라면 홀랑 반했겠어.

"뒷일은 맡겨 주십시오. 분명히 선발대회에 사람들이 넘치도록 만들겠습니다."

아니아니, 30명 정도면 된다니까.

게시대를 안고서 의기양양하게 출구로 가는 음유시인을 배웅했다.

"그리고 보니—."

함께 배웅한 직원 여성이 입을 열었다.

"—전에 사작님이 신경 쓰시던 아이의 이름을 알았습니다."

"보라색 털을 가진 개 수인 아이 말인가요?"

"네, 크로우란 이름이었는데요……."

이름을 말한 다음, 직원이 잠시 머뭇거렸다.

뭐라고 말을 해야 할지 망설이는 모양이다.

그 동안 「크로우」란 이름으로 맵 검색을 해봤지만, 전혀 히트하지 않았다.

어째선지 미궁도시나 세리빌라 미궁은커녕 왕국 직할령 전체나 대사막을 찾아도 없었다.

당혹하는 내 귀에 직원의 말이 들렸다.

"……사라져 버렸어요."

"사라져요?"

"네, 서문 가까운 곳에서 보고 이름을 물어봤습니다만—."

그녀를 보지도 않고 작게 『크로우』라고 말한 다음 환상처럼 공기에 녹아 사라져 버렸다고 한다.

"유령 같은 것이었을 지도 몰라요."

그렇다면, 내 맵에 안 비치는 것도 이해가 되네.

나는 직원에게 감사를 표하고 서쪽 길드를 나섰다.

그 다음에 루루를 데리고 선발 대회 개최에 필요한 몇 가지 수속과 수배를 한 다음, 해가 지기 전에 미궁에서 힘내는 동료들과 합류하러 갔다.

◆

"사토."

한가해 보이는 미아가 합류한 우리를 발견하더니 폭 안겼다.

"어써와~. 개척은 순조로워."

아리사도 한가해 보였다.

전방에서 포치와 리자가 약화시킨 바위머리 벌에게, 「아리따운 날개」의 이르나와 지에나가 마무리를 하고 있었다.

카지로 씨와 아야우메 양 두 사람은 나나와 함께 통로 안쪽에서 사마귀 사냥을 하는 모양이다.

"다음~?"

타마가 세 마리 정도 외뿔 메뚜기를 데리고 돌아왔다.

"지, 진짜로?"

"잠깐, 아직 못 쓰러뜨렸어."

"허리업~?"

이르나와 지에나가 우는 소리를 하자, 타마가 무정하게 서두르도록 고했다.

두 사람은 특별히 내 수제 미스릴 합금 장검을 빌려줬으니, 그녀들의 기량으로도 단단한 마물의 외피를 가볍게 벨 수 있다.

"포치, 타마와 함께 다음 마물의 체력을 깎으세요."

"네, 인 거예요."

포치가 바위머리 벌의 날개를 꿰어 놓고 있던 검을 뽑아, 타마와 함께 외뿔 메뚜기의 뿔이나 뒷다리를 절단했다.

"다음 간다~."

이르나와 지에나가 간신히 바위머리 벌을 쓰러뜨린 타이밍에, 빈사의 외뿔 메뚜기가 두 사람 앞으로 굴러왔다.

그것을 리자가 구속하고 두 사람이 쓰러뜨리도록 재촉했다.

예정으로는 두 사람이 레벨 20이 될 때까지 이것을 계속하고, 거기서부터 평범하게 마물과 싸워 기량을 올리게 되어 있었다.

"레벨 업 멀미는 몇 번 왔니?"

"아직 두 번이야. 이제 곧 세 번째가 올 테니까 오늘은 거기서 끝내야겠어."

오늘 아침에 레벨 9였던 두 사람이 빠르게도 레벨 17이 되었다.

탐색자 학교의 실습에서 인솔을 담당하기 전까지 레벨 25 정도로 올릴 예정이다.

레벨 30까지는 필요 경험치도 적으니까 여유롭게 올라가겠지.

"─나 말야, 내가 범인이라는 걸 절실하게 깨달았어."

"나도."

이르나와 지에나가 초췌한 얼굴로 중얼거렸다.

이미 오늘의 레벨 올리기는 끝났고, 지금은 나와 루루가 준비한 캠프지에서 저녁을 먹는 중이었다.

동료들과 함께 하는 노호의 제압 코스에 컬처 쇼크를 받은 모양이다.

오늘은 적당히 한 건데, 그래도 하이 페이스였나 보군.

"안심해라, 그건 나도 마찬가지다."

"저도 그래요."

카지로 씨와 아야우메 양도 동의하는 말을 했다.

이쪽 두 사람도 지친 기색이었다.

"나중에 온수를 준비할 테니 자기 전에 상쾌하게 씻어 주세요."

아무리 그래도 스토리지에서 욕조를 꺼내거나 나랑 아리사의 마법으로 욕조를 만드는 건 자중했다.

"미궁에서 온수로 씻는다고?"

"기쁜 일이지만, 사흘 머무른다면 물과 연료를 절약하는 편이 좋습니다."

카지로 씨가 눈을 까뒤집으며 놀라고, 아야우메 양이 난처한 표정으로 조언했다.

"으, 응. 따끈한 식사만으로도 충분하지."

"맛있고, 사치스러운걸."

이르나와 지에나 두 사람도 이견이 없는 모양이군.

그것도 그런가? 보통은 미궁 안쪽까지 물이나 연료를 대량으로 옮길 수가 없으니까.

"목욕은 기분 좋은 거예요."

"생명의 세탁~?"

잘 이해 못한 포치와 타마가 목욕을 권했다.

"포치, 타마. 미궁은 무슨 일이 있을지 알 수 없느니라. 가볍게 무장을 벗는 것은 죽음으로 이어진다. 목욕은 지상에 돌아갔을 때의 즐거움으로 남겨두는 게야."

카지로 씨의 말에 타마와 포치가 고개를 갸웃거렸다.

언제나 미궁에서 하루가 끝나면 별장에서 목욕을 했으니까.

"경계라면 미아의 마법이 있으니 괜찮습니다. 온수도 마법 도구로 준비하니까 안심하세요."

내가 말하고 격납 가방에서 커다란 통을 꺼내 온수를 채웠다.

나중에 다시 데워야 하지만, 그걸 보고 카지로 씨 일행도 납득한 모양이다.

그리고, 여성진이 목욕하는 동안 접근한 마물은 나와 카지로 씨가 섬멸했다.

"사작님, 저는『계층의 주인』토벌을 돕고 싶다고 **생각하고 있었소이다.**"

카지로 씨가 마물에게서 마핵을 적출하면서 천천히 말을 꺼냈다.

아야우메 양은 그렇다 치고, 레벨이 40이나 되는 카지로 씨라면 「계층의 주인」전에 참가해도 괜찮다고 생각한다.

　의리가 두터운 그라면 동료들의 실력을 알고도 그것을 바깥에 흘리지 않을 거고 말이야.

　"카지로 공—."

　"알고 있소. 아니, 오늘 『아리따운 날개』의 둘을 육성하는 걸 견학하고, 나나 공과 동행하여 사마귀 놈들을 상대하면서 알았다고 해야 할지."

　참가하시겠어요? 라는 내 말을 가로막고 카지로 씨가 말을 이었다.

　"우리들은 사작님을 따라잡을 수가 없소. 안타까운 일이지만, 전성기라면 모를까 몸이 둔해진 지금 이 꼴로는 틀림없이 짐이 되겠지."

　카지로 씨가 분해 보였다.

　기생하는 것은 그의 프라이드가 용납하지 않는 모양이군.

　"조바심 낼 것 없습니다. 카지로 공이라면 언젠가 시가8검과도 맞먹는 무인이 될 겁니다."

　"……그렇다면, 언젠가 사작님이 자랑할 수 있는 무인이 되어 보이겠소."

　카지로 씨가 그렇게 선언하고, 한구석에서 무예 연습을 시작했다. 기백이 대단하군.

　목욕이 길어진 동료들이 돌아올 때까지, 그 연습을 바라보며 시간을 보냈다.

◆

"탐색자가 되고 싶은가아~!?"

"""오오오!"""

확성의 마법 도구를 든 아리사의 목소리가 미궁도시 외벽에 메아리쳤다. 여기는 미궁도시의 북문을 나선 곳에 있는 가설 텐트다.

아리사의 눈앞에는 탐색자 학교의 특대생을 지원하는 아이들이 300명 이상 모여 있었다. 선전을 부탁한 음유시인이 상당히 유능했던가 보다.

이렇게 보니, 남녀 비율은 7대 3으로 남성이 많고, 종족은 아인과 인간족이 6대 4 정도 비율로, 인구비가 많은 인간족이 적어서 조금 뜻밖이었다.

연령은 중학생쯤 되는 애가 압도적 다수지만, 개중에는 초등학생쯤 되는 애나 중년쯤 되는 사람들까지 있었다.

탐색자 말고도 운반인이나 정규 직업이 없는 아이들을 타겟으로 했는데, 나무증이나 청동증인 아이들도 있었다.

개중에는 아는 얼굴도 있었다.

"저문나이! 우이드, 트대새이꼬대께!"
<small>젊은 나리　　우리들　　　특대생이 꼭 될게</small>

토끼 수인족 소년 우사사와 그의 동료들이 나를 향해서 선언했다.

그들은 적철의 탐색자 「업화의 송곳니」 자리곤 일행이 「구역의 주인」 토벌을 하러 갔을 때 일로 알게 된 아이들인데, 불량 탐색자인 벳소 일행에게 속아서 죽을뻔한 것을 구해낸 적이 있었다.

"—들어라!"

아리사 옆에 선 「아리따운 날개」 이르나가 마법 도구를 의지하지 않고 자기 목소리로 아이들에게 선발에 대해 설명하기 시작했다.

내 옆에 있던 우사사 소년 일행도 다른 애들과 마찬가지로 그쪽을 향해 고개를 돌렸다.

"이제부터 펜드래건 사작 주최의 탐색자 학교 특대생 선발 시험을 시행한다!"

이 중에서 처음 가르칠 애들이 정해지는 거니까, 이르나도 기합이 충분했다.

그 증거로, 전투를 하는 것도 아닌데 방어구를 갖춰 입었다.

참고로 「아리따운 날개」 두 사람의 현재 장비는 사마귀 계통의 소재를 사용한 것으로, 레벨 20이 된 기념으로 선물했더니 뛸 듯이 기뻐해 주었다.

듣자니 미궁도시에서 사마귀 장비는 베테랑의 증거라고 한다.

"개중에는 착각하고 있는 자도 있는 것 같으니까 말해둔다! 이 특대생 선발 시험 합격자를 펜드래건 사작님이 『계층의 주인』 토벌에 데리고 가는 일은 없다. 그런 생각인 자들은 물러가라."

이르나의 말에 몇 명의 탐색자가 어색한 표정을 짓고는 물러갔다.

여기서 재능을 보이면 내가 스카우트할 거라고 생각한 모양이네.

"이 중에서 18명을 선발한다. 일단 발이 빠른 자를 6명 뽑는다. 미궁에서 발이 빠른 자는 척후로서 마물을 낚아오는 중요한 역할을 담당한다. 이 피리로 신호하면 달려라. 세리빌라의 외벽을 한 바퀴 돌고 먼저 도착한 6명을 합격자로 한다."

아리사가 삐이 피리를 부는 소리에 맞춰서 아이들이 달리기 시작했다.

다리가 걸려서 넘어지는 아이나, 다리가 꼬여서 넘어지는 애도 있는 등 갖가지다. 공통된 것은 흙먼지투성이가 되어서도 울지 않고 다들 자기 힘으로 일어나 달려 나가는 것이다. 무척 듬직하군.

어째선지 포치랑 타마도 함께 달리기 시작했다. 분명히 아이들에게 낚여버린 거겠지.

"주인님, 저희들도 다녀오겠습니다."

"마스터, 라이더 모드라고 고합니다."

말을 탄 리자와 짐마차를 모는 나나가 아이들보다 한 발 늦게 출발했다.

그녀들은 중간에 쓰러지는 아이들의 회수를 담당할 예정이다.

또한 남문에서 지름길로 가려는 부정행위는 서민가의 대표격인 진흙 전갈의 스코피 일행이 단속해주고 있다.

기다리는 동안 한가하니까, 「멀리 보기」 마법으로 마라톤하는 아이들을 보았다.

빈혈로 쓰러진 애가 두 사람에 중간에 지친 연소자들이 몇 명이나 있었지만, 그 애들은 이미 나나의 짐마차로 회수했다.

"돌아오는 모양이에요."

총의 스코프를 들여다보던 루루가 보고했다.

"1등, 인 거예요!"

포치가 큰 차이로 1위다. 타마가 필사적으로 따라왔지만, 장거리 달리기는 포치가 빠른 모양이다.

"뉴뉴~ 다음은 안 져~?"

"포치는 언제나 도전을 받아들이는 거예요!"

타마가 보기 드물게 심통이 난 듯 재도전을 희망했다.

두 사람이 들어오고 나서, 상당히 지난 다음에 아이들의 선두가 돌아왔다.

"젠장, 강아지 귀나 고양이 귀의 인간족에게 달리기로 지다니. 토끼 수인의 수치다."

"설마, 우사사 말고 다른 애한테 지다니⋯⋯."

1위와 2위로 돌아온 두 사람이 포치와 타마를 보며 분한 기색이었다.

시작하기 전에 특대생이 될 거라고 선언한 우사사 소년과 그의 동료인 토끼 수인족의 소녀 라비비 두 사람이다.

"우수우수우수하구나아. 저 애들은 순위에 안 들어가니까 너희들이 1위랑 2위야."

아리사가 우사사와 라비비에게 1위와 2위의 메달을 주었다.

이 애들도 3위 이하하고 큰 차이를 벌렸다.

잠시 지나 골인한 세 명째는 개 수인족, 네 명째부터 여섯 명째까지 인간족 소년들이었다.

"골 했으면 잠시 휴식이야."

"땀을 잔뜩 흘렸으니까 물을 꼭 마시렴."

지에나와 이르나 두 사람이 골 한 아이들에게 말을 걸었다. 조금 휴식 시간을 보내고, 두 번째 시험이다. 이 휴식 시간에 수분을 보급하고, 염분과 칼로리 보급을 하려고 구운 과자를 먹였다.

달리다가 배가 고파서 쓰러지면 곤란하니까.

그리고 첫 시련에서 탈락한 것은 10명. 이 10명은 가설 본부 옆에서 체력을 키우는 방법이나 유연체조하는 법을 루루에게 배우고 있었다.

"다음은 오래 달리기야. 세리빌라 외벽을 5바퀴 돌아서 먼저 들어온 6명을 합격자로 합니다. 2바퀴 이상 달린 사람은 점심 식사가 기다리고 있어. 열심히 하도록."

"""오오오!"""

아리사의 말에 처음보다 힘찬 대답이 돌아왔다.

이번 시험에 참가한 사람에게는 무조건으로 밥을 먹일 생각이지만, 눈앞의 당근으로 유효할 것 같아서 입에 담지 않았다.

그러나 선발 멤버로 선택될 가능성이 낮은 선두 집단 말고는 두 바퀴 달린 시점에서 달리기를 포기하는 사람이 많았다.

"선두는 여자애야."

"정말이다. 굉장히 안정된 달리기네."

갈색 피부의 소녀가 근소한 차이로 우승하고, 동향으로 보이는 소년소녀 두 사람이 뒤를 이었다. 이어지는 세 사람은 장거리 달리기가 특기일 것 같은 수인들이었다.

진 아이들은 분한 기색이었지만, 그 이상으로 점심 식사에 흥미가 생긴 모양이다.

이번 식사 준비는 미테르나 씨나 우리 저택의 메이드들뿐 아니라, 요리를 한 적이 있는 운반인 여자애를 15명 정도 고용했다. 14세부터 18세까지 수수한 용모의 성실한 애들이다.

이 15명은 미테르나 씨가 요리를 가르쳐서 사립 양육원의 주방이나 식사 배급 요원으로 추가 고용할 생각이었다.

"고기다!"

"다 못 먹을 만큼 많은 꼬치고기다!"

"나, 다음 시험에서 꼭 이길 거야."

"나도!"

달콤한 불고기 양념이 좋았는지, 아이들이 신이 났다.

역시 아이들은 고기를 좋아하는 애가 많다니까.

"맛나~."

"고기로 원업인 거예요."

포치는 1UP라고 하는 걸까?

유감이지만 불고기 양념을 바른 꼬치고기에 목숨을 늘려주는 효과는 없단다.

그리고 식사 휴식을 한 다음에 나머지 6명을 뽑는다.

"그러면, 마지막 시련이야. 아까 나눠준 나뭇가지를 검처럼 겨누는 거야. 그래, 팔꿈치를 펴고. 그 자세 그대로 마지막까지 팔을 안 내리는 사람을 합격자로 합니다."

아이들에게서 비명이 들렸다.

개중에는 무술 시험이 아닌 것에 불평을 하는 애도 있었지만, 시험 내용을 바꿀 생각은 없으니까 묵살했다.

"자, 시작하렴. 불만인 사람은 사양 말고 물러가도록 해."

이르나의 말에 불평을 하던 애들도 마지못해 시험을 시작했다.

마지막 6명은 인내력이나 근성이 있는 사람이 선발 대상이다. 미궁에 들어가기 전에 사전 훈련을 버티지 못해서야 어떻게 못하니까.

1시간만에 대다수가 탈락했지만, 나머지 8명이 되고서부터는 꽤 오래 걸렸다. 3시간 뒤에 마지막 한 사람이 탈락하여 합격자가 정해졌다.

"다들, 오늘은 고마워! 시험은 다음 달에도 할 거니까, 이번에 불합격한 애들도 포기하지 마!"

아리사의 폐회의 말에, 불합격한 애들이 삼삼오오 서문쪽으로 돌아갔다.

저 애들에겐 참가상 대신에 모두에게 구운 과자를 3장씩 나눠줬다. 이건 이번에 참가하지 않은 아이들을 불러오기 위해서다.

"선발 시험에 합격한 애들은 이쪽으로 모여보렴."

이르나가 합격자들을 모았다.

최종적으로 선발된 것은 남자애가 12명이고 여자애 6명이다.

"그러면, 설명할게. 못 들은 건 나중에 다른 애나 우리한테 확인하렴. 어설프게 기억하지 말 것, 알겠지?"

이르나와 지에나가 주의를 주고서 합격자들에게 앞으로 예정을 전달했다.

두 사람이 지상에서 기초 훈련을 열흘 동안 지도한 다음에, 여섯 명씩 3교대로 미궁에 데리고 가서, 각자 5일씩, 합계 15일 동안 레벨 7까지 키울 예정이다.

"훈련중의 무기와 방어구 같은 장비품이나 의류는 학교에서 대여해준다. 어디까지나 빌려주는 거니까, 소중하게 쓸 것."

지에나의 설명을 아이들이 진지한 표정으로 듣고 있었다.

선발 멤버에게 주는 방어구는 적당한 개미 장비로 할 셈이었지만, 아리사가 강하게 반대하여 중지되었다.

가신으로 끌어안을 거면 몰라도, 육성한 다음에 일반 탐색자로 독립시킬 거라면 치트 장비는 관두는 편이 좋을 거라며 말렸다.

아리사뿐 아니라 이르나와 지에나도 말렸다. 이유는 아리사와 조금 달라서, 마물의 공격을 받아도 괜찮은 장비를 주면 공격을 피하는 게 허술해진다고 한다.

그리고 다소 다치는 정도가 아니면 지혈하는 법을 실전에서 배우거나, 그런 도구의 중요성을 익히지 못한다고 했다.

아이들에게 주는 방어구를 이르나와 지에나하고 의논한 결과, 그녀들이 예전에 착용했던 것과 같은 뼈 장비로 불리는 것을 추천했다.

풀로 엮은 재킷이나 바지에 고블린의 뼈를 묶어놓은 장비다.

미궁도시의 탐색자는 뼈 장비나 가죽 장비로 시작해서 개미 장비, 딱정벌레 장비로 나아가는 게 기본이라고 한다.

무기는 고블린의 대퇴골을 소재로 쓴 곤봉을 처음에 쓰도록 하고, 두 번째부터 개미 손톱의 단창을 쓰게 할 예정이라고 한다. 방벽 역할로 키우는 사람은 가죽 방패도 준다.

이 장비는 기술자 거리에서 수습 기술자들이 만든 것을 이르나와 지에나가 싸게 사들여 모아왔다. 어설프게 만든 곳은 조금 손을 봤으니 레벨이 낮은 적을 상대할 때는 크게 다치지 않을 거야.

"또한, 훈련 중에는 학교의 기숙사에 살 수 있으니 여관비는 필요 없다. 침구는 준비했지만, 잠옷은 각자 준비해라."

고개를 갸웃거리는 아이들이 좀 있었다.

잠옷의 의미를 모르는 아이들이 적지 않은 모양이군.

"그리고, 식사는 세 끼이며 자유롭게 더 먹을 수 있다. 매 끼니마다 고기가 나온다."

""""우오오오오오오오!""""

이르나가 덧붙인 「자유롭게 더 먹는다」와 「매 끼니에 고기가 나온다」에 아이들 사이에서 환성이 올랐다.

맛있는 식사는 엄격한 훈련의 괴로움을 치유해 줄 거고, 무엇보다 고단백 고칼로리 식사가 튼튼한 몸을 만드니까 루루와 함께 코스트 퍼포먼스를 신경 쓰면서도 좋은 것을 골랐다.

합격자에게 설명을 하는 동안 철수준비가 끝났다. 혈기가 넘치는 아이들을 탐색자 학교로 데리고 갔다.

이 특대생들의 육성을 통해 노하우가 쌓이면, 본격적으로 유료 탐색자 학교를 시작할 생각이었다.

교관의 육성도 해야 되니까, 적어도 연내에는 특대생들만으로 추진하는 게 좋겠어.

탐색자 학교 시작을 확인한 뒤에, 나는 동료들의 레벨 올리기를 하러 갈 생각이었다.

탐색자 학교는 실습을 시작하기 전까지의 커리큘럼을 준비했고, 카지로 씨나 미테르나 씨에게도 지원을 부탁했으니까 이르나와 지에나 두 사람에게 맡겨도 괜찮겠지.

일단 전투 중에 한가할 때라도 공간 마법 「멀리 보기」로 문제가 일어나지 않는지 확인할 생각이었다.

미궁 중층으로

"사토입니다. 배틀 연재만화에 있을 법한 파워 인플레이션의 파도는 이 세계에서도 존재하는 모양입니다. 동료들이 강해지는 건 좋지만 한 방에 쓰러지는 강적의 모습에는 비애를 느끼지 않을 수 없어요."

"마인포, 인 거예요!"

포치가 「구역의 주인」왕 맹독 나방 앞에서 마검을 마인으로 붉게 빛내며 외쳤다.

—푸쉭.

그런 소리가 날 것 같은 느낌으로 포치의 마검에서 붉은 빛이 흩어졌다.

"포치, 모았다가 발사하는 타이밍이 다릅니다—. 이렇게 꾸우우욱 모았다가 펑입니다."

리자가 왕 맹독 나방의 마법 공격을 피하면서 마인포 견본을 쏘았다.

처음 배웠을 무렵에는 안정되지 않았던 리자의 마인포도, 요즘에는 사정거리와 집속, 명중률까지 훨씬 올라가 있었다.

그건 그렇다 치고, 방금 그 설명으로는 너무 감각적이라서 상대가 못 알아들을 것 같아.

—MWOOOOOOTHHHW.

이마에 마인포의 직격을 맞은 왕 맹독 나방이 고주파의 비명을 질렀다.

성대가 어디 있는지 신경 쓰이네.

"수리검~?"

타마가 마인을 두른 봉수리검을 왕 맹독 나방에게 던졌다.

봉수리검은 왕 맹독 나방의 방어 장벽을 관통하여 여섯 개 있는 겹눈 중 하나에 뿌리까지 박혔다.

"꾸우우욱 모았다가 펑인 거예요."

포치의 마검 끝에서 작은 마인포가 나왔다.

……아무래도 포치한테는 아까 그 설명이 통하는 모양이군.

마인포는 왕 맹독 나방에게 닿기 전에 확산되어 사라졌지만, 포치는 펄쩍 뛰며 기뻐했다.

나중에 듬뿍 쓰다듬어주자.

"차원 베기!"
<small>디멘전 슬래셔</small>

아리사가 「공간 절단」의 상위에 해당하는 공간 마법으로 왕 맹독 나방의 날개를 잘라냈다.
<small>디멘전 커터</small>

땅에 떨어진 왕 맹독 나방은 이제 동료들의 적이 못 된다. 전위진의 연계 기술로 순식간에 퇴치 당해 버렸다.

"역시 비행 계통은 무르지만, 전위의 근접 공격이 안 닿으니까 쓰러뜨리는데 시간이 걸리네."

"분명히 후위의 부담이 크군요."

아리사와 리자가 휴식을 취하면서 의견을 나누었다.

"사토."

미아가 소매를 꾹꾹 당겼다.

레벨이 올라간 걸 보고하는가 했더니, 아무래도 아닌 모양이다.

"왜 그러니?"

"독기 이상해."

나는 독기시를 발동해서 주위를 둘러보았다.

왕 맹독 나방의 시체에 들러붙어 있던 농밀한 독기가 미궁의 바닥이나 통기구에 부자연스러울 만큼 빠르게 빨려 들어간다.

미아의 「정령시」는 독기를 싫어하는 정령이 보이니까 이변을 깨달은 거겠지.

공간 마법 「멀리 보기」를 써서 흘러가는 곳을 조사해봤더니 샛굴을 향해서 흘러가는 걸 알 수 있었다.

어쩐지 미궁이 독기가 확산되기 전에 회수하는 인상을 받았다.

"요즘 들어서 미궁의 마물을 너무 사냥해서 그런가?"

적을 쓱싹쓱싹 해치워서 상층의 3분의 2를 유린해버린 탓인지, 탐색자가 많은 구역 말고는 마물 보충 속도가 명백하게 늦었다.

샛굴을 드나드는 마물의 밀도도 줄어든 느낌이었다.

특히 구역의 주인이나 권속급 마물은 전혀 보충되지 않았다.

나머지 열 구역 정도는 동료들의 사냥터로 삼을까 생각했는데, 사냥터를 중층으로 옮기는 게 좋을지도 모르겠군.

"아~ 분명히 던마가 화를 내도 신기하지 않겠어."

아리사가 어깨를 으쓱거리며 남일처럼 말했다.

—던마?

미궁의 주인(던전 마스터) 말하는 건가?

우리를 향해서 마물 무리를 보내주면 사냥터 이동하는 수고가 줄어드는데.

그런 생각을 하고 있는데 마인포를 성공시킨 포치가 달려왔다.

"주인님! 포치는 해낸 거예요!"

"장하다, 포치."

에헴. 가슴을 펴는 포치의 머리를 쓱쓱 쓰다듬어주자 포치의 꼬리가 떨어질 것처럼 좌우로 흔들렸다.

"니헤헤~ 포치는 할 때는 하는 아이인 거예요."

우쭐해진 포치가 귀여운걸.

"타마도 열심히 해서, 마인포 배울래~."

포치에게 선수를 뺏긴 타마가 조금 분해 보였다.

"서두르지 않고 자기 페이스로 하면 돼."

그렇게 말하고, 비어 있는 손으로 타마의 머리를 쓰다듬었다.

"타마, 이렇게 꾸우우욱 모았다가 펑인 거예요."

"이렇게~?"

"아닌 거예요. 이렇게 꾸우우욱 모아서 펑인 거예요."

"뉴우~."

리자와 포치의 조언을 듣고, 타마가 몇 번이고 마인포에 도전했다.

타마의 마력이 금방 떨어졌다.

"마력 없어~."

"쓸래?"

"네잉~."

신작 마력 회복약을 꺼내면서 묻자, 타마가 즉시 긍정했다.

"맛나~."

신작인 비프 저키 맛 마력 회복약은 타마의 혀에 합격인 모양이다.

두 번째 이후는 내 「마력 양도」를 썼지만, 몇 번인가 마력 회복을 반복하면서 타마는 마인포의 특훈을 계속했다.

그리고, 드디어—.

"꾸우욱 모아서 펑~?"

타마의 마검에서 작은 마인포가 날아갔다.

어째선지 커브 궤도다.

"해냈다~?"

"타마, 훌륭합니다."

"둘이 같이인 거예요."

"네잉."

고개를 끄덕이는 리자와 방긋 웃는 포치에 낚여서 타마도 만점의 미소를 보여준다.

"방금 그 마인포 휘어지지 않았어?"

"공처럼 회전을 주면 휘어지기도 하는 모양이야."

타마의 마인포는 특히 회전이 걸려 있었다.

"주인님은 마인포 쏠 수 있어?"

"그렇지."

아리사의 질문에 수긍했다.

타마가 연습하는 와중에 손톱 끝에 만든 마인으로 마인포를 쏠 수 있나 시험해 봤거든.

전에 불꽃의 마검으로 불 탄환을 쏘아낼 때와 마력 조작의 요령이 달라서 조금 시간이 걸려 버렸다.

마인포는 마력이 중급 공격 마법 정도 필요한데 위력은 절반 정도밖에 안 되니까 내가 쓸 일은 없을 것 같다.

하지만 뭔가에 도움이 될지도 모르니까 아까 얻은 마인포 스킬은 포인트를 분배해서 유효화했다.

"마스터, 보물 상자 탐색 타임이라고 고합니다."

잠깐 쉰 다음, 나나가 기운차게 선언했다.

"우후후, 뭔가 희귀한 거나 예쁜 걸 발견하면 좋겠네요."

나나와 루루도 구역 섬멸 뒤의 보물 상자 탐색을 기대했던 모양이군.

타마 말고는 마물의 토벌 캠프에서 하염없이 마물 토벌을 반복했으니, 미궁 안의 판타지한 경치를 즐길 수 있는 보물 상자 탐색은 기분전환이 되는 거겠지.

나방의 인분이 쌓여 있는 신기한 공간을 걸어서, 얼음 나무 같은 아름다운 수정풍 마른 나무 숲에 환성을 질렀다.

땅에 쌓여 있는 나방 인분은 그대로도 마비약으로 쓸 수 있고 가공하면 마취 계통 마법약으로 쓸 수 있지만, 흉악한 암살용 독약이 되니까 회수하지 않았다.

"있잖아, 주인님. 탐색자 학교 상태는 어떤 느낌이야?"

"자잘한 트러블이 몇 번 있었지만, 지금은 딱히 문제없나 본데?"

정기적으로 「멀리 보기」를 써서 상태를 보고 있지만, 너무 열심히 하다가 쓰러지는 아이들이나 훈련에서 직전에 멈추기를 실패해서 골절하는 애가 나온 것 말고는 문제없다.

"그러면 안심이네."

"마스터, 보물 상자를 발견했다고 보고합니다."

"어이쿠, 첫 번째네. 주인님, 가자."

나나의 보고에 얼굴이 밝아진 아리사가 내 손을 끌고 애들 곁으로 달려갔다.

결국 발견한 보물 상자에서 특필할만한 것은 나오지 않았지만, 나비 같은 가면이나 라미네이트 같은 질감의 몸에 착 달라붙는 원피스 같은 것을 동료들이 좋아했다.

"이번에는 마법의 장비품이 전혀 없었네."

"없는 게 보통이야."

저주 받은 장비품이라면 30퍼센트 정도 확률로 나오지만, 미스릴 검이나 마검 같은 종류는 10퍼센트도 없었다. 마법의 방패류는 그럭저럭 나왔지만, 마법의 갑옷에 이르러서는 두 번밖에 본 적이 없을 정도로 희귀했다.

마검도 철검 수준의 성능부터 내 제1세대형 주조 마검 수준의 성능까지 폭넓긴 하지만, 우리가 쓰기에는 속성이 부여된 것 말고는 특징이 없기 때문에 그냥 수집품이나 트로피 같은 취급으로 스토리지에서 사장되고 있었다.

굳이 따지자면, 이번처럼 웃기는 물건이나 마법서가 당첨이라고 할 수 있겠군.

◆

"그러면, 잠깐 식사하면서 쉬고 있어."

보물 찾기 뒤의 점심 식사는 미궁 별장으로 귀환한 다음, 나나의 리퀘스트로 새우튀김이 되었다.

왕 맹독 나방의 몸통이 새우튀김으로 보인 것 아닐까 싶지만, 식욕이 달아날 것 같아서 분위기를 읽어 언급하지 않았다.

"주인님도 함께 쉬자."

"나는 다들 싸우는 동안에 휴식했으니까 괜찮아."

나는 말리는 아리사에게 말하고서 일어섰다.

이제부터 미궁 중층의 사냥터 탐색을 하러갈까.

"아니야."

미아가 붕붕 고개를 옆으로 저었다.

"맞아! 휘잉 중층으로 전이하는 게 아니라, 같이 난관을 넘어가는 편이 재밌잖아."

아리사의 주장에 아이들이 활기차게 고개를 끄덕이고, 다른 애들도 얌전하게 수긍했다.

분명히, 같이 가는 게 모험하는 느낌은 나겠군.

"그것도 그렇네. 휴식이 끝나면 중층으로 가는 회랑이랑 가장 가까운 포인트까지 날아가서, 거기서부터 같이 탐색하자."

"그렇게 나오셔야지!"

"랄리호(Lali-ho)~?"

"그레이트, 인 거예요."

내가 방침을 변경하자, 아이들이 뛸 듯이 기뻐했다.

이렇게 기뻐해준다면 다소 멀리 돌아가더라도 평범하게 걸어갈 수 있는 코스를 찾자.

중층이 어떤 장소인지 상상하는 동료들의 목소리에 치유를 받으면서, 나는 맵을 열어 중층에 가는 코스를 선택하여 공간 마법 「멀리 보기」나 「멀리 듣기」로 그 코스에 문제가 없는지 경로를 추적했다.

친구나 「이력의 손」을 활용하는 경우와 비교해서 10배쯤 시간이 걸릴 것 같지만, 가끔은 이런 유유자적 코스도 즐겁겠군.

"여기는 어디쯤이야?"

"세리빌라 미궁의 서쪽 끝에서 1킬로미터쯤 되는 곳? 지상으로 치면, 요전에 사막에서 논 다음에 만든 돌 신사 바로 아래쯤이야."

가장 가까운 전이 포인트에서 2시간 정도 걸려 중층으로 이어지는 세로 굴이 있는 커다란 광장에 도착했다.

여기는 미궁도시 세리빌라가 있는 분지를 넘어, 서쪽에 있는 산맥을 넘어서 더욱이 서쪽이다. 통기구에 모래가 들어오는지, 방 일부에 모래가 쌓여 있고 중층으로 내려가는 세로 굴에 조금씩이지만 모래가 흐르고 있었다.

"지, 진짜로?"

"진짜로."

대답을 들은 애들이 말을 잃었다.

이 세리빌라의 미궁이 얼마나 말도 안 되게 넓은지 실감한 거 겠지.

"어비스~."

"새까매서 아래가 안 보이는 거예요."

"너무 가까이 가면 위험하다."

꼬리를 말고서 세로 굴을 들여다보던 아이들에게 주의를 주 었다.

"네잉."

"네, 인 거예요."

타마와 포치가 굴 안쪽으로 시선을 고정한 채 슬금슬금 뒤로 물러났다.

"이쪽에는 입구 쪽 수직굴이랑 다르게 엘리베이터가 없네."

"그 승강기는 옛날 탐색자 길드나 나라가 만들도록 한 거 아냐?"

공간 마법 「멀리 보기」로 어둠 속에 가라앉은 세로 굴의 반대 쪽까지 확인하던 아리사가 중얼거렸다.

"주인님, 저쪽으로 내려갈 수 있나 봐요."

"마스터, 계단이 없다고 고합니다."

"응, 내리막길."

루루가 가리킨 곳을 바라보던 나나와 미아가 말을 이었다.

세로 굴의 바깥쪽은 나선 형태의 내리막길이 있고, 내리막 중 앙이 움푹 들어간 느낌으로 완만하게 완곡되어 있었다.

"어쩐지 불길한 홈인데."

아리사가 그 형태를 보고 얼굴을 찌푸렸다.

아마 서양쪽 탐색 영화의 첫 작품에 있었던 유명한 장면— 커다란 돌이 굴러서 쫓아오는 걸 떠올린 거겠지.

나는 주위를 빙 둘러보았다.

"—아리사."

내가 어둠으로 보이지 않는 천장을 향해서 술리 마법 「마등」을 발동하며 그쪽을 가리켰다.

"으엑."

"에에엑~?"

"에에에엥, 인 거예요."

"공벌레?"

도롱이벌레마냥, 둥그런 공벌레가 천장에서 가는 실로 매달려 있었다.

위치를 봐서 열 마리쯤 되는 공벌레가 순서대로 홈을 따라 굴러가는 거겠군.

시험 삼아서 공간 마법 「공간 절단」으로 실 하나를 끊어봤더니, 거대한 공벌레가 통로 폭을 가득 채우면서 굴러갔다.

처음에는 느릿느릿하지만, 차츰 자동차 같은 속도까지 가속하는 모양이다.

"전부 떨어뜨릴까?"

"통로가 무너지면 곤란하니까 그쪽은 그냥 처리할게."

나는 마법란에서 「유도 화살」을 골라 천장의 공벌레를 푹푹 처리했다.

물론 통로를 보호해야 하니까, 떨어지는 공벌레는 「이력의 손」으로 붙잡아 스토리지에 수납했다.

"그러면 가자."

분위기를 위해서 붙인 횃불을 리자가 들어 선도하고, 내 오리지널 빛 마법인 「반딧불이 조종」을 이용한 반딧불이 같은 엷은 빛이 풋라이트처럼 발치나 주위를 살며시 비춘다.

꽤 느낌이 좋네.

"옆굴~?"

"잔뜩 있는 거예요."

"우응?"

내리막을 잠시 내려가자, 벽 중간에 불규칙한 굴이 몇 개씩 뚫려 있는 걸 발견했다.

"곰이라도 살 법한 굴이네."

"마물이 숨어 있는 구멍이기도 한가 봐."

맵 정보를 보니 대부분의 구멍은 막다른 길이며, 가장 안쪽이 샛굴의 통로와 맞닿아 있었다.

아마도 샛굴이 열리며 앞뒤에서 마물이 공격하는 거겠지.

탐색자가 옆굴을 조사한 다음에 방심하면 등 뒤에서 공격하거나, 옆굴에서 캠프를 하는 탐색자들을 심야에 기습하거나, 이런 역겨운 사용법을 예상할 수 있었다.

"도마뱀~?"

"이럴 때는 마인포~인 거예요!"

타마가 발견한 도마뱀— 미궁 도마뱀붙이를 보고, 포치가 재빨리 마검을 뽑아 겨누었다.

"에잇, 인 거예요"

포치가 외치며 마인포를 쏘아, 어엿하게 미궁 도마뱀붙이를 쓰러뜨렸다.

익히고 나서 얼마 되지도 않았는데 꽤 발동이 빨라졌군. 포치는 마인포랑 궁합이 좋은 걸지도 모르겠어.

미궁 도마뱀붙이의 시체를 스토리지로 회수하고 계속해서 내리막을 걸었다.

가끔 미궁 박쥐나 미궁 도마뱀붙이가 공격을 하거나, 벽을 따라서 희미하게 빛나는 이끼가 끼어 있거나, 백골이 된 탐색자의 시체에서「망령」이 떠올라 공격해오는 등, 상당히 바리에이션이 풍부해서 질리지 않았다.

"이런 곳까지 탐색하러 온 사람도 있었구나."

나는 탐색자의 시체를 스토리지에 수납하고, 그가 가지고 있던 서적을 스토리지 안에서 AR표시로 읽었다.

적혀 있는 문자는 프루 제국어였다.

"프루 제국 시대의 탐색자인가 봐."

600년인가 700년쯤 전 사람인지, 전쟁을 싫어하는 연구가였던가 보다.「매몰」이라는 마이너한 스킬을 구사해서 마물 틈에 끼어 여기까지 들어온 모양이다.

마지막에는 열병에 걸려 죽었나보군.

"뭐 하러 온 걸까?"

"그의 일기에는 『지혜가 넘치는 고대의 왕과 만나, 영원히 이어지는 삶을 얻어 영겁의 연구를 하는 것이다』라는데."

일기의 기술을 보면 그는 미궁의 최하층에 「고대의 왕」이란 것이 있다고 생각한 모양이다.

"헤에, 영원히 이어지는 삶이라. 주인님은 갖고 싶어?"

"어렸을 때는 천진하게 갖고 싶다고 생각했지만, 인간은 무리 아닐까?"

장로 엘프들의 깊고 맑은 부동의 눈동자가 뇌리를 스쳤다.

억만의 세월을 살아가는 하이 엘프 아제 씨의 옆에 서는 것은 매력적이지만, 인간의 정신이 그런 긴 시간을 견딜 수 있을 것 같지 않았다.

젊어지는 약 같은 것으로 오래 산다고 해도, 천 년 정도면 충분할 것 같은데.

"뭐~ 그렇겠지."

아리사가 그렇게 마무리를 짓고, 우리는 내리막을 나아갔다.

중반을 지났을 무렵에, 내리막 중간에서 하얀 김이 올라오는 장소가 있었다.

"주위가 이끼로 미끄럽다고 고합니다."

"산의 함정은 없는 것 같습니다."

요정 가방에서 꺼낸 막대로 김이 피어오르는 물웅덩이를 체크하던 나나와 리자가 보고했다.

희미하게 썩은 달걀 같은 냄새가 난다.

"있지, 주인님."

아리사도 유황의 냄새를 느낀 모양이다.

"혹시 미궁 어딘가에 온천이 있을지도 모르지."

"정말?! 만약 있으면 온천 옆에 별장 2호를 만들자!"

아리사가 엄청나게 의욕적이다.

"물론, 온천은 혼욕이야!"

"성희롱 금지."

거칠게 숨 쉬며 군침을 흘리는 아리사의 이마를 딱 튕겼다.

"그아하아아아."

오버 리액션의 아리사를 방치하고, 동료들을 「이력의 손」으로 조금 커다란 물웅덩이 너머에 옮겼다.

아인 소녀들은 점프로 건너편에 이동을 했는데, 타마와 포치는 일부러 돌아와서 옮겨달라고 요청했다.

"아야야야. 주인님의 딱밤은 분명히 무슨 수상한 스킬이 깃들어—."

천장 방향을 올려다보며 투덜거리던 아리사가, 중간에 말문이 막혔다.

"주인님, 저거!"

아리사가 놀란 표정으로 바로 위를 가리켰다.

"금삐까~."

"골드~ 인 거예요?"

측면 벽의 움푹 패인 곳에 황금색 광맥이 노출되어 있었다.

"보물이잖아. 타마랑 포치라면 저기 올라갈 수 있어?"

"여유~ 인 거예요."

"안 돼~."

팔을 걷어 부치고 올라가려는 포치를 타마가 말렸다.

"왜 그러는 거예요?"

"함정 잔뜩~?"

이쪽에 확인하는 시선을 보내는 동료들에게 수긍했다.

"독 분사에, 튀어나오는 스파이크. 거기다 벽이 떨어지는 함정까지 있어."

"진짜냐……."

"그리고, 저건 황금이 아니라 황철광의 광맥이야."

"하필이면 『바보의 금』이냐~."

AR표시된 정보를 전해주자 아리사가 풀썩 주저앉았다.

분명히 유황과 철의 화합물이었다고 기억하는데, 추출이 어려워서 뭐에 쓸 일이 적은 금속이었지?

"젠자앙! 이렇게 되면 무슨 일이 있어도 온천을 찾아주겠어!"

"오~."

"인 거예요."

자포자기한 기색의 아리사에게 이끌려서 내리막을 내려가, 우리는 세리빌라 미궁 중층에 도착했다.

미궁 입구 쪽 수직굴과 달라서 이쪽은 미궁 하층까지는 안 통한다.

◆

"후하하~ 정의는 내게 있음이라!"

커다란 바위 위에서 아리사가 외쳤다.

시선 끝에는 뭉게뭉게 하얀 김이 피어오르고 있었다.

그리고 이 온천은 세로 굴에서 거리는 가깝지만, 세로 굴이 있던 구역이 아니라 경로를 따지면 일곱 구역이나 떨어져 있었다.

마물을 쓰러뜨리면서 탐색하면 시간이 너무 걸리니까, 마물을 쓰러뜨릴 때 우연한 사고를 가장해서 샛굴과 이어지는 벽을 부수어 지름길로 왔다.

"자 그러면, 이 온천 주변의 마물을 처리하자."

구역 안에 온천은 몇 개 더 있지만, 샛굴이 안 생기는 장소는 여기뿐이다.

"선주민을 쫓아내는 거야?"

"마물을 처리하는 건 당연한 것 아닙니까?"

온천에 몸을 담근 작은 벼락 원숭이를 본 아리사의 말에 리자가 신기하단 표정을 지었다.

"우호적일지도 모르잖아."

"그건 아닌가 본데."

나는 우리 애들의 환영을 만들어서 원숭이 쪽으로 보내봤다.

환영이 입을 열기도 전에 작은 벼락 원숭이가 전격을 뿜어내 환영을 섬멸하고 이빨을 드러내며 이쪽을 향해 돌격했다.

"어차피 피에 젖은 길인 거예요."

187

"바이올런스~."

동료들이 전투 준비를 시작했다.

포치에게 안 어울리는 대사는 아리사가 무슨 사극 애니메이션에 나온 걸 가르쳤겠지.

나는 작은 벼락 원숭이 사이를 축지로 빠져나가서, 온천 안의 마물이나 위험한 생물을 「이력의 손」으로 붙잡아 광장 너머로 던졌다. 약한 마물들밖에 없으니 동료들이 금방 처리해주겠지.

나는 천구로 하늘에 떠올라 지형을 확인하고, 온천이 딸린 별장을 건축하기 위한 도면 만들기를 시작했다.

"주인님, 마물 처리가 끝났으니까 근처 마물을 청소하러 다녀올게. 뭔가 주의할 점 있어?"

중층의 마물은 평균 레벨이 상층보다 약간 높지만, 「구역의 주인」이나 권속은 상층과 별 차이 없었다.

오히려 레벨 낮은 마물일수록 악질적인 녀석이 많았다.

독이나 마비, 저주, 역병, 마안, 마력 흡수, 마법 내성 소지, 물리 내성 소지 등 성가신 능력을 가진 녀석이 많다.

더욱이, 과반수가 무슨 마법적인 효과나 마법을 쓸 수 있었다.

따라서, 레벨이 같아도 중층이 더 난이도가 높다고 할 수 있었다.

"독점액을 뿜는 진흙 원숭이(머드 에이프)랑 마력을 흡수하는 마소 포식 긴팔원숭이(마나이터 에이프)를 주의해. 그 밖에도 마법을 쓰는 녀석이 많으니까 방심하면 안 된다."

"네~에."

동료들을 배웅하고, 종류별로 정리된 마물의 시체를 스토리지에 회수했다.

나는 공간 마법 「멀리 보기」나 「멀리 듣기」를 발동해서 동료들의 상황을 「병렬 사고」 스킬로 감시하면서, 도면 만들기를 계속했다.

◆

"……멋지군요!"

완성된 온천이 잘 보이는 바위 위에서, 목욕을 좋아하는 리자가 주먹을 쥐고 감동했다.

이렇게 기뻐해준다면 열심히 만든 보람이 있지.

그리고 온천을 만드는 동안 「온천 기술자」나 「온천 대장」 같은 칭호가 늘었다.

"여전히이, 치트 생산력이네."

"실례잖아."

분명히 마법이나 스토리지 같은 게 있어서 낼 수 있는 성과지만, 만능이랄 정도는 아니다. 실제로 별장의 건물까지는 못 건드리고, 욕탕과 탈의장과 화장실 정도밖에 못 만들었으니까.

욕탕도 평범한 게 대부분이고, 제트 바스나 사우나까지는 준비 못했다.

언젠가 그 설비와 흐르는 욕탕이나 공중 튜브 욕탕도 추가하고 싶다고 생각 중이다.

"하지만 굉장하네요, **이 수는.**"

"응, 장관."

루루와 미아가 몇 개의 노천욕탕을 보면서 눈이 동그래졌다.

본래는 욕탕의 온도를 조정하기 위해서 탕의 수를 늘렸는데, 중간부터 흥이 나서 로마풍 욕탕이나 분수풍 족욕탕 같은 것도 추가했다.

"히노키 욕탕은 없구나아."

"그건 별장 내부에 준비할 예정이야."

히노키도 좋지만, 향기가 좋은 산수로 만드는 것도 포기하기 어려워.

"이제 들어가도 되나요라고 묻습니다."

성질 급한 나나가 옷을 벗으면서 물었다.

응, 상당히 성장했구나.

"꺄아, 나나 씨, 가려요!"

"우응, 금지."

루루와 미아가 천으로 나나의 몸을 가렸다.

"주힌니—."

눈을 가리는 김에 성희롱을 감행하려던 아리사를 공중에서 붙잡아, 동료들에게 탈의장이 있는 장소를 가르쳐줬다.

욕탕은 상류일수록 열탕이고 하류일수록 미지근해지며, 3단 이후가 적정 온도라고 주의사항을 전달했다.

1단째는 화상을 입을 수 있는 온도라서 뚜껑을 덮어놨다.

"우우, 심술쟁이……."

"마물 퇴치로 땀 흘렸잖아? 얼른 목욕하러 가."

"네~에."

눈물 짓는 아리사를 우로 돌아 시키고, 다른 애들과 함께 탈의장 쪽으로 보냈다.

목욕을 좋아하는 리자는 어지간히도 기대가 되는지, 보기 드물게 들뜬 스텝으로 걷고 있었다. 꼬리도 즐거워 보이네.

"주인님도 가자."

"나는 만들 때 실컷 들어갔으니까 됐어."

아리사라면 「노천탕에서 착의는 못난 짓이야」라고 말하며 전라를 권장할 것 같으니까.

"에에, 유감."

내 말을 들은 아리사가 의기소침해졌지만, 금세 웃으며 고개를 들었다.

"그렇지, 주인님. 쓰러뜨린 마물은 어떡할까? 내 『격납고』는 시간 지나면 열화 되는데?"

"그렇네. 지저분해지니까 먼저 옮기자."

뭔가 꿍꿍이가 있는 게 아닌가 싶었지만, 광장 구석까지 가서 평범하게 시체의 산을 건네받았다.

아리사가 「격납고」를 열었을 때 대량의 피가 뿜어져 나왔지만, 반사적인 축지로 후퇴하여 뒤집어쓰지 않았다.

아리사가 「실패했다」는 표정을 지은 것 같지만, 분명히 기분 탓일 거야.

"구역 안의 마물은 다 섬멸한 게 아니구나."

"응. 너무 잔챙이나 작은 원숭이는 방치했어. 그리고, 이거 먹을 수 있어?"

"—금색 감?"

아리사가 아이템 박스에서 꺼낸 큼직한 감을 받았다.

"응. 무슨 야자집게 같은 것들이 키우고 있었어."

아리사가 아이템 박스에서 뒤이어 꺼낸 주머니에, 방석 사이즈의 야자집게가 들어 있었다.

물론 이미 시체다. AR표시에 따르면 미궁 빛 감게라는 이름이었다. 명칭에 「빛」이 들어 있는 건 등판에 모래 같은 빛 광석이 붙어 있기 때문이겠지.

"작은 방의 천장에 매달린 이 녀석들이 감나무를 비추고 있었어."

게가 감나무를 키우고, 열린 감을 게가 먹는 건가?

꽤 재미있는 공생관계네.

"게가 키우는 감이라니, 원숭이와 게가 싸우는 옛날이야기 같네."

"아아, 나도 같은 연상을 하는 바람에 쓰러뜨린 게는 이 녀석뿐이고, 따온 감도 그거 하나뿐이야. 미아의 마법으로 마비된 동안에 주먹밥을 공양하고 철수했지."

아니, 그렇게까지는 안 해도 되지 않을까?

"그래서, 그 감은 먹을 수 있어?"

아리사는 수수께끼 감의 생태보다도 감을 먹을 수 있는지 아닌지가 중요한 모양이다.

"독은 없는 것 같은데, 떫은 감이니까 곶감 만드는 것 말고 쓸 길이 없어."

그야말로 희귀한 약품의 소재 같은 모습이라 미궁 빛 감계와 세트로 스토리지의 서적을 검색해 봤지만, 해당하는 자료는 없었다.

"어머? 소주에 담가서 떫은맛을 빼면 되지 않아?"

아리사가 할머니의 지혜 주머니 같은 말을 꺼냈다.

나중에 하는 방법 배워볼까.

"헤에, 떫은맛 빼는 법 처음 들었ー."

그때, 등 뒤에서 커다란 물보라 소리와 비명이 들렸다.

"지저스."

"아우치."

ー타마, 포치!

나는 축지로 비명이 들리는 쪽에 순간이동 같은 속도로 이동했다.

거기서 타마랑 포치가 하반신이 새빨갛게 물든 채 굴러다니고 있었다.

AR표시를 보니 두 사람은 화상을 입은 모양이다.

"금방 고쳐줄게."

나는 둘에게 마법란에서 물 마법인 「치유: 물」을 선택해서 발동했다.

미아가 영창을 시작했지만, 대처는 빠른 편이 좋겠지.

"포치! 타마!"

리자가 요정 가방을 한 손에 들고 달려왔다.

마법약으로 치유하려고 한 모양이군.

"네잉."

"이제 괜찮아, 인 거예요."

화상은 치유했지만, 두 사람의 몸이 열을 품고 있어서 스토리지에서 꺼낸 얼음을 둘 곁에 놓았다.

"시원시원~?"

"차가워서 기분 좋은 거예요."

타마와 포치가 발가벗고 얼음에 볼을 비볐다.

"무슨 일이 있었니?"

"죄송합니다, 주인님."

"열탕 목욕."

미아가 뒤를 돌아보며 가리켰다.

거기에 뚜껑이 열린 열탕이 있었다.

수많은 욕탕에 기분이 들뜬 리자가 뚜껑을 열고 들어가자, 타마와 포치도 따라서 뛰어들어 방금 그 상태가 된 모양이다.

리자의 피부도 빨갛지만, 화상 같은 상태는 아니었다.

"두 사람, 저 탕에는 들어가면 안 돼."

"네잉."

"네, 인 거예요."

만약을 위해서 타마와 포치에게 못을 박아 두었다.

"주인님, 물을 가져왔어요."

"마스터, 얼른 두 사람을 식혀야 한다고 고합니다."

흑발이 흐트러진 루루와 무표정한 나나가 냉수가 든 통을 들고 왔다.

"두 사람 고마워. 벌써 치유하고 식혔으니까 괜찮아."

"다행이야~."

"마스터의 신속한 대처에 찬사를 보낸다고 고합니다."

안도한 루루가 다리에 힘이 풀린 느낌으로 바닥에 주저 앉고, 나나가 가지고 있던 통의 물을 자기가 뒤집어썼다.

가만 보니 나나의 몸도 장시간 탕에 들어간 것처럼 새빨갛군.

"혹시, 나나도 열탕에 들어갔니?"

"예스, 마스터. 피부가 따끔따끔해서 즐겁다고 고합니다."

"네, 참으로 근사한 탕입니다."

나나에 이어서 리자가 황홀한 표정으로 말했다.

아니아니, 그 정도 열탕이면 보통은 즐길 수 있을 리가 없는데?

"마인을 쓸 때의 요령으로 온몸에 마력을 순환시키면 문제없습니다."

리자에게 시선으로 묻자, 그렇게 대답했다.

마물이랑 전투할 때 쓸 법한 비기가 필요한 목욕은 이래저래 뭔가 틀린 것 같아.

"신체 강화를 겹치면 혈액순환이 좋아진다고 보고합니다."

나나가 마력순환을 직접 보여주면서 신체 강화를 겹쳐서 걸었다.

각종 내성이나 방어력이 상당히 높아졌다. 내가 용사 하야토에게서 배운 마력 갑옷이랑 비슷하군. 나중에 전위진한테 가르쳐볼까.

그러면, 사정은 알았고—.

나는 스토리지에서 타월을 꺼내, 전라로 담소하는 동료들에게 덮어줬다.

"꺄."

부끄럼 타는 루루가 비명을 지르며 타월로 가슴을 가렸다.

이제야 전라라는 걸 깨달은 모양이군.

"그러면, 나는 저쪽 가 있을 테니까, 다들 느긋하게 목욕해."

"기다려."

동료들에게 등을 돌리고 말하자, 물러가려는 내 팔을 아리사가 붙잡았다.

어느 틈엔가 전라가 되어 있군.

"우리들 알몸을 탐닉했으니까, 주인님도 알몸이 되어 같이 들어가자."

"안 돼. 아리사랑 다르게 피부를 드러내는 게 부끄러운 애도 있으니까."

번뇌를 전개한 아리사를 타일렀다.

"으그그."

"이해해줘서 다행이야. 그럼 나는 금방 갈 테니까 천천히 들어갔다 나와."

"기, 기다려 주세요."

루루가 내 옷자락을 잡고 붙들었다.

"저, 저기, 그게…… 가, 같이……."

—진짜로요?

루루라고 생각하기 어려운 발언이군.

"말 잘했어, 루루! 자아, 남자답게 벗으시어요."

"응, 같이."

아리사에 이어서 미아까지 알몸으로 내 팔을 홀드했다.

"주인님의 등을 씻게 해주세요."

리자도 봉사한다고 선언하고, 성실한 표정으로 타월을 들었다.

그대로 온천류 타월술이라도 쓸 기세다.

나나가 리자에 이어 타월을 손에 들고 앞으로 나섰다.

"그러면, 저는 마스터의 배를 씻는다고 선언합니다."

아니, 그건 이래저래 문제가 있어.

"후우. 좋은 탕이네."

한바탕 소동이 있었지만, 나는 동료들과 함께 목욕을 하기로 했다.

아무리 그래도 사춘기 소녀들과 혼욕을 하는 건 저항이 있으니까, 욕의를 입는 건 양보하지 않고 밀어 붙였다.

나랑 같은 탕에 있는 건, 아리사, 미아, 루루 셋뿐이고 다른 애들은 각자 좋아하는 탕으로 흩어졌다.

"여기는 돌 바닥 위에 수정 같은 둥근 자갈을 깔았구나."

"예뻐."

아리사가 바닥에 깐 둥근 자갈을 물속에서 들어 빛에 비추고, 그걸 본 미아가 눈웃음을 지었다.

노천 온천의 돌 바닥이나 둥근 자갈은 「석제 구조물」 마법으로 만들었다.

다들 다치지 않도록 둥근 자갈의 가공은 특히 정성을 들였다.

그리고, 바닥의 경사 확인은 전에 별장을 만들 때와 마찬가지로 맵의 3D 표시를 사용했다.

"리자 씨랑 나나는 저 열탕이 마음에 들었나 봐."

리자와 나나가 열탕을 즐기고 있었다.

어지간히 마음에 들었나 보다. 표정이 녹아내릴 것 같았다.

"주인님~?"

"저쪽에 새하얀 욕탕이 있는 거예요."

노천온천을 탐색하러 간 타마와 포치가 돌아왔다.

"여기는 유황온천 아냐?"

"맞아. 유백색 탕은 피부 미용 효과가 있는 입욕제를 넣어봤지."

온천에 입욕제가 삿된 길인 건 알고 있지만, 유황 온천용 입욕제 레시피가 있기에 시험해 버리고 말았다.

""—피부 미용.""

아리사와 루루가 동시에 반응했다.

특히 루루는 새빨간 얼굴로 내 정면에 자리를 잡고는 가만히 내 쇄골 부분을 보고 있었으니, 오랜만에 리액션이었다.

"다녀올게. 피부 미용의 욕구는 이길 수 없어."

아리사가 먼저 나서고, 갈등하고 있던 루루가 그 뒤를 이었다.

"크우, ……저도 다녀올게요."

루루는 「장이 끊어지는 심정」이라고 해도 될 정도로 괴로운 표정이었다.

"미용~?"

"탱글탱글매끈, 인 거예요."

타마와 포치도 괴상한 안무로 창작 댄스를 추면서 아리사와 루루 뒤를 따라갔다.

뭘 보고 저런 안무가 나왔는지 모르겠지만, 즐거워 보이니까 추궁하지 않는 게 좋겠어.

"미아는 안 가니?"

"응, 독점."

미아가 나이에 안 어울리는— 아니, 겉모습에 안 어울리는 어른스런 미소를 짓고는 내 어깨에 머리를 기댔다.

가끔은 그것도 좋네.

나는 「반딧불이 조종」 마법으로 만들어낸 반딧불을 천장 부근에 춤추게 만들어, 온천의 정서를 즐겼다.

"우왓하~ 배 모양 그릇에 담은 회랑, 닭새우 장국? 그리고 차완무시[#3]까지 있어."

"산나물 튀김."

아리사와 미아가 저녁 식사 메뉴를 보고 신바람이 났다.

오늘 컨셉은 온천 여관 메뉴거든.

고기가 없는 걸 깨달은 타마와 포치가 풀이 죽고, 평정을 가

#4 차완무시 일본식 계란찜. 버섯이나 은행, 고기 등이 재료로 들어간다. 차완 그릇에 담아 찌기 때문에 차완무시로 불린다.

장한 리자의 꼬리가 힘없이 늘어졌다. 나중에 두꺼운 스테이크를 추가로 만들어주자.

"닭새우가 아니라 가니카 만에서 잡은 새우지만 말야."

나는 거기서 말을 한 번 끊고, 비장의 메뉴를 꺼내면서 씨익 웃었다.

"그리고, 이것도 있다."

"기다렸습니다! 어떤 의미로 오늘의 메인 디시네!"

"삶은 달걀인가요?"

리자의 물음에 아리사가 적당하게 말했다.

"아니야! 온천의 소울푸드 『온천 달걀』이야!"

그렇게 거창한 건 아니잖아?

"그러면 먹자."

동료들의 뱃속 벌레가 합창을 시작하기에 내가 말했다.

아리사의 「잘 먹겠습니다」로 저녁 식사가 시작됐다.

"우와~ 걸쭉하네! 설마 미궁 안에서 온천 달걀을 먹을 줄은 생각 못했어."

아리사가 감탄의 한숨과 함께 감상을 말했다.

"산나물 튀김, 맛있어."

미아는 온천 달걀의 그릇을 아리사에게 밀어버리고, 잎새버섯 같은 버섯의 튀김에 혀를 내둘렀다.

완숙 달걀은 먹는데 반숙은 싫어하는 모양이군.

"반숙 달걀 같은데, 조금 다르네요."

"노른자는 반숙 달걀과 큰 차이가 없습니다만, 흰자가 거의 안 익은 느낌일까요?"

요리를 좋아하는 루루와 리자는 온천 달걀을 분석하고 있었다.

포치, 타마, 나나는 온천 달걀을 꿀꺽 먹어 치우더니, 새우와 튀김으로 타겟을 옮겼다.

"새우 맛냐~."

"회도 맛있는 거예요?"

"차완무시의 병아리가 귀엽다고 고합니다."

다들 각자 저녁 식사를 즐기고 있었다.

나도 온천 달걀을 입으로 옮겼다.

처음에는 그대로 플레인하게 먹자.

아리사는 아니지만, 이 흰자의 느낌이 독특해서 맛있다.

이어서 특제 국물에 담가서 먹었다. 조금 달콤한 국물과 온천 달걀이 잘 어울린다.

한 사람당 3개 정도 준비했는데, 좀 더 많이 만들 걸 그랬군.

샐러드를 올려서 먹는 것도 맛있단 말이지.

다음에 만들 때는 미아한테도 권해볼까.

"주인님, 온천 달걀을 먹었더니 아지다마#4를 먹고 싶어졌어."

아리사가 그런 말을 꺼냈다.

"그럼 내일 점심은 라멘이랑 아지다마로 할까?"

"차슈 라멘이 좋은 거예요."

"마늘 파 라멘."

#4 아지다마 혹은 아지다마고. 일본의 계란 요리. 계란 장조림과 비슷하지만, 노른자를 반숙으로 익히는 등의 차이점이 있다. 흔히 라멘에 토핑해서 먹기도 한다.

포치와 미아도 리퀘스트를 했다. 다른 애들도 반대는 없는 모양이다.

역시, 미궁 수행은 충실한 식사와 목욕이 필요하다니까.

◆

"아우치, 인 거예요."

전투의 마무리 단계에서 포치의 마인이 주금색 빛과 함께 터졌다. 폭발한 것 같은 느낌이군.

다들 시선이 포치를 향했지만, 포치가 「괜찮은 거예요」라고 했기 때문에 그대로 전투를 계속했다.

미아는 정령 마법의 영창을 하는 중이라 회복 마법의 지원을 기대할 수 없었다.

포치가 요정 가방을 여는 것이 보였다. 마법약으로 치료하는 모양이군.

"마지막이다, 라고 고합니다."

나나가 콜타르 같은 외피를 가진 호랑이 마물을 향해 도발 스킬을 실은 말을 외쳤다.

블래스트 아머
"마인 쇄벽."

콜타르 타이거
나나가 새롭게 배운 필살기가 점액 호랑이를 지키는 방어 장벽을 일격으로 분쇄했다.

드래그 버스터
"마창 용퇴격."

이어서 눈부신 붉은 빛을 띤 리자의 마창 도우마가 점액 호랑이를 꿰뚫었다.

외피를 뒤덮은 점액이 터져 나가고, 몸통에 전차포라도 맞은 것처럼 커다란 구멍이 뚫렸다.

리자의 새로운 필살기는 상당히 흉악하군.

하지만 리자는 아직 만족하지 못했는지, 붉게 빛나는 마창을 보면서 뭔가 생각하고 있었다.

"역시, 중층은 만만찮은 마물이 많아."

구역의 마지막 마물을 쓰러뜨리고 휴식에 들어간 아리사가 감상을 중얼거렸다.

미궁 온천을 거점으로 삼은 뒤의 마물 토벌은 상층만큼 시간 효율이 좋지는 않았지만, 마물이 쓰러뜨려도 넘칠 정도로 윤택해서 안정된 레벨 올리기를 위한 경험치를 얻을 수 있었다.

미아 말고는 이제 슬슬 레벨 50이 된다.

"우웅, 베히모스."

미아는 정령 마법을 영창하는 동안 마물이 쓰러진 것에 토라진 모양이다.

베히모스는 강하지만, 마력 소비가 크니까 미아라도 한 번 소환하면 마력이 전부 떨어진다.

그래서, 회복이나 지원 마법을 담당하는 미아의 경우 「구역의 주인」이나 구역 마지막 마물 정도밖에 쓸 기회가 없었다.

"의사정령 창조 계통 정령 마법은 영창이 길어서 잔챙이 상대로는 전투 끝날 때까지 끝나질 않으니까."

"응, 『영창 단축』 필수."

"있으면 편리하겠네."

아리사와 미아가 영창 계통 스킬에 대한 의견을 나누고 있었다.

"아리사는 위력 증강이니?"

"응, 나는 무영창을 쓸 수 있고, 공간 마법도 이제야 스킬 레벨 최대까지 올렸으니까 불 마법 스킬 올리기는 8에서 멈추고, 위력 증강이나 마력 회복 보조의 명상 계통을 얻으려고 해."

아리사의 감각으로는, 스킬 레벨 8과 9, 그리고 9와 10 사이에는 같은 상급 마법을 쓸 때도 엄연한 효과의 차이가 있다고 한다.

"주인님, 고쳐줘인 거예요."

포치의 손이 피투성이가 되어 있었다.

아까 필살기를 쓰려고 했을 때 마인이 폭발해서 다친 모양이다.

포치는 마력 조작이 그렇게 능숙하지 못해서, 마력을 너무 담았다가 제어에 실패한 거겠지.

놀면서 마력의 정밀 조작을 단련할 수 있는 장난감이라도 고안해 볼까?

"마법약 안 썼니?"

나는 마법으로 치료하면서 물었다.

"이 정도로 쓰면 아까운 거예요."

"이럴 때는 참거나 전투 끝날 때까지 기다리지 말고 마법약을 쓰는 거야."

"네, 인 거예요."

난처한 발언을 하는 포치를 타일렀다.

소모품은 소비하는 물건이니까.

구역의 마물을 모두 쓰러뜨린 우리는 늘 하는 보물 상자 찾기로 이행했다.

"꽤 늦은 시간이니까 보물 상자 찾은 다음에 옆 구역에 각인판을 설치하고서, 미궁 온천으로 돌아가자."

미궁 온천 옆에는 일본풍 온천 여관을 지었으니까 여기서 숙박할 수 있다.

우리들만 있으면 온천 여관의 일부밖에 안 쓰니. 미궁 중층에서 레벨 올리기가 끝나면 에치고야 상회의 보양 시설로 개방하는 것도 좋을지 모르겠군.

긍정의 대답을 하는 동료들에게 저녁 식사 리퀘스트를 물어보면서 보물 상자를 찾았다.

"포치, 저기 벼랑 위에 뭐 있는지 보고 와줄래?"

"라져인 거예요."

아리사가 20미터쯤 되는 벼랑 위를 가리켰다.

오버행이 있는 데다가 이끼가 낀 벽을 올라가기 힘드니까, 타마가 아니라 포치에게 부탁한 거겠지.

포치가 2단 점프의 요령으로 공중에 디딤대를 만들어 벼랑 위로 달려 올라갔다.

이건 포치가 요즘 들어 익힌 천구의 하위 스킬인 「공보」의 힘을 빌린 것인데, 지금 포치의 경우 공중에서 세 걸음이나 네 걸음 정도 발판을 만들 수 있다.

"보물 상자가 있는 거예요!"

포치가 벼랑 위에서 웃으며 손을 흔들었다.

나는 천구로 올라가고, 동료들을 「이력의 손」으로 벼랑 위에 올려줬다.

보물 상자는 벼랑의 바위틈에 숨겨져 있어서, 자칫 놓칠 수 있는 장소에 있었다.

"잘했어, 포치."

"니헤헤~ 인 거예요."

포치의 머리를 쓰다듬어주자, 꼬리가 찢어질 것 같은 기세로 좌우로 흔들렸다.

포치의 머리를 쓰다듬어준 뒤에 보물 상자 내용물을 확인했다.

"카타나~?"

"사무라이 블레이드인 거예요."

안에서 나온 것은 일본도풍 한쪽 날의 칼이었다.

"평범한 일본도?"

"일단, 미스릴 합금제 마검인가 봐. 검명은— 반 헬싱? 미궁산이 아닌가?"

아리사의 질문에 조사한 내용을 대답했다.

AR표시에 따르면 상당히 옛날에 만든 칼인가 보다.

칼 자체는 절삭력을 늘리는 룬이 새겨진 것뿐이고 특수한 마법회로는 탑재되지 않았지만, 칼집에는 경년 열화를 막기 위한 고정화 마법회로가 있었다.

"어라? 진짜는 잡았을 때 철컥 소리가 안 나네?"

"그건 사극의 효과음 아냐?"

"뭐야아. 그 철컥 소리가 좋은 건데."

그 감상에는 동의한다.

내가 일본도를 만들 때는 효과음 발생 회로를 추가해야겠다.

"아리사, 포치한테 카타나를 빌려주면 좋은 거예요."

"자."

아리사가 일본도를 칼집에 넣어서 포치에게 건넸다.

"거합 발도인 거예요."

포치가 거합도 흉내를 냈다.

엘프 사무라이 스승이나 사가 제국의 사무라이 카지로 씨에게 훈련을 받았을 때 배운 거겠지.

"타마도~ 할래!"

포치에게 칼을 받은 타마는 거합이 아니라 닌자도처럼 등에 지거나, 칼자루를 발판 삼아서 점프를 하며 놀았다.

"타마는 닌자가 좋니?"

"네잉~."

그러고 보니 카지로 씨의 제자 겸 아내인 아야우메 양에게 수리검이나 쿠나이 던지는 법을 배웠었지.

"타마, 닌자는 처음에는 열화 시프지만, 레벨이 올라가면 굉장하거든?"

"어떤 식으로~?"

"허물 벗기 술법이나 분신 술법 같은 인술을 쓸 수 있는 데다가, 알몸―."

해외산 고전 RPG 소재를 가르치려는 아리사의 뒤통수를 찰

싹 두드려서 중단시켰다.

전라 닌자는 교육에 안 좋아. 수치심이 적은 타마가 실행하면 어쩌려고.

"애당초, 리얼 닌자는 직접 전투에 적합하지도 않잖아?"

적진에 잠입해서 정보 수집을 하거나 교란하는 것이 주 임무였을 텐데.

"그렇지. 하지만 창작에 나오는 NINJA가 재미있잖아."

"어떤 거~?"

"포치도 흥미가 있는 거예요."

닌자가 아니라 NINJA라면 뭐 괜찮겠지.

둘에게 닌자의 설명을 하던 아리사가 갑자기 돌아보았다.

"맞다, 주인님. 전에 말했던 사복검이나 사슬낫은 만들었어?"

쿠로의 의상을 상담할 때 얘기했던 그건가?

닌자의 무기에서 연상한 거겠지.

"일단은, 있어."

사슬낫은 평범한 강철제지만, 사복검은 채찍처럼 쓰기만 하는 게 아니라 타마의 쿠나이나 봉수리검에 사용한 기술을 이용해서 트릭키한 움직임이 가능하다.

"설마, 정말로 만들었을 줄이야!"

내가 스토리지에서 꺼내자 아리사가 거창하게 놀랐다.

덤으로 사복검에 놀이 삼아 붙여본 드릴 모드도 보여줬다.

"오옷, 말뿐인 무기도 눈앞에서 보니까 꽤 박력 있네."

"써보고 싶어~."

"포치도 써보고 싶은 거예요."

"위험하니까 조심해서 써야 된다."

나는 둘에게 주의를 주고서 사슬낫과 사복검을 건넸다.

예상대로 포치가 사슬낫에 칭칭 감겨버렸지만, 타마는 재주 좋게 다루었다.

"역시 포치는 닌자보다 사무라이가 맞는 거예요."

"그러면, 아리사가 본고장 재팬의 사무라이란 것을 가르쳐주마."

"적당한 선까지 해라."

신 포도 발언을 하는 포치에게 아리사가 픽션을 불어넣기 시작하기에 가볍게 못을 박고, 다른 애들의 탐색을 도우러 갔다.

"—이 보물 상자 내용물은 티세트구나."

"특이한 형태군요."

"동그란 모양이 귀엽습니다."

백자 컵과 접시 세트가 20개 정도에 같은 소재로 만든 스푼이 부속이었다. 세련되고 귀여운 티 포트도 있었다. 모두 마법 도구 같은 기능은 없었다.

이것들이 들어있던 케이스에 고대어로 이름이 새겨져 있었으니까, 미궁이 만든 물건이 아니라 오랜 옛날에 미궁으로 들여온 물건이겠지.

"마스터, 갈색 잔해 속에서 컵의 유생체를 발견했다고 고합니다."

"그건 밀크 피처야."

주변에 있던 갈색 잔해는 찻잎의 말로인가 보다.

그 밖에도 보물 상자를 3개 정도 발견했지만, 모두 금화나 보석만 들어있고 흥미가 끌리는 물건은 없었다.

◆

"으랏차, 레벨 50 도달!"

조금 긴 미궁 탐색 마지막 날에, 미아 말고 다른 멤버가 레벨 50에 도달했다.

"축하해, 열심히 했구나."

필요 경험치가 많은 미아가 조금 삐친 표정이니, 조만간 미아만 데리고 레벨 조정을 해야겠군.

"날개 소리~?"

타마가 고개를 갸웃거린 직후, 작은 총성이 미궁에 울렸다.

"─허물 벌새예요."

블링크 버드

광선총을 겨눈 루루가 보고했다.

허물 벌새가 멀리 있는 바위에 머문 순간에 저격한 모양이다.

이 허물 벌새는 움직임이 이상하게 빠른 데다가 몸 주위의 공간을 비틀어 위치를 현혹하고, 더욱이 단거리 전이까지 쓰는 흉악한 마물이다.

나도 원거리에서 맞추려면 꽤 귀찮다.

"과연 저격왕입니다. 제 마인포로는 도저히 맞출 수 없어요."

리자가 여동생의 성장을 기뻐하는 언니 같은 표정으로 루루를 칭찬했다.

루루의 총 솜씨가 올라갔을 무렵부터, 루루의 칭호에 「마탄의 사수」나 「저격왕」 같은 것이 늘어났다.

"—우음, 살기."

"타아아앗."

미아가 깨닫는 것과 동시에, 아리사가 무영창으로 불 마법을 뿜었다.

어둠 속에서 접근한 소형 미궁 기름벌레가 호쾌하게 타올랐다.

"그건 그렇고, 중층은 미궁 기름벌레나 미궁 쥐가 많네."

마물들 먹이로 딱 좋은 거 아닐까?

늘어나는 것이 빠르고, 가혹한 환경에서도 생존할 수 있다. 소형 미궁 기름벌레를 먹고 미궁 쥐가 성장하며, 그 미궁 쥐를 먹고 다른 마물이 성장하는 거겠지.

에치고야 상회 팀의 육성용 타겟으로 딱 좋을지도 모르겠다.

일단 메모장의 비고에 기입해두자.

"마스터, 뭔가 스킬이 늘어났습니까라고 묻습니다."

"나나는 딱히 늘어나진 않았는데, 이술 슬롯이 늘어난 느낌이네."

"귀환 뒤에 추가를 희망한다고 청원합니다."

나나가 끌어안을 기세로 다가왔다.

알았으니까 가슴을 밀어붙이는 건 관두자.

"그리고— 아리사."

"나?"

아리사에게 시선으로 타마랑 포치의 스테이터스를 보도록 재촉했다.

"으엑, 거합에 인술?"

아리사가 가르친 창작의 사무라이나 닌자 이야기가 마음에 든 포치와 타마가, 한가할 때마다 전에 발견한 칼로 놀았던 영향이겠지.

좋아하는 것이야말로 숙달의 지름길, 이란 말이 맞았군.

◆

"여기가 『계층의 주인』과 싸우는 『시련의 방』인가요, 라고 묻습니다."

"맞아."

나나의 질문에 수긍했다. 동료들이 레벨 50이 된 기념으로 미궁 상층에 있는 「시련의 방」을 견학하러 왔다.

"그건 그렇고, 상당히 넓구나."

우리가 있는 제66구역은 이 「시련의 방」 하나로 꽉 차 있다.

대괴어를 다섯 마리 동시에 해체할 수 있을 정도의 넓이에, 높이도 50미터에 가까워서 천장이 멀다.

중앙에 제단 같은 장소가 있고, 거기에 「구역의 주인」의 마핵을 놓고 소환구를 읊으면 「계층의 주인」이 나타난다.

광장의 대부분은 평탄한 땅이고, 가장자리 부분이 투기장의 관객석처럼 사발 모양의 돌계단이 되어 있었다.

아니, 넓어서 언뜻 평탄하게 보이지만 중앙 부근 말고 다른 바닥에는 2~3미터 크기의 바위가 자갈처럼 굴러다니고 있으니까 차폐물이 없어 곤란할 일은 없겠다. 물론 「계층의 주인」의 공격에 대한 방어벽이 되어주는 걸 기대할 수는 없겠지만.

그 바위들 사이에는 적지 않은 수의 마물이 배회하고 있으니까 「계층의 주인」과 싸우기 전에 정리가 필요하다.

"이제 그만 『계층의 주인』한테 도전할 수 있을까?"

"상성이 괜찮은 녀석이라면 가능하겠다."

길드의 자료를 봤더니 미궁 상층에 나오는 「계층의 주인」은 레벨 55전후라고 한다. 어지간히 상성이 나쁘지 않으면 동료들이 지지는 않을 거야.

적의 종류는 매번 다른 모양이라 예측불능이지만, 과거의 기록 속에 레벨 60을 넘은 예는 손에 꼽을 정도였다.

"잠깐 견학해볼래?"

"어? 지금 『계층의 주인』을 소환하려고?"

조바심 내는 아리사에게 「아니야」라며 웃었다.

"중층의 제릴 일행이 『계층의 주인』하고 전투중이니까 관전하러 갈까 물어보는 거야."

"보고 싶어~?"

"포치도 흥미가 있는 거예요."

"후학을 위해 꼭."

"예스 마스터. 관전을 희망한다고 고합니다."

전위진이 적극적으로 관전을 희망했다.

"—어떡할래?"

"당연히 가야지!"

"응, 동의."

"저도 가겠어요."

후위 팀도 찬성이라, 동료들을 데리고 제1구역을 지나 미궁 중층으로 갔다.

이번에는 몰래 가는 거니까, 전에 도시 핵의 격리 공간고에서 발견한 투명 망토를 멤버 모두에게 나눠주고 모습을 감추어 이동했다.

"오, 한창 싸우고 있네."

우리는 조금 우회해서, 제릴 씨 일행이 미궁 중층의 「계층의 주인」과 싸우고 있는 「시련의 방」으로 찾아왔다.

시선 끝에서는 눈의 결정을 두른 넝쿨의 마물 『빙설 넝쿨 황제』가 날뛰고 있었다. ^{아이스 아이비 엠페러}

레벨이 55밖에 안 되니까, 중층에 나오는 「계층의 주인」치고는 가장 낮은 느낌이다.

"자신들이 유리해지도록, 『시련의 방』의 지형을 개변했군요."

"길쭉한 건 함정일까요?"

"저건 참호야. 우리도 진지를 만들 때 파잖아."

"교묘해."

"미아의 의견에 찬동한다고 고합니다."

지형을 이용한 지구전 방식에 감탄하고 있었다.

"비쳐 보여~?"

"어쩐지 얇은 거예요."

타마와 포치가 넝쿨의 반투명한 몸에 고개를 갸웃거렸다.

"물질 투과 계통의 특수 능력인가 봐."

마법이나 마인은 통하는 모양이지만, 캐터펄트나 대형 쇠뇌 같은 건 거의 효과가 없는 모양이다.

광장 구석에 있는 파성추나 철구가 달린 크레인 같은 공성 병기류도 나설 차례가 없어 보였다.

"제릴, 굉장하네."

"대분투."

아리사의 말에 미아가 고개를 끄덕였다.

내가 빌려준 「불꽃의 마검」을 든 제릴 씨가 최전선에서 종횡 무진 싸우고 있었다.

아무래도 빙설 넝쿨 황제는 불꽃 속성의 마력이 거북한지, 제릴 씨의 검이 다가가기만 해도 겁을 먹어서 넝쿨을 뒤로 빼는 모양이다.

게다가 능숙하게 물러선 상태로 몰아넣자, 성가신 물질 투과 계통 능력을 유지하지 못하여 제릴 씨나 후위의 마법 공격 말고도 통하게 되는 모양이다.

AR표시에 뜨는 빙설 넝쿨 황제의 체력 게이지가 상당히 줄어 있으니, 이대로 싸우면 제릴 씨 일행의 승리는 흔들림이 없겠어.

"다들 스태미나가 바짝 말랐네. 어느 정도 싸우고 있는 거야?"

"적어도 미궁 온천을 만들었을 때는 빙설 넝쿨 황제가 이미 출현해 있었어."

안전하고 안심되는 수면을 위해서 매일 밤 자기 전에 마족이나 마왕, 그리고 강한 마물을 맵 검색으로 체크하고 있거든.

—HYWOOOOHZE.

빙설 넝쿨 황제가 피리 같은 포효를 질렀다.

마침 체력이 나머지 30퍼센트까지 줄어들었을 때였다.

"마법 사라졌어."

"으에엑, 마법 소거 계통 스킬인가?"

미아의 발견에 아리사가 놀란 소리를 냈다.

"아니, 마법 중화 계통의 종족 고유 능력인가 봐."

나는 후퇴한 제릴 씨의 마검에 불꽃이 부활하는 것을 가리키면서 지적했다.

"꽤나, 성가신 기술이네. 하늘을 나는 녀석한테 저걸 당하면 싸울 수 있는 건 루루뿐이잖아."

"네, 대책이 필요할 것 같군요."

아리사와 리자가 곧장 공략법을 생각하기 시작했다.

참 열심이야.

—HYWOOOOHZE.

전장에서 빙설 넝쿨 황제가 포효를 질렀다.

낭패한 기색의 제릴 씨 일행을 비웃는 인상을 받았다.

"반대쪽 뿌리가 이상한 거예요."

"쿠구구구~?"

"이 진동은 뭘까?"

"우웅?"

아이들이 이변을 깨달았다.

우리들 시선 끝 제릴 씨 일행의 발치에서 땅을 꿰뚫고 몇 가닥의 넝쿨이 나타났다.

후위나 중위가 있는 장소에 나타난 넝쿨이 얼음 가시를 뿌리면서 방어력이 낮은 사람들을 쓸어버렸다.

"—아앗!"

"위험이 위기라고 고합니다."

"이대로는 희생이 늘어날 것 같습니다."

나나와 리자가 말한 것처럼, 제릴 일행의 후위와 중위가 위험하다.

제릴 씨는 괜찮아 보이지만, 중장비의 전위는 엉망진창으로 날뛰는 넝쿨에 가로막혀 움직이지 못하는 모양이다.

AR표시에 따르면 빙설 넝쿨 황제가 폭주 상태에 들어갔나 보네.

그야말로 「폭주」란 이름에 걸맞은 가리는 것 없는 싸움 방식이군.

"주인님, 구할까?"

"조금만, 도와주고 올게."

재정비할 시간만 벌면 되겠지.

나는 쿠로의 모습이 되어, 대광장의 천장 부근에서 빙설 넝쿨 황제 위에 착지했다.

굉음을 울리며 빙설 넝쿨 황제가 땅바닥에 파고들었다.

흙먼지가 방해되니 바람 마법인 「풍압」으로 날려버렸다.

땅바닥에서 돋아난 넝쿨이 엉망진창으로 날뛰는 게 보이기에

「이력의 손」으로 묶어 움직임을 제한했다.

이 부근은 마법 중화 상태가 아닌 모양이네.

"누구냐?!"

"—그런 것보다, 얼른 동료들을 재정비해라."

반사적으로 물어본 제릴 씨에게 우선 사항을 지적했다.

격노하는 빙설 넝쿨 황제의 공격을 술술 피하면서, 중상을 입은 채 고립된 제릴 씨의 동료를 「이력의 손」으로 보호하여 후방의 안전지대로 보냈다.

"피난 완료다! 귀공도 벗어나라."

고작 10분밖에 안 지났는데 반괴 상태에서 피난을 완료시켰군.

—어마어마한 통솔력이네.

나는 그들의 솜씨에 감탄하면서, 빙설 넝쿨 황제에게 가지고 있던 섬광옥과 연기 구슬을 던지고 후방으로 물러났다.

"조력에 감사한다. 나는 『적룡의 포효』의 제릴이다. 은인의 이름을 가르쳐주면 좋겠다."

"용사의 종자 쿠로다."

답례를 하고 싶다는 제릴 씨에게 우연히 보게 된 것뿐이라고 주장하며 「귀환전이」로 그 자리를 벗어났다.

동료들과 합류하고, 잠시 다시 시작하는 것을 지켜보았다.

이번에는 후위를 안전권에 두고, 가장자리에 몇 명의 척후를 배치하여 경계를 강화하는 모양이다. 신중하고 방심이 없는 스탠스에 호감이 가네.

우리는 상층의 전이 포인트로 이동한 뒤, 투명 망토를 벗고 출구로 갔다.

"우리들이라면 이길 수 있을까?"

"여유~?"

"낙승인 거예요."

"방심은 금물입니다."

자만심은 안 되지만, 지금의 동료들 장비라면 희생 없이 싸울 수 있을 거야.

"미아가 레벨 50이 되고, 장비가 갖추어지면 해볼래?"

내가 물어보자 동료들이 서로의 얼굴을 보았다.

신호라도 한 것처럼 동료들이 고개를 끄덕이고 나를 올려다 보았다.

"할래. 우리는 이기겠어."

"네, 물론입니다."

아리사의 말에 리자가 동의했다.

"파이팅~?"

"오오, 인 거예요!"

타마와 포치가 기합을 넣자, 동료들도 함께 입을 모아 소리 쳤다.

자, 나도 이것저것 사전 준비를 진행해볼까.

준비

　"사토입니다. 준비는 중요하지만, 기합을 지나치게 넣으면 쓰지 않는 것이 대량으로 늘어나서 짐이 비대화 됩니다. 중요한 건 구체적인 이미지의 시뮬레이트를 해서 취사선택을 하는 거라고 생각해요."

"어서 오세요, 젊은 나리."

미궁을 나서자, 탐색자 학교의 특대생을 데리고 온 「아리따운 날개」의 미인상— 지에나와 마주쳤다.

"안녕? 지에나. 이제부터 탐색자 학교 실습인가?"

"네, 첫 실습이에요."

뒤에 있는 특대생뿐 아니라 지에나도 긴장한 기색이었다.

첫 인솔이 혼자인 것도 걱정이고, 우리 애들이라도 누구 붙여줄까?

"우사사랑 라비비~?"

"가우갈도 있는 거에요."

타마랑 포치가 특대생 중에서 아는 얼굴을 발견하고 말을 걸었다.

특대생 측은 긴장한 기색으로 짧게 인사를 할뿐이었다.

"타마랑 포치도 같이 다녀올래?"

"괜찮아~?"

"가고 싶은 거예요."

제1구역으로 「귀환전이」하기 전에 평상복에 가까운 간이 장비로 되돌렸으니까 괜찮을 거라고 생각하지만, 「누군가 목숨이 위험하지 않은 한 전투에 참가하지 말 것」이라고 말해뒀다.

"지에나, 미안하지만 이 둘도 데리고 가줄래?"

"그건 듬직하지만, 장기간 미궁 탐색을 한 다음인데 휴식도 없이 괜찮을까요?"

"괜찮으이~?"

"포치는 미궁이라면 몇 개월이든 멀쩡한 거예요."

타마랑 포치가 입가를 닦으면서 가슴을 폈다.

분명히 미궁이라면 매일 고기 축제니까 그런 게 틀림없어.

"특대생도 아닌 녀석을 데리고 가다니……."

"놀이랑 착각하는 거 아냐?"

특대생 중에서 불만스럽게 소곤거리는 소리가 들렸다.

"바아보, 그런 말 했다간 나중에 창피할걸."

"이 녀석들은 타마 씨랑 포치 씨의 굉장함을 몰라서 그래."

타마랑 포치의 실력을 아는 애들이 장난꾸러기의 미소를 지으며 말을 나누었다.

"다녀오겠습니~."

"열심히 하는 거예요."

그런 특대생들의 말을 신경 쓰지도 않고, 두 사람은 기운차게 손을 흔들며 지에나 일행과 함께 미궁에 들어갔다.

돌아갈 때 탐색자 학교에서 이르나랑 다른 특대생의 상태를 확인하고, 양육원에 선물로 호랑이 고기를 전달했다.

　저택에는 「계층의 주인」 토벌에 대해 어필하러 찾아온 자들이 있거나, 밤도둑이 들었다고 하는데, 전자는 태수의 위병이 쫓아냈고 후자는 야영 훈련을 하던 특대생들이 붙잡았다고 한다.

　이튿날 점심 휴식 시간에 「아리따운 날개」의 애교상 이르나가 수인— 토끼 수인 두 사람과 쥐 수인 한 사람을 데리고 나타났다.

　"젊은 나리, 이 녀석들이 전에 말했던 『도망치는 화살』 녀석들입니다."

　"이 녀석들이라고 하지 마."

　그들은 탐색자 학교의 교사 후보다.

　"이 녀석들이라도 괜찮잖아. 젊은 나리, 이 녀석들도 그때 연쇄폭주로 빚을 져서 다른 일 못하게 된 녀석들입니다."

　이르나 말에 따르면, 그녀들과 만난 미궁 개미의 연쇄폭주 때 함께 있었다고 한다.

　얼굴이나 이름은 기억 못하지만, 함께 도망치던 불량 탐색자 벳소와 다르게 우리들한테 「도망쳐」라고 경고해준 기억이 있다.

　"고용 조건 등은 들으셨는—."

　—뭐지?

　대화하는 도중에 주변의 공기에 미약한 위화감을 느꼈다.

　주위를 둘러보는데 부근의 나무들에서 새가 일제히 날아올랐다.

　"오왓."

　"뭐지?"

"새가—."

이르나가 말하는 도중에 땅이 흔들렸다. 진도 3정도 된다.

위기 감지는 반응이 없지만, 조금 신경 쓰여서 맵을 열어 이변을 확인했다.

미궁 중층의「계층의 주인」이 없는 것 말고 변화는 없다.

아마, 제릴 씨가 토벌에 성공한 거겠지.

—어라?

제릴 씨 일행의 핀치 때 쿠로로 변신해서 가세한 탓인지, 로그에「계층의 주인 살해자/세리빌라 미궁, 중층」이랑「계층의 주인『빙설 넝쿨 황제』살해자」라는 칭호를 얻었다고 나왔다.

"엄청 흔들렸네."

"이 부근에는 지진이 드물지 않은 건가요?"

"지진? 땅 흔들리는 거면 십 몇 년에 한 번 정도야."

그러면, 아까 흔들린 건 뭐였지?

마왕 현현의 조짐 같아서 만약을 위해 독기시를 발동해봤는데 딱히 이변은 없었다.

이변이랄까 독기가 한 조각도 없는 깨끗한 상태— 아니, 이상하네. 너무 깨끗해.

마치 미궁 안에서 부족한 독기를 미궁 바깥에서 모으고 있는 것 같았다.

문득 보라색 털의 개 수인 소년 크로우가 뇌리를 스쳤다.

망령처럼 사라진 그도, 미궁이 빨아들이는 독기를 타고 미궁 도시에 끌려온 걸지도 모르겠군.

딱히 근거는 없지만, 어째선지 이때 나는 그렇게 생각했다.

"―젊은 나리?"

"아아, 미안해. 조금 생각을 하느라."

나는 머리를 흔들고, 대답이 안 나오는 생각을 끊어낸 뒤 본래의 화제로 돌아와 말했다.

"이르나에게 들었을 거라고 생각합니다만, 처음 1주일은 연수기간입니다. 그 연수기간에 문제가 없으면 교사로 고용하죠. 퇴직을 희망할 경우는 2주일 전에 말을 해주세요."

내 말에 「도망치는 화살」의 세 명이 고개를 끄덕였다.

그들의 빚 잔고를 생각하면 3개월 정도는 교사를 해주겠지.

교사도 늘어났고, 본격 운용을 하기 전까지 사무직이나 교장을 고용하는 편이 좋겠군.

그쪽은 길드장한테 부탁해서 수배를 할까?

◆

"『적룡의 포효』가 『계층의 주인』을 쓰러뜨렸다!"

지상에 돌아오고 사흘 뒤, 길드장의 방에서 탐색자 학교의 교장 후보와 면담하고 있는데 창 밖에서 그렇게 외치는 소리가 들렸다.

어제 오늘인데 벌써 토벌 소식이 미궁도시에 닿았군.

"선수를 뺏겼구나, 사토."

창문으로 밖을 바라보던 길드장이 돌아보면서 말했다.

"과연 제릴 님이군요."

어쩐지 도발해오는 길드장을 버드나무에 바람처럼 가볍게 흘려 넘겼다.

"여전히 뻗대는 맛이 없는 녀석이구나."

"경쟁을 하는 게 아니니까요."

아까 외친 녀석은 제릴 씨 일행보다 선행해서 돌아온 모양이다.

제릴 씨 일행의 본대는 아직 미궁 중층에 있으니, 돌아오는 건 내일이나 모레쯤이 될 모양이다.

"그럼, 몇 명이 무사히 돌아오는 것일지……."

그렇게 말하는 길드장의 얼굴에 울적함이 있었다.

그녀에게는 다들 자기 손자 같은 느낌이겠지.

우려하는 길드장의 방에서 물러난 나는 낮 동안은 미궁에서 미아의 레벨을 다른 애들과 같은 레벨 50까지 맞추고, 밤중에는 왕도에 납품하기 위한 비공정이나 마검류를 철야로 양산했으며, 동료들의 장비 보수와 개량을 하는 나날을 보냈다.

그 다음다음날, 제릴 씨가 미궁도시에 개선했다.

미궁문 앞의 사발 모양 광장에 그의 개선을 보려는 사람들이 가득했다.

광장에 다 들어가지 못한 사람들이 노점 광장이나 길드 앞 광장까지 넘치고 있었다.

인파 너머에서 환성이 들렸다.

맵 정보를 보니 제릴 씨 일행이 미궁문에서 모습을 드러낸 모양이다.

"젊은 나리, 앞으로 오슈."

"거기서는 꼬맹이들이 못 보잖아."

낯이 익은 탐색자들이 가까운 상점의 지붕 위에서 불러주었다.

기왕이니까 호의를 받아서 그쪽에 실례했다.

"고맙습니다, 여기서는 잘 보이네요."

"목소리는 안 들리지만 말야."

수염 난 탐색자가 말하며 웃었다.

어느샌가 설치된 무대 위에 제릴 씨 일행이 올라가는 게 보였다.

그는 번쩍거리며 빛나는 새 갑옷과 진홍의 망토로 드레스업한 모습이었다. 일부러 갈아입고 귀환한 모양이다.

무대 앞에는 그들을 후원해준 사람들의 귀빈석이 준비되어 있었다.

태수부인도 후원을 한 모양인데, 그녀의 경우 제릴 씨가 인사를 하러 갈 테니 저 귀빈석에는 없는 모양이다.

"제군, 오늘은 우리들의 개선을 축하하러 모여주어 고맙다!"

제릴 씨의 목소리를「엿듣기」스킬이 포착했다.

그의 뒤에는 고 레벨 탐색자 7명이 자랑스럽게 서 있었다.「계층의 주인」을 토벌한 중핵 멤버인 모양이다.

무대 뒤에는 토벌대에 참가한 멤버가 늘어서 있었다.

출발할 때 본 대열을 생각해 보면, 상당히 줄어 있었다.

"우리들은 무사히, 미궁 중층에서『계층의 주인』빙설 넝쿨 황제 토벌을 이룩했다."

제릴 씨의 말에 맞추어, 중핵 멤버 중 한 명이 붉은 비치볼 사이즈의 마핵을 들었다.

"봐라! 이것이『계층의 주인』빙설 넝쿨 황제의 마핵이다."

군중이 일제히 끓어오르고, 이어지는 제릴 씨의 말이 지워졌다.

너무 웅성거려서 내「엿듣기」스킬로도 안 들리기에, 아리사가 공간 마법「멀리 듣기」와 내 오리지널 새로운 마법인「정보공유」를 사용해서 동료들에게 제릴 씨의 목소리를 전달했다.

후자의 마법은「전술 대화」마법을 참고로 만든 것이다.

토벌에 참가한 파티의 소개나 그들이 한 일을 소개한 다음, 전사자들의 이름을 한 사람 한 사람 읽고, 그들이 얼마나 용감하게 싸웠는지를 논하며, 마지막으로 죽은 자를 추도하는 기도를 토벌에 참가한 신관이 올렸다.

"그러면, 우리들이 용감하게 싸운 모습은 나중에 음유시인들이 자세히 노래하도록 하고, 기다리던『계층의 주인』에게 이기고 얻은 전리품 소개를 하지."

제릴 씨가 맨 처음 꺼낸 것은 세련된 한손검 한 자루.

내가 빌려준 불꽃 속성의 제3세대형 마검은 그가 허리에 차고 있었다.

"이것이, 얼음의 마검『얼음나무의 송곳니』다."

그가 마검에 마력을 담자, 백은의 한손검에서 하얀 안개가 뿜어져 나오며 칼날 주변에 얼음 결정이 떠올랐다.

그 모습을 본 군중들 사이에서 환성인지 노성인지 구분이 안되는 열광적인 외침이 들렸다.

하지만 얼음의 검이라니, 오래 쓰면 손에 동상을 입을 것 같은데.

두꺼운 내한 장갑이랑 세트로 쓰면 되나?

"다음은 거물이다―."

제릴 씨 대신 다른 탐색자가 전리품 소개를 했다.

전격의 추가 효과를 가진 핼버드를 비롯한 장비품이나 크고 작은 갖가지 마법의 물건이 소개되었다.

거대한 에메랄드가 장식된 티아라나 달걀 사이즈의 루비 등을 소개하자 귀빈석의 여성들이 기쁨의 비명을 지르고, 아다만타이트나 다마스커스 강철괴를 선보였을 때는 수염 난 기술자 아저씨들의 노성이 울려 퍼졌다.

보르에난 숲을 방문하기 전이었다면 나도 함께 환성을 질렀을 자신이 있다.

의외로 냉정하게 전리품 소개를 바라보고 있던 나였지만, 그 다음 물건에는 소리를 내지 않을 수 없었다.

"―오옷."

"다음은 3개의 두루마리. 소환 마법인 『전서구 소환』, 사령 마법인 『하급 불사생물 창조』, 그리고 공간 마법인 『물질 전송』이다!"

군중의 반응은 시원찮았지만, 나로서는 셋 다 입수하고 싶었다. 특히 마지막 「물질 전송」이 갖고 싶다.

마법 도구 제작에는 쓸 수 없을 것 같지만, 쿠로 등으로 암약할 때 편지나 증거품의 전송, 그리고 포박한 악당의 투옥에도 편리할 것 같단 말이지.

"주인님, 다음은 『축복의 보주』인가 봐."

"뭔가 좋은 게 나왔으려나?"

아리사의 말에 대답했다. 3개 정도 있는 모양인데, 어쩌면 우리가 필요한 「축복의 보주」가 있을지도 모른다.

"첫 번째는 건강에 관심이 높은 분들에게 추천하는 『독 내성』의 보주."

건강에 관심이라기보다는 독살이 걱정되는 귀족용일까?

"두 번째는 성기사들이 이용하는 『빛 마법』의 보주."

탐색자, 상인, 귀족을 가리지 않고 커다란 환성이 올랐다.

요전에 시가8검의 헤르미나 양이나 성기사들과 연회를 했을 때 들었는데, 성기사가 되려면 빛 마법이 필수라고 하니, 「빛 마법」의 보주는 대단히 비싸게 거래되는 귀중품이라고 한다.

"그리고 마지막 세 번째는—."

소개하던 사회자 역할 탐색자가 뜸을 들였다.

뭔가 굉장한 물건이겠지.

"—무, 무려어어어어어!"

너무 끄는데.

"달인의 증거, 『마인』의 보주다아아아아!"

""""우오오오오오오오오오오오오오오오오오오!""""

사회자에게 낚인 탐색자와 무인들이 땅이 흔들릴 정도로 커다란 환성을 질렀다.

나무들에서 새가 날아오를 정도로 커다란 음량이다.

아리사가 쿡쿡, 내 소매를 잡아끌면서 뭔가 쓴 종이를 나에게 보여줬다.

『1. 그래? 상관없어.

2. 나한테 줘. 부탁한다!

> 3. 죽여서라도. 빼앗는다.』

어떤 가정용 게임의 유명한 선택지로군.

아무리 그래도 보주 하나를 위해서 그렇게까지 하는 녀석은 없을 거야.

그게 「영창」의 보주라면 모를까.

◆

"왔어!"

전리품 소개에 이어서 개선 퍼레이드를 한다고 하기에 동료들과 함께 구경했다.

예쁘게 꾸민 미소녀들이 퍼레이드 선두에서 꽃잎을 뿌려서 화사하다.

이어지는 제릴 씨 일행은 신품 의상이나 장비를 입고 있어서 무척이나 빛이 났고, 젊은 탐색자들이 선망의 시선으로 퍼레이드에 성원을 보내고 있었다.

"굉장한 환성이네."

"그렇네. 하지만 루루, 남일처럼 말하면 안 되잖아?"

"―어?"

아리사의 말에 루루가 고개를 갸웃거렸다.

"우리들이 상층의 『계층의 주인』을 토벌하면 우리들이 저 환성을 받게 되니까."

지금부터 의상 준비를 안 하면 늦을 거야. 아리사가 웃으며 말했다.

"뉴우?"

"포치랑 모두 같이, 저렇게 하는 거예요?"

타마랑 포치가 갸우뚱한 표정으로 아리사에게 물었다.

"당근이지!"

아리사가 옛날 말로 수긍했다.

"그레이트~?"

"굉장히 굉장한 거예요!"

타마와 포치가 온몸을 쭉 뻗으며 놀랐다.

"그러기 위해서 더 노력을 해야겠군요."

"네잉!"

"네, 인 거예요!"

리자가 말하자 타마와 포치가 척 포즈를 취하며 동의했다.

"반드시 토벌을 이룩하겠다고 선언합니다."

"응, 동의."

"네, 힘내요!"

아인 소녀들에 이어서 다른 애들도 결의를 표명했다.

"그러면, 기합을 넣고 가자!"

""""오오!""""

무드 메이커인 아리사가 팔을 들어 올리며 선언하자, 다른 애들도 이구동성으로 팔을 올리고 기염을 토했다.

나는 동료들을 데리고 미궁으로 발길을 옮겼다.

◆

"그러면, 잠깐 다녀올게."

미궁에 도착한 뒤, 최종 조정한 무장의 숙련 훈련을 하기 위해서 비교적 강한 마물이 있는 구역으로 왔다.

나나, 타마, 포치의 검은 최종 조정을 거쳐서 오리하르콘이 넉넉히 들어간 합금이 되었고, 갑옷과 마찬가지로 번쩍이는 금빛이 되어 버렸다. 신축에 필요한 마력은 늘어났지만, 강도가 30퍼센트 늘었다.

또한 마법회로에 청액을 사용해서 리자의 용조창과 마찬가지인 성검 사양으로 만들었다.

리자의 용조창은 축을 오리하르콘으로 변경한 것뿐이다. 리자는 마찬 도우마를 계속 쓰고 싶은 모양이니까 그것도 강화 방법을 얼른 찾아볼 생각이다.

"스승님들한테 초대장을 보내는 김에, 왕도에도 좀 들렀다 올게."

동료들이 「계층의 주인」을 쓰러뜨리는 용감한 모습을 엘프 스승들이 관전할 수 있도록 초대하러 가는 것이다.

"더미 군단 수배도 하는 거지? 오래 걸릴 것 같아?"

"아니, 저녁 때는 돌아올 거야."

아리사가 말하는 더미 군단이란 것은 동료들과 함께 「계층의 주인」과 싸운 것으로 치는 멤버를 말하는 것이다.

아무리 그래도 8명 한 파티 만으로 「계층의 주인」을 토벌하는 건 언뜻 생각해도 이상하니까, 그 위장을 위해서 보르에난 숲에 사는 엘프들이 사역하는 리빙 돌들을 용병으로 고용할 생각이었다.

물론 실제로 싸우는 건 동료들뿐이지만.

"그렇지— 매료 공격을 하는 『마도 다두사^{마기 히드라}』는 손대지 마."

나는 전이하기 전에 동료들에게 한 가지 못을 박았다.

마법 중화의 종족 고유 능력을 가졌으니 가상 「계층의 주인」으로 적합하지만, 매료 공격을 받은 동료들이 서로를 공격하면 큰 일이 날 수 있으니 금지했다.

"에~ 이 **베일**이 있으면 매료 공격도 막을 수 있지 않아?"

아리사가 새로운 장비에 추가한 베일을 집으며 물었다.

후위의 머리 부분이 너무 무방비하기에, 「계층의 주인」 토벌 전용으로 머리를 보호하는 서클릿이 달린 롱 베일을 준비했다.

신부들이 쓰는 웨딩 베일과 달리 화사한 레이스는 없고, 황금 색으로 빛나는 오리하르콘 섬유제라서 대단히 미려한 데다가 물리 방어력과 마법 방어력 쌍방이 뛰어나다.

"완벽한지 아닌지 알 수 없으니까, 시험하는 건 내가 돌아올 때까지 기다려."

"네~에."

일단 동료들의 장비에 매료나 사안 대책을 해두긴 했지만 완벽하진 않으니까.

　나는 보르에난 숲을 방문하는 도중에 남쪽 바다의 낙원 섬에 들렀다.

　요즘 들어서 마왕 부활을 우려하는 소문이 많기에, 그 후보 중 하나인「구두의 마왕」에 대한 이야기를 듣기 위해서였다.

　낙원 섬에 사는 레이는 라라키에 왕조 최후의 생존자이며, 「구두의 마왕」이 활동했던 2만 년 전의 살아 있는 증인이기도 하다.

　"『구두의 마왕』말인가요?"

　레이가 우울한 기색으로 눈을 깔았다.

　"응, 어떤 마왕이었는지 알고 싶어서."

　"저는 전장에 나간 적이 없어서 구체적인 강함은 알 수 없어요. 하지만 천호광개로 수호되며 마포나 천벌포를 가진 부유성조차도 손쉽게 떨어뜨려 버렸을 정도라고 해요."

　천호광개는 내 집속 레이저로도 깰 수 있을 정도지만, 구두의 권속인「해왕」의 촉수 연타나 마법 공격을 막아냈으니까 그럭저럭 강도가 높단 말이지.

　"죄송해요, 도움이 안 돼서⋯⋯."

　"아니, 방금 그 이야기만 해도 충분히 도움이 됐어."

　고개를 숙이는 레이에게 감사의 말을 했다.

　"⋯⋯로우는 지금도, 자유를 바라며 괴로워하고 있는 걸까?"

　목소리가 안 되는 작은 소리를 엿듣기 스킬이 포착했다.

이름 부분은 마지막 부분밖에 안 들렸지만, 이야기의 흐름을 보니 구두 일로 떠올린 옛날 지인이 아닐까 생각한다.

나는 마왕 탓에 비운의 죽음을 맞이했을 모 로우에게 묵도를 바쳤다.

"언니?"

"괜찮아. 아무것도 아냐."

낙원 섬에 함께 사는 여동생 유네이아의 물음에, 레이가 웃음을 만들며 고개를 옆으로 저었다.

그 이후로 레이도 말을 안 하는 기색이기에, 나는 낙원 섬에서 물러나 보르에난 숲으로 갔다.

"─벌써『계층의 주인』과 싸우는 건가?"

"무모."

"아무리 그래도 레벨 50 정도 안 되면 너무 위험하다."

토벌 관전 이야기를 꺼내자 스승들이 잠깐 기다리라고 말했다.

"괜찮아요. 동료들은 이미 레벨 50이 됐으니까요."

내가 그렇게 말하자 스승들이 놀라며 소리를 냈다.

"파워 레벨링 같은 건 안 했겠지?"

"네, 미아의 경험치 조정 말고는 안 했어요."

고성능 장비나 윤택한 약품, 그리고 전투 뒤의 체력 회복이나 마력 회복을 했지만, 그것은 그들이 염려하는「강자가 빈사로 만든 마물을 약자가 사냥하여 부당하게 경험치를 얻는 행동」은 아니다.

"알았다. 초대에 응하지."

엘프 스승인 히시로토야 씨가 대표로 말해 주었다.

"뭐 도울 일은 있나?"

"네, 사실은 마침 부탁하고 싶은 게—."

내가 더미 군단의 협력을 부탁하자, 그들이 흔쾌히 협력한다고 해주었다.

사흘 뒤에 「계층의 주인」과 싸울 거니까 엘프들이 노동력으로 쓰고 있는 리빙 돌들을 빌려갈 셈이었는데, 보르에난 숲에 사는 스프리건, 레프라콘, 트롤 같은 요정족이나 숲의 가장자리에 사는 수인들의 전사들이 와주기로 했다.

"마중은 안 와도 괜찮아. 레리릴에게 이 메달을 건네줘. 그걸 표식 삼아서 내가 드라이어드와 세계수의 힘을 빌어서 『숲의 길』을 열게."

하이 엘프 아제 씨가 그렇게 말해주었다.

뽐내는 표정의 아제 씨도 볼을 비비고 싶을 정도로 귀엽다.

"그건 굉장하네요."

"지금은 세계수의 마력이 윤택하니까 할 수 있어. 사토가 세계수를 더럽히던 사악한 해파리를 제거해준 덕분이야."

칭찬을 받는 게 쑥스러운지, 아제 씨가 오래 전 이야기를 꺼내며 겸손하게 행동했다.

미궁도시에 직접 『숲의 길』을 여는 건 이래저래 안 좋을 것 같아서, 미궁도시에 있는 분지를 둘러싼 산들 중 하나에 열어달라고 했다.

"그렇지, 아제 씨―."

미궁도시에 나타났던 마왕들에 대해 아는지 아제 씨한테 물어봤다.

"웅~ 우리들은 별로 바깥 세상에 간섭하질 않으니까……."

그리고 마왕이나 마족은 엘프의 숲을 습격하러 온 적이 없다고 한다.

덤으로 미궁도시에 온 적이 있는 엘프 스승들에게도 물어봤지만, 시기가 달라서 딱히 정보를 얻을 수 없었다.

준비를 시작한다는 아제 씨와 헤어져서, 나는 왕도로 갔다.

왕도에서 비공정이나 마검류를 납품하기 위해서다.

비공정을 왕도에 옮기는 도중에 목장을 공격하는 마물을 처리하거나, 귀족의 마차를 공격하는 도적을 퇴치하거나, 이런 아리사가 좋아할 법한 시추에이션을 마주쳤지만, 별 다른 일 없었으니 할애한다.

납품하는 김에 왕도의 에치고야 상회 멤버들도 만나고 왔는데, 점포 오픈이나 미궁도시와 왕도를 잇는 운송업자와 계약을 하는 등 이래저래 바빠 보이기에, 오래 있지는 않았다.

저쪽은 지배인이랑 티파리자에게 맡기면 괜찮겠네.

미궁도시의 서민가 판잣집도 에치고야 상회 세리빌라 지점으로 활동을 시작하여, 본래 운반인이었던 폴리나를 지점장으로 등록해줬다.

◆

"사토!"

왕도에서 선물을 가지고 돌아온 나를 처음으로 발견한 건 역시 미아였다. 전이 마법을 쓰면 정령이 당황하기 때문에 몇 순간 정도 사전에 알 수 있다고 한다.

내가 미궁을 나섰을 때는 사냥터에 있었는데, 이미 오늘의 전투를 마치고 아리사의 공간 마법으로 미궁 별장에 귀환한 모양이다.

"역시, 주인님인 거예요!"

"어서오세~."

미아보다 한 발 늦게 포치와 타마가 별장 쪽에서 달려왔다.

이 둘은 공간이나 마력의 흔들림을 감지하여 내 전이를 알 수 있는 모양이다. 「어쩐지」 아는 것뿐이라서, 뭘 감지하는 건지는 두 사람도 잘 이해하지 못하고 있었다.

도착은 세 명 동시였다.

미아는 폭하고 정면에서.

타마는 래리어트라도 할 기세로 뿅 뛰어서, 내 목 뒤로 착지하더니 목말 스타일이 된다. 착지할 때 「파오다루~인」이라는 미묘하게 잘못된 대사를 말하는 건 아리사 탓이겠지.

포치는 불곰도 일격에 쓰러뜨릴 법한 기세로 머리부터 부딪혀 온다. 미아의 뒤통수에 무릎이 명중하지 않도록, 「이력의 손」을 써서 상냥하게 받아준다.

눈에 눈물이 맺힌 포치가 아래쪽에서 「아리사가~」라며 호소
했다.

"─무슨 일 있니?"

이유를 물어봐도 아우아우, 「아리사가」를 반복하기만 해서 말
이 이어지질 않았다. 남의 험담을 하면 안 된다고 리자가 교육을
한 탓인지, 남을 매도하는 말 같은 게 잘 안 나오는 모양이다.

"정서 불안정."

옆으로 끌어안은 포치 옆에서 미아가 고개를 내밀고 가르쳐
줬지만, 포치를 말하는 건지 아리사를 말하는 건지 알 수가 없
네. 조금 더 말을 늘려주면 좋겠다.

"으르르릉 쾅쾅~?"

아리사가 벼락 마법이라도 익혔나?

목말을 탄 타마가 내 머리칼을 흐트러뜨리면서 들여다보았다.
잘 모르겠으니까 아리사한테 직접 물어야겠군.

"선물도 있으니까 먹으면서 얘기하자."

"고기~?"

"달콤해?"

"둘 다야."

내 말에 **세 명**이 신이 났다.

포치와 눈이 마주치자, 조금 어색하게 「고기는 따로 들어가는
거예요!」라며 고개를 돌리고 휘파람 부는 시늉을 했다.

고기가 따로 들어가면 본 위장? 에는 뭐가 들어가는지 1시간
정도 캐묻고 싶군.

"어서 오세요, 주인님."

"다녀왔어, 루루."

입구에 마중을 나온 루루에게 식재료가 든 격납 가방을 건네고, 식재료 조리법이나 사이드 메뉴에 대해서 지시했다.

별장의 문을 열자, 아리사가 논쟁하는 소리가 들렸다.

"그러니까! 아까부터 말했잖아! 첫 일격은 원거리에서 최대 위력의 마법을 때려 박고, 상대의 무기나 기동력을 빼앗아야 한다니까!"

"부정합니다. 그 일격으로 적개심^{어그로}을 너무 끌어들이면, 아리사와 후위의 목숨이 위험에 위기입니다."

"타겟팅이야 단거리 전이로 끊으면 돼."

"끊지 못할 경우에 너무 위험합니다. 그리고 첫 일격은 무인의 영예라고 합니다. 우리들 전위진이 돌격하여 적을 깎아내고, 상대가 폭주 상태에 들어가면 아리사와 후위가 위력이 커다란 마법으로 몰아붙이는 것이 정석이죠."

"하지만 그러면 리자 씨랑 포치가 크게 다칠지도 모르잖아!"

"아리사, 내 걱정도 해야 한다고 진언합니다."

"나나는 철벽이잖아? 『마도 다두사』의 브레스에 마법과 물어뜯기 3중 공격을 먹고서도 멀쩡하다니, 중급 마족 상대로도 정면 승부를 할 수 있을 것 같아."

"장비와 새로운 마술 덕분입니다. 찬사는 마스터에게 해야 한다고 권장합니다."

꽤나 뜨겁게 논하고 있구나.

근데, 「마도 다두사」는 매료 공격이 있으니까 손대지 말라고 했는데도 싸웠구나.

불가항력이 아니라면 식사한 다음에라도 혼내면서 설교를 해야겠네.

"앗, 주인님!"

"어서 오십시오, 주인님."

"마스터의 귀환을 환영한다고 고합니다."

"다녀왔어."

나를 깨달은 셋이 의논을 중단하고 인사하기에 대답했다.

자, 그건 그렇고 사정은 알았다.

"그러니까, 아리사, 리자, 나나 셋이 전술에 대해서 의논하는 걸 싸우는 걸로 착각한 거구나?"

"그렇지만, 아닌 거예요."

어렵군.

"아리사가 억지 부리는 거예요."

"에~ 루루의 대물 라이플을 써서 허물 벌새에게 공격을 명중시켜보라고 한 것뿐이잖아."

"아리사, 허물 벌새는 광선총으로도 명중시키는 게 어려우니까 속도가 느린 탄환을 쏘아내는 라이플로 맞추는 건 꽤 억지야."

루루가 테이블 위를 정리하면서 아리사를 타일렀다.

"그치만, 루루도 전에 명중시켰잖아."

루루가 귀여운 턱에 손을 대고서 「응~」 생각하더니, 아리사의 말을 정정했다.

"바위 위에서 쉬고 있는 허물 벌새를 멀리서 저격한 거, 였잖아. 포치처럼 움직이는 허물 벌새를 상대로는 아무리 그래도 맞출 자신이 없어."

나한테 식재료를 받은 루루가 주방으로 갔다.

"그래서, 포치는 명중시켰니?"

"제대로 맞춘 거예요…… 마인포로."

포치의 말 마지막 부분이 점점 볼륨이 작아졌다. 그렇군. 탄환이 명중하지 않아서 울컥한 탓에 대물 라이플의 총신을 검 삼아서 마인포를 쓴 거구나.

"포치 굉장해~? 마인포 휘어서 맞췄어~."

무릎 위에 자리잡은 타마가 이쪽을 올려다보면서 포치의 위업을 보고했다.

전에 타마가 우연히 커브 궤도로 쏜 것처럼, 이번에는 포치가 발사한 뒤에 임의로 궤도를 트는 것에 성공한 모양이다. 마치 어딘가 최강 우주해적 같은데. 다음에 나도 연습해 볼까.

"하지만, 어째서 대물 라이플 연습을 했니?"

"접근하는 게 위험한 적일 때를 위해서야."

"그러면 마인포로도 괜찮지 않아?"

"전에 본 『마법 중화』 대책이야. 그리고 『계층의 주인』은 하늘을 날 것 같고, 분명히 마법 저항 강할 거 아냐. 원격 물리 공격 수단을 늘리고 싶었어."

과연, 그래서.

"그런 목적이라면 대물 라이플용 산탄도 있는데?"

"산탄은 안 돼. 아군이 휘말릴까봐 무섭고, 위력도 약하잖아."

"가속포를 쓰면, 산탄으로도 장난 아닌 위력이 될 텐데."

그야말로 명중만 하면 제트 전투기도 추락할 것 같단 말이지.

"자! 어려운 이야기는 여기까지! 나머지는 식후에 해주세요."

식사 준비를 마친 루루가 손을 짝짝 두드려 주목을 모으고, 회의 종료를 선언했다. 이렇게 강제로 끝내지 않으면 의논에 너무 열중해서 식사가 식어 버린단 말이지.

"웃하아~! 이거 시모후리? 어디서 얻었어?"

"응, 왕도에서 돌아오는 도중에 거대한 마물이 습격하고 있는 목장을 발견했거든. 그 마물을 퇴치한 답례로 받았어."

어용목장이었는지, 마물에게 내장을 먹힌 오우미 소의 고기를 사례 대신 받았다.

목장주인 말로는 「상한」 고기라고 하지만, 이 살코기와 지방질이 이루는 근사한 쇠고기 님 앞에서는 헛소리라고 단언하는 수밖에 없어.

물론 그 덕분에 마물 퇴치의 사례로 현금이 아니라 현물을 받았으니 목장주인의 견해에는 감사하고 있었다.

우리들 눈앞에는 얇게 슬라이스된 고기를 예쁘게 쌓은 커다란 그릇이 10개. 그리고 그 옆에는 김이 오르는 독특한 형태의 냄비가 있었다.

"크우~. 이쪽에 와서 샤부샤부를 먹을 수 있을 줄은 몰랐어!"

"고기 아저씨가 납작쿵인 거예요?!"

"다이어트~?"

포치랑 타마가 눈높이를 테이블 높이까지 낮추어 옆에서 고기가 얇은 걸 확인하더니, 그런 감상을 말했다. 두 사람에게 고기는 두꺼워야 하는 거겠지.

후후후, 그 환상을 박살내주마.

"이건 말이지, 샤부샤부라고 해서—."

"그런 것보다 얼른 먹자!"

내 설명을 가로막은 아리사가 재촉하기에 식사를 시작했다.

커다란 그릇 주위에 참깨장이나 식초장이 든 병이나, 양념이 든 작은 접시가 놓여 있었다.

양념은 간 무, 당근, 생강, 그리고 잘게 썬 파, 차조기, 양파가 이어지고, 참깨장을 만들 때 남은 참깨나, 견과 가루나 와사비까지 각각의 그릇에 담겨 있었다. 이것저것 있는 편이 즐거우니까.

쇠고기 말고 게나 회도 내놓을까 망설였지만, 오늘은 첫 샤부샤부니까 쇠고기 온리로 해봤다.

"이렇게 고기를 한 장 집어서, 뜨거운 물에 삭 담갔다가, 양념장을 묻혀서 먹는 거야."

내가 설명하면서 직접 보여줬다.

우선 플레인한 식초장을 가볍게 찍어서 먹었다. 과연 시가 왕가 어용 오우미 소로군.

옛날에 사장이 사준 코베규나 마츠자카규에도 필적하는 맛이다. 녹는 느낌은 남쪽 바다에서 먹은 참치도 좋았지만, 역시 쇠

고기만의 감칠맛이 있어.

"양념은 자기 취향대로 넣으면 돼. 처음에는 양념 없이 장에만 찍어 먹어봐."

내가 권하자, 리자가 진지한 표정으로 고기를 한 조각 집어 뜨거운 물에 담갔다.

하지만 그렇게 진지한 표정으로 먹지 않아도 돼.

포치와 타마는 젓가락을 잘 못 쓰니까 얇은 집게를 준비해서 그걸 쓰도록 했다.

포크는 탕에 담글 때 떨어질 것 같으니까. 집게 손잡이 부분에 개, 고양이, 병아리, 토끼 네 종류의 인을 찍어뒀다. 병아리 집게는 나나가 맨 먼저 낚아채 갔다.

"맛있엉. A5 랭크는 되겠어! 이거라면 얼마든지 먹을 수 있어."

"맛있는 거예요! 에이오 고기는 고래나 참치만큼 강한 거예요!"

"맛나맛나~?"

"참깨장 최강무적이라고 고합니다."

"나나 씨, 식초장에 간 무를 넣은 것도 맛있어요."

"응, 맛있어."

다들 입을 모아 찬사의 목소리를 내면서 혀를 내둘렀다. 맛이 산뜻한 탓인지, 미아의 입에도 맞는 모양이다.

한 사람, 묵묵히 씹고 있는 리자가 신경 쓰였지만, 눈가가 행복해 보이니까 맛에 몰두하고 있는 거로군. 마음껏 즐겼으면 좋겠다.

아리사, 포치, 타마는 거의 마시는 것처럼 빠르게 냠냠 입에 넣고 있었다. 10킬로그램도 넘게 있으니까 마음껏 먹으렴. 하지만 아리사는 과식 주의다.

"크우, 참깨장 지상주의였지만 식초장도 좋네! 양념을 넣으면 이렇게 맛의 바리에이션이 생길 줄이야!"

"아리사, 그렇게 말하며 와사비 접시를 밀어줘도 속지 않는 거예요. 포치는 학습한 거예요."

포치는 아리사의 꿍꿍이를 화려하게 무시하면서, 사이드 메뉴인 고기 말이 피망을 깨물고 비명을 질렀다.

아마도 가끔 있는 매운 녀석을 먹어버린 거겠지.

"참깨장 좋아."

"다 맛있어~?"

"우우, 너무 맛있어서 과식해버릴 것 같아요."

다들 각각의 양념장을 만들어서 재미있군.

루루는 체중을 신경 쓰느라 식사를 제한하고 있지만, 오우미소의 매력에 패배할 것 같은 느낌이었다.

"맛있습니다."

리자가 탕에 담근 고기에 와사비를 살짝 올려서 간장을 찍는 보기 드문 방식으로 먹기에 흉내 내봤다.

회 같은 방식이지만 제법 괜찮군.

다만, 그걸 보고 흥미를 가진 타마, 포치, 미아가 흉내를 내어 먹었다가 입과 코를 막고 괴로워했다.

"뉴아!"

"매운코에오."

"함정."

그 모습에 웃음이 터져서 세 사람에게 토닥토닥 두드려 맞았다.

"미안미안, 이거라도 마셔."

와사비를 얼버무리기 위해서, 눈물짓는 연소자 팀에게 우유가 듬뿍 들어간 핫 초콜릿을 나눠줬다.

"우~웅, 배불러라. 핫초코라~. 다음에는 초코 퐁듀나 치즈 퐁듀 같은 것도 좋겠어."

아리사가 핫 초콜릿을 마시는 셋을 보고 그렇게 요청했다. 치즈 퐁듀는 자주 먹었지만, 초코 퐁듀는 먹어본 적이 없다. 한 번 만들어 볼까?

"어떤 요리인 거예요?"

"퐁듀 고기에 초코를 뿌리거나, 치즈를 뿌리는 거야. 퐁듀 새는 산 속에 맑은 물이 있는 곳에만 살고 있으니까 환상의 요리라고 불리고 있어."

"퐁듀 사냥~?"

"사냥하러 가고 싶은 거예요!"

"다우트."

아리사의 거짓말에 포치와 타마가 넘어갔지만, 미아가 곧장 간파해 버렸다.

보르에난 마을에도 용사 다이사쿠가 전수한 치즈 퐁듀가 존재하는 모양이다.

샤부샤부 축제 다음날은 소화에 좋은 약선 요리를 만들어봤는데, 어째선지 대혹평이었다.

"고기 없어~."

"포치는 반성하고 있는 거예요. 그러니까 조금만 고기를 먹고 싶은 거예요."

타마와 포치 두 사람은 무슨 벌이라고 생각했는지, 소금에 절인 배추 같은 느낌의 표정으로 나를 올려다보았다.

포치가 손가락을 살짝 벌려서「조금만」을 표현하는 게 귀여웠다.

분명히 저건 고기의 두께를 표현한 걸 거야.

"타마, 포치. 주인님이 주시는 식사에 주문을 하는 것은 100년은 이릅니다."

리자는 그런 두 사람을 타일렀지만 목소리에 전혀 힘이 없었다.

분명히 리자도 고기가 없는 게 쇼크인 거겠지.

육수에 새를 썼으니까 맛은 나쁘지 않을 텐데.

"다이어트도 아닌데 이런 사찰 요리 같은 식사는 시러어! 더 단백질을! 기브 미, 미트, 플리즈!"

아리사까지 싫어한 건 뜻밖이었다.

그리고 단백질이라면 콩자반이랑 두부 요리가 있잖아.

다른 셋은 본래 야채를 싫어하지 않으니까 불평 없이 먹어 주었다.

그리고, 단백질을 바라는 고기 선호자 넷에게는 고래 스테이크를 추가해서 마음껏 먹여 주었다.

다만, 기초 대사가 낮은 후위 아리사는 과식하기 전에 중간에 말렸다.

다이어트에 어울려 주기 싫단 말이지.

◆

"사토 군, 마중 나오느라 수고했어."

미궁도시의 남문에서 기다리고 있자, 엘프 스승이 트롤 전사들을 데리고 가도에서 떨어진 남쪽의 베리아 사이를 빠져나와 찾아왔다.

트롤은 비만 기색의 소거인인데, 약간 녹색을 띠는 피부를 가진 온화한 요정족이다.

리틀 자이언트

모두 외투를 입고서 후드를 깊숙하게 눌러 쓰고 있으니까 겉으로 봐선 용모가 거의 안 보인다.

"히시로토야 스승님이 첫 번째인가요?"

"그래. 다들 산 위에서 대기하고 있어. 한 번에 들어가면 소란이 날 것 같으니까 시가 국어를 할 수 있는 우리가 인솔해서 다섯 정도의 집단으로 들어올 예정이지."

그렇군, 그건 생각하지 못했기 때문에 엘프 스승들의 배려에 감사했다.

나는 빛 마법으로 후드 아래쪽에 가려진 트롤들의 모습을 비교적 메이저한 소거인으로 보이도록 환각의 마법을 겹쳤다.

히야 씨는 나나가 장비하고 있는 것과 같은 「사람의 부적」이란 아이템을 써서 인간족으로 둔갑시켰다.

남문의 위병에게는 내 손님이 오는 것을 전달했기 때문에, 사람 수와 종족의 확인만 하고서 통과시켜 주었다.

물론, 종족은 위장한 종족으로 했다.

"뭐야? 저거."

"동쪽에 있는 소거인 아냐?"

"엄청 큰데. 북쪽의 소국에서 본 오우거보다도 크다."

내가 히야 씨와 함께 서쪽 길드로 가고 있는데, 거리 사람들이 웅성거리며 제멋대로 말하는 게 엿듣기 스킬로 들렸다. 분명히 트롤들이 보기 드문 거겠지.

"어이, 선두에 있는 건 펜드래건 젊은 나리 아냐?'

"저 사람 뭐 하는 거지? 언제나 같이 다니는 애들이나 거유 미인이 없잖아."

"흑창의 리자 씨나 메이드 왕 루루 씨라면, 며칠인가 전에 미궁에 들어갔다."

식사 배급을 한 탓인지, 모르는 사이에 젊은 탐색자들 사이에서 꽤나 얼굴이 알려진 모양이군.

"저 소거인 같은 녀석들을 데리고, 『계층의 주인』 토벌을 하러 가나?"

"돈의 힘으로 밀어 붙여서 토벌인가……. 우리도 고용해주지 않으려나?"

"관둬, 관둬. 『구역의 주인』 같은 괴물을 상처 없이 쓰러뜨리는 녀석들이 도우미까지 고용해서 도전하는 상대란 말이다. 우리는 고기 방패로도 못 쓴다."

좋았어. 예정대로 외부 전력을 끌어들이는 걸 수많은 사람에게 목격시킨다는 목적을 달성했다.

목격자를 늘리면서 우리는 서쪽 길드에 도착했다.

"트롤들도 들어갈 수 있겠네."

서쪽 길드 입구는 커다라니까, 신장이 3미터급인 트롤들도 통과할 수 있었다.

"청동의 탐색자 히시로토야. 동료들의 등록을 부탁하고 싶어."

히야 씨가 낡은 청동증을 보여주면서 접수원에게 말했다.

"앗, 네. 나무증이면 될까요?"

"그거면 돼. 내가 대필할 건데 상관없겠지?"

접수원이 고개를 끄덕이는 걸 확인하고, 히야 씨가 트롤들의 등록을 마쳤다.

미궁에 들어가서 잠시 지나, 데리고 온 사람들을 「귀환전이」로 미궁 온천의 파티장으로 데리고 갔다.

그들의 역할은 이걸로 끝이지만, 그대로 돌려보내기도 미안하니까 여기서 온천과 요리와 술을 즐기게 할 예정이다.

"사토 님, 처음에는 트롤들인가요! 이건 솜씨를 발휘하는 보람이 있겠어요!"

누군가를 환대하는 게 즐거운지 「담쟁이 저택」에서 도우미로 불러온 레리릴이 신이 났다.

"식재료나 술이 부족할 것 같으면 말해줘."

"와인도 벌꿀주도 듬뿍 있습니다!"

"그럼, 환대는 맡긴다."

"알겠습니다! 맡겨만 주시는 거랍니다!"

기합을 넣는 레리릴과 도우미 리빙 돌들에게 뒷일을 맡기고, 「귀환전이」로 동료들이 기다리는 별장에 히야 씨를 데리고 갔다.

히야 씨에 이어서 스승들이 데리고 온 스프리건, 레프라콘, 갖가지 종류의 수인들을 미궁 온천으로 데리고 갔다. 모두 100명 가까이 된다.

그 인원과 함께 레리릴의 조부 기릴을 비롯한 브라우니들이 원군으로 와주었으니, 미궁 온천의 식사나 조리 요원은 충분했다.

나는 기릴 일행에게 감사를 표하고, 최종 팀의 엘프 스승 두 사람과 함께 처음에 만든 별장으로 「귀환전이」했다.

"와~아, 포아 스승님인 거예요."

"시야 스승님, 오랜만~?"

우리를 발견한 포치와 타마가 쌍수를 들고 환영했다.

"오냐, 포치! 건강했냐?! 나중에 수련을 시켜주마! 목검 준비를 해둬라!"

"네, 인 거예요!"

포치의 스승인 포르토메아 양이 전에 선물한 파란 장미의 마검을 손에 들고 씨익 웃었다.

후다닥 방으로 달려간 포치가 목마검 두 자루를 머리 위에 들고 기쁜 기색으로 돌아왔다. 곧장 수련을 시작할 셈인가 보다.

"타마는, 잘 지냈느냐?"

"잘잘지냈소이다~? 닌닌."

타마의 스승인 시시토우야 씨는 기모노 차림의 사무라이 엘프다. 차분한 태도는 강자의 품격이 있지만, 겉보기에는 젊어서 괜히 분발한 중학생처럼 보이니 어쩐지 흐뭇하다.

이쪽 두 사람은 느긋해서 훈련을 시작할 기색도 없기에, 별장 안에서 기다리는 리자의 스승 구르가포야 씨와 유세크 씨, 그리고 나나의 스승인 케리울 씨와 기마살루아 양이나 루루의 사격 스승인 히시로토야 씨가 있는 곳으로 데리고 갔다.

"아! 시야. 포아는 같이 온 거 아니었나?"

"포아라면 포치와 대련을 한다고 하면서 뜰에 가 버렸다."

"정말이지, 그 전투광은 곤란하다니까."

"맞는 말이야."

나처럼 온화한 사람이 말을 하자면, 여기 있는 여섯 스승들도 동류다.

"역시, 리자 공은 당해낼 수가 없군."

"아뇨, 케리울 공 정도로 만만찮은 분은 처음입니다."

"그건 사토를 빼고 말인가?"

"주인님은 격이 다르니까요."

진검 승부를 마친 리자와 드워프 케리울 씨가 그렇게 말했다.

진검 승부라고는 했지만 딱히 검을 섞은 건 아니다.

아까부터 이 두 사람은 거실 구석에서 술 감별이 아닌 고기 감별을 하고 있었다.

리자가 나를 추켜세웠지만, 나는 딱히 절대미각 같은 건 아니다. 조리 스킬을 올린 뒤부터 맛의 차이가 민감하게 느껴지기는 하지만, 먹기만 하고서 산지나 암수까지 구별하는 두 사람에겐 못 당한다.

단순히 감정 스킬이나 AR표시로 알아 버리는 것뿐이야.

두 사람의 세계를 만든 것은 리자와 케리울 씨만이 아니었다.

"과연, 역시 조심해야 할 건 『마법 중화』랑 체력을 깎은 다음의 폭주 상태구나."

"암, 그렇지. 내 주군도 그 두 점에 고민을 하셨다."

아리사에게 「계층의 주인」과 싸울 때 주의점을 알려주는 건 그림자 종족인 세올 씨였다.

엘프의 현자 토라자유야 씨가 미궁도시에 있을 무렵에, 그의 파티에서 척후를 담당했다고 한다.

「계층의 주인」 토벌에도 참가한 적이 있다고 하기에 와주십사 부탁했다.

"아리사 공, 귀공들은 강하다. 그러나 『계층의 주인』이란 더욱이 다른 차원의 상대야. 용을 격퇴한 일마저 있는 우리들의 주군조차도, 세 번 도전하여 두 번은 실패를 했다. 이길 수 없다고 판단하면 신속하게 물러나 다음 기회에 걸어보는 것이 좋을 것이야."

"고마워, 세올 씨! 괜찮아! 우리들은 비장의 수가 내다팔 정도로 있으니까! 내일은 화악 때려 박아 주겠어! 내일 밤에는 먹은 적도 없는 만찬으로 연회야!"

세올 씨의 충고를 듣고서, 아리사의 의욕이 한층 더 뜨겁게 불타올랐다.

그건 좋은데, 연회 요리를 만드는 건 나겠지?

이상하게 난이도를 올리는 건 봐주라. 이제 슬슬 레퍼토리가 떨어져 간단 말이지.

엘프의 요리 연구가 그룹 사람들에게 배운 요정 요리라면 잔뜩 있지만, 엘프들에게 내놔도 이미 질렸을 거고.

요즘 들어서 양식이나 일본식밖에 안 먹었으니까, 중화요리나 창작 요리로 가보는 것도 좋을 것 같네.

"다들, 준비는 됐니?"

다음날 아침, 장비를 갖춘 동료들에게 말했다.

전위진은 최근의 정장이 된 오리하르콘 합금 금빛 전신 갑옷을 입고, 후위들도 마력 부스트 기능을 중심으로 한 오리하르콘 섬유제 금빛의 화려한 드레스 아머를 장비했다.

루루의 무장 메이드복도 오리하르콘 섬유를 사용했지만, 금빛 메이드복은 위화감이 굉장하니까 표면은 더미용 검은 천을 사용했다. 그리고 인너인 바디 슈트는 은피 섬유제다.

또한 루루는 긴급시에 아리사와 미아를 지키는 역할도 있으니까 후위지만 나나 다음으로 중장비다.

"네, 네에! 주인님."

내 말에 리자가 딱딱한 목소리로 대답했다.

다들 「계층의 주인」 토벌전을 앞두고 긴장한 표정이지만, 개중에서도 전투 리더인 리자와 후방 지휘인 아리사는 책임감으로 좀 고장난 기색이다.

"네, 인 거예요! 도시락이랑 간식도 챙긴 거예요!"

"바나나도 잘 챙겼어~?"

"물론인 거예요! 바나나는 간식에 안 들어가는 거예요!"

포치와 타마가 양손에 바나나를 쥐고 포즈를 취했다.

빙글 아리사 쪽으로 시선을 돌렸지만, 용의자는 고장 나서 내 비난의 시선을 깨닫지 못했다.

"장비의 점검도 완료됐다고 고합니다. 루루가 만들어준 캐릭터 도시락은 병아리 그림인 겁니다."

풀 장비의 나나가 보따리에 든 도시락통을 요정 가방에서 꺼내 보여줬다.

세 사람은 장비와 도시락을 너무 같은 수준에 두는 것 같아.

"주인님, 내가 『시련의 방』으로 가는 게이트 열고 싶어."

"알았어. 그러면 『시련의 방』을 『보는』 걸 도와줄게."

나는 「계층의 주인」과 싸우는 「시련의 방」을 공중에 비추었다.

그것을 보고 목표 지점을 눈으로 확인한 아리사가, 「공간 연결문」의 마법으로 그곳에 통하는 길을 만들었다.

공간 마법인 「공간 연결문」이나 「전이」는 각인판이 필요 없는 대신 그 장소를 잘 알거나 눈으로 볼 필요가 있다.

"그러면, 『시련의 방』으로 가자—."

우리는 「시련의 방」으로 통하는 게이트에 발을 들였다.

널찍한 「시련의 방」에 있던 마물은 어제 동료들이 소탕을 끝냈기 때문에, 내 레이더에 마물을 가리키는 광점은 비치지 않았다.

동료들이 지원 마법으로 준비를 끝내기를 기다렸다.

"어떡할래?『계층의 주인』을 소환하는 역할은 내가 할까?"

"괜찮아! 내가 할래!"

가장 위험한 역할이라서 말해봤는데, 눈빛을 반짝이는 아리사가 거절했다.

"어제 세올 씨한테 확인했는데, 소환 뒤에 반드시 10초 정도 안 움직인다고 하니까."

"그렇구나, 그래도 방심하지 말고 방어 마법은 전개한 다음에 가야 된다?"

"응. 알고 있어. 정말이지 걱정이 많다니까."

마력 양도로 줄어든 마력을 충전해주면서 아리사에게 충고했다.

평탄한 중앙 광장의 가장자리에 조금씩 거리를 두고서 다들 포진하고 있었다. 나오는 『계층의 주인』의 타입에 따라서 사용하는 마법이 바뀌기 때문에 미아도 나나와 루루가 지킬 수 있는 장소에 있다.

진지나 참호, 함정 같은 것은 어제 모두 설치를 마쳤다.

"다들! 위치에 도착했지! 시작한다!"

내 바람 마법으로 아리사의 목소리를 모두에게 전달했다.

이 방은 너무 넓어서 소리가 반향하기 어렵거든.

아리사가 소환의 트리거가 되는 마핵을 제단에 있는 신기한 문양의 항아리에 넣었다.

"나는 불가능에 도전하는 자! 정명한 자이며, 신과 마와 세계의 법칙에 저항하는 자이니!"

아리사의 중2병 같은 소환구에 응답하여, 광장에 빨간 빛이 흘러넘치고 소환진 같은 문양을 그리기 시작했다.

"지금 이곳에 그 증거를 세우고자 『계층의 주인』과의 대결을 바란다!"

빛의 소환진이 기동하는 것처럼, 천천히 깜빡이기 시작했다.

"언젠가 세 증거를 거느리고, 그대 곁에 이르리!"

빛의 맥동에 맞추어 땅울림 같은 낮은 소리와, 귀울림 같은 높은 소리가 들렸다.

"나는 도전자! 시련이여, 지금 이 자리에 나타나라!"

눈을 뜨는 것도 힘들 정도로 격렬한 빛이 소환진 위를 달렸다.

그리고―.

그 녀석은 소환진 위에 솟아오르듯 나타났다.

구두(狗頭)의 고왕(古王)

"사토입니다. 젊었을 때랑 다르게 예상 밖의 시추에이션을 만나면, 사고가 공회전을 해서 행동을 하기까지 시간이 걸립니다. 젊은 사람들이 보면 어른의 여유로 보이는 게 그나마 다행이죠."

"아아, 실례. 제군들의 소환진에 편승을 했다네."

소환진 위에는 180센티미터쯤 되는 키의 신사가 나타났다.

마감이 좋은 쓰리피스의 하얀 수트에 하얀 코트를 입고, 거기에 맞춘 하얀 장갑을 낀 손에는 1미터쯤 되는 스틱을 들고 있었다.

"계층의 주인이라면 이제 곧 올 테니, 나는 신경 쓰지 말고 도전을 하게나."

실크햇을 옆구리에 끼고서, 아리사에게 가벼운 느낌으로 말했다.

"거짓말⋯⋯."

옆에 있는 아리사가 떨리는 손으로 내 팔을 붙잡았다.

"⋯⋯마, 마왕."

아리사가 갈라진 목소리로 중얼거렸다.

그 순간—

신사의 시선이 이쪽을 포착했다.

방금 전까지 담담했던 분위기가 사라지고, 공기마저 얼어붙을 것 같은 살기를 띠고 있었다.

보라색 눈동자에서 차가운 눈보라 같은 지독하게 차가운 색을 느꼈다.

그 눈동자를 보기만 해도 소름이 돋는다.

공포 내성이 없었다면 꼴사납게 비명을 질렀을지도 모른다.

"흠, 보이는가?"

그는 아리사를 내려다보고 **보라색 체모에 뒤덮인 개의 얼굴**에 길가의 돌멩이를 쳐다보는 기색을 지었다.

나는 아리사를 등 뒤로 감싸면서 AR표시되는 그의 정보를 재빨리 훑었다.

—위험해.

AR표시되는 정보에 나는 초조함을 느꼈다.

"자네가 간파한 것처럼, 나는 마왕이지."

구두의 마왕이 깔보는 눈동자로, 아리사의 말을 긍정했다.

AR표시에 뜨는 이름은 「구두의 고왕」이고, 칭호에 「진정한 마왕」, 「마왕」, 「해방자」, 「학살자」, 「구세주」, 「신을 칭하는 자」, 「신적(神敵)」 등의 모순되는 것들이 몇 개나 있었다.

내 절반도 안 되지만, 나를 제외하면 레벨은 과거 최고이고 **난처하게도 스킬이 불명**이다. 이 클래스인 녀석은 내 방어 마법을 돌파하는 공격을 하니까 신중하게 대응하지 않으면 동료들이 다칠 수 있다.

가능하면 동료들을 안전권으로 피난시킨 다음에 다시 상대하고 싶은데.

공포에 몸을 움츠리는 아리사에게 말을 걸어, 언제든지 아리사를 데리고 떨어질 수 있도록 가볍게 끌어안았다.

"그러나, 안심하게나. 자네들을 처분할 생각은 없어."

수염을 문지르는 움직임으로 짙은 **보라색**의 체모에 덮인 입가를 쓰다듬고, 절대강자의 여유를 가지며 우리에게 말했다.

"내가 쓰러뜨리고 싶은 것은 신들과 그 광신자들뿐이야. 어중이떠중이 상대로 무쌍하며 희열에 빠지는 취미는 없으니, 나에게 도전하는 건 사양해 주겠나?"

신기하게도 위기 감지가 반응하지 않는다.

손댈 생각이 없다는 건 진심인가 보군.

"주인님, 내가 시간을 벌게―."

아리사의 몸에 보라색 빛이 흐르고, 그 여파로 그녀의 머리칼을 감추고 있던 오리하르콘 섬유 베일이 뒤집혀서 엷은 보라색 머리칼이 바깥으로 드러났다.

라라키에 사건 때 내린 허가를 정지하는 걸 잊고 있었군.

"아리사, 기다려."

나는 작은 소리로 아리사를 말렸다.

"허어, 보일 텐데."

물러나려던 마왕이 아리사의 머리칼에 눈길을 멈추고 돌아보았다.

"『신의 조각』을 품은 종자(種子) 소녀여, 한 가지 충고를 하지."

—신의 조각?

내 뇌리에 「불사의 왕」 젠이나 마왕 「황금의 저왕」을 쓰러뜨렸을 때 나타난 보라색 작은 빛 덩어리가 스쳤다.

앳된 목소리로 사악한 말을 속삭이는 수수께끼의 빛.

신검이 아닌 것으로는 건드리는 것마저 불가능한 의문의 존재.

그 빛 덩어리가 분명히 그런 이름이었다.

—설마, 그게 아리사 안에도 있다는 거야?!

말을 아무렇게나 하지마— 그렇게 말하고 싶었지만, 내 뇌리에 떠올리고 싶지 않은 기억만 플래시백했다.

아리사가 유니크 스킬을 쓸 때 그녀의 몸을 흐르는 엷은 보라색 빛의 파문.

그리고 아리사와 같은 전생자였던 「불사의 왕」 젠이 유니크 스킬을 썼을 때 보라색 이펙트.

마지막으로, 공도 지하 유적에서 쓰러뜨린 마왕 「황금의 저왕」이 유니크 스킬을 쓸 때 나온 어두운 보라색 아우라.

그 세 광경이 겹쳤다.

—잠깐.

젠이 마지막에 신경 쓰이는 말을 했다.

「하다못해 마음까지 마왕이 되기 전에 나를 멸하여 주게나」라고.

그리고, 마왕 「황금의 저왕」과 부합한다.

혹시 「신의 조각」이란 건 초상적인 유니크 스킬의 근원이며, 동시에—.

"언젠가 자네는 진실에 이르겠지."

내가 고민하는 사이에도, 마왕의 말은 이어지고 있었다.

"그러나 결코 절망을 하지 말도록, 종자 소녀여. 감정에 흘러가 사람의 범주를 넘어서, 미쳐 날뛰는 마왕이 되어 용사에게 토벌되거나, 나처럼 이성이 있는 마왕이 되어 세계와 싸우는 길을 고르거나, 그것은 자네 마음의 강함으로 결정되는 것이니."

—진짜냐.

지금 마왕의 말이 올바르다면, 아까 내 상상이 대강 옳다는 것이 된다.

하기는 「짧은 뿔」이나 「긴 뿔」처럼, 사람을 마족으로 바꾸는 아이템이 있는 세계다.

그것과 마찬가지로, 「신의 조각」은 사람을 마왕으로 바꾸는 것이 아닐까?

"물론, 마왕이 될 것인지 진실에서 눈을 돌리고 사람으로서 삶을 걸 것인지는, 자네의 선택에 달렸지."

마왕인데 친절하달까, 오지랖을 부려서 조언을 해주네.

하지만 가능하면 아리사에겐 이런 이야기 들려주기 싫었어.

"용사를 조심하게나. 놈들은 파리온의 주구(走狗)이니. 큭큭큭, 주구라. 구두(狗頭)인 내가 말하니 농담도 못 되는군."

구두의 마왕이 큭큭큭 웃었다.

그 모습을 시선으로 포착하면서, 뒤에 있는 나나 일행에게 수신호를 보냈다.

수신호를 받고서 나나와 루루가 물리 방어와 마법 방어를 겹쳐서 걸었다.

내용은「강적 출현, 목숨을 소중히」다.

나는 몇 가지 확인하기 위해서 마왕에게 말을 걸었다.

"물어봐도 될까?"

그 순간 처음으로, 마왕의 시선이 나를 향했다.

"짐꾼 시종의 헛소리에 귀를 기울일 생각은 없다. 이야기를 하고 싶다면, 이 소녀 정도로 레벨을 올리고 나서 오도록."

그러고 보니 교류란의 레벨이 아직도 30이었지. 나중에 동료들과 비슷하게 올려두자.

"음?"

나를 보고 의문스런 기색을 품은 마왕이 뭔가 깨달은 것처럼 생각했다.

손가락을 뻗은 손바닥을 이마에 대고서, 나르시시스트처럼 대각선 45도의 각도로 훌쩍 하늘을 올려다보았다.

"이런 곳에서『**인간**』의 흉내라니, 놀이가 지나치신 것 아닌지?"

그는 지친 목소리로 그 말을 내뱉었다.

설마, 레벨 310인 걸 간파한 건가?

그렇다 쳐도『**인간**』흉내라니 말이 심하네.

"놀이는 적당히 하시길. 저는 이제부터 전세계의 신전을 불태우는 중요한 일이—."

—신전을?

플래시백하는 것처럼「황금의 저왕」이 부활할 때 본 세라의 시체가 뇌리에 떠올랐다.

그리고, 무녀장을 비롯한 테니온 신전 사람들의 즐거워 보이는 모습.

―그걸 불태우겠다, 이 말이냐?!

축지로 아리사를 후방의 나나에게 넘기고, 또 다시 축지로 마왕에게 육박하여 성검을 목에 들이댔다.

칼끝이 마왕의 눈앞에 나타난 얇은 판을 조금 꿰뚫은 곳에서 멈추었다.

나도 참 성질 급한 짓을 했군. 조금 미궁도시의 분위기에 물들어버린 걸지도 모르겠다.

"―여전히, 무지막지한 분이시군. 물리 공격을 **완전히 무효화**하는 『절대 물리 방어』의 방패를 꿰뚫다니."
_{안티 피지컬}

"미안하지만, 방금 한 말은 용인할 수 없어."

정말이지, 공존할 수 있을 법한 마왕이라고 생각했는데. 말꼬리가 평범해서 방심했군.

그리고, 나를 아는 사람처럼 말하는 건 관두시지? 내가 아는 사람 중에 「구두의 마왕」 같은 녀석은 없으니까.

"신전을 불태우는 것을 기피하시는 것인지?"

"그래."

나는 마왕을 어떻게 쓰러뜨릴지 생각했다. ―안되겠어. 여기는 너무 좁아서 다들 휘말려 든다. 전력의 마법을 쓰면 지금 입은 장비와 레벨로는 무사히 못 넘어간다.

"잠깐, 나가자."

마왕의 코트를 붙잡고, 대사막의 돌 신사에 설치한 각인판으로「귀환전이」했다.

전이에 저항할 줄 알았는데, 마왕은 의외로 순순히 따라왔다.

모래가 섞인 뜨겁고 메마른 공기가 볼을 쓰다듬었다.

"누, 누구냐!"

마왕의 등 뒤에서 낯익은 목소리가 들렸다.

―아뿔싸.

나는 빨리 갈아입기 스킬의 도움을 빌어서 순식간에 용사 나나시의 모습으로 변신했다. 물론 이름과 호칭도 세트다.

마왕의 몸이 가림막이 되어서 몸은 그렇다 치고 얼굴은 보이지 않았을 거야.

대사막에 온 시가8검 헤르미나 양 일행이 돌 신사를 조사하고 있는데 우연히 전이해 버린 모양이다.

"으게게, 마왕이다! 도, 도망쳐야 돼!"

"마, 마왕?"

"""구두의 마왕."""

"구두의 사신인가―."

여우 장교의 보고를 듣고, 성기사들과 헤르미나 양이 나란히 공포의 소리를 질렀다.

"시끄럽군. 어릿광대는 퇴장하게나―."

마왕이 손가락을 딱 울리자 동시에 발생한 마법의 충격파가 헤르미나 양 일행을 쓸어버렸다.

성기사들이 반사적으로 대형 방패를 들어 막고자 했지만, 충격파로 돌 신사 바깥까지 날려가서 사막에 낙하했다.

나는 스토리지에 수납해둔 도시 핵의 단말을 손에 꺼냈다.

"대상자, 배출."

『지시 수락, 배출을 실행합니다.』

헤르미나 양 일행을 영지 바깥에 내보내도록 지시하자, 머릿속에 도시 핵의 응답이 들렸다.

레이더에 비치는 광점이 사라졌기에 맵을 열어 확인했더니, 헤르미나 양 일행을 가리키는 광점이 시가 왕국과 대사막 경계에 있는 산맥으로 이동했다.

"저런 자들에게도 자비를 내리다니, 관대하시군."

내가 헤르미나 양 일행을 전이시킨 걸 눈치챈 마왕이 어깨를 으쓱거리며 질렸다는 어조로 말했다.

마왕에게 그녀들의 생사 따위 흥미의 대상이 아니겠지.

나는 시험 삼아서, 아까 신전 관계자 학살 발언의 철회를 재촉해봤다.

"아까 한 말을 철회할 생각은 없나?"

"없습니다. 그것은 내 존재의의라고 해도 되는 것. 나는 신과 신전의 꼭두각시들을 멸하기 위해 마왕이 되었으니."

―역시, 안 되나.

아까는 확 열이 올라서 칼을 들이댔지만, 가능하면 대화로 타협점을 모색하고 싶었는데.

그렇지만, 마왕의 어조와 태도를 보니 무리 같았다.

과거에 마도왕국 라라기의 왕이 말해준 전승에서도 「사악한 구두의 마왕, 경건한 신관무녀를 집요하게 노려, 세계의 신전을 모두 불태웠다」라고 했다.

"그러면, 싸우는 수밖에 없네……."

"흐음, 당신에게 살해당하는 것이 이걸로 몇 번째인지? 그러나, 가끔은 한 방 먹여 드리지. 이래봬도 2만년 전에는 전세계의 신전을 멸망시킨 원초의 마왕으로서 긍지가 있으니."

처음부터 지는 걸 전제로 싸우나?

그보다도 중요한 것은 「몇 번이고 살해당했다」라는 점이다. 죽여도, 이 녀석은 시간 경과로 부활해버리는 거겠지. 덕분에 부담 없이 싸울 수 있다.

싸움을 피할 수 없다면 전력으로 가자.

전에 싸운 「황금의 저왕」과 같은 클래스라면 쉽지는 않을 거야.

느긋하게 시작 신호를 기다리지 않고, 최고속의 빛 마법 「광선」으로 선제공격을 했다. 이번에는 「집광」으로 모으는 건 관뒀다. 괜한 마법을 쓰면 기습이 안 되니까.

과거에 대괴어 토부케제라를 베어버린 **반드시 명중하는** 마법을 쏘았다.

—뭐야?

광선이 저절로 마왕의 몸을 피하는 것처럼 궤적이 비틀리더니, 사막 위에 공동을 파헤치며 허무하게 폭염과 모래 먼지를 일으켰다.

—왜, 빗나갔지?

"잊으셨는지? 내 유니크 스킬 『확률변동』 앞에서는 정밀사격 계통 마법이나 무기가 통하지 않는 것을."

이 치트 자식.

아리사의 마음을 조금 이해했다.

유니크 스킬이 아니라 치트 스킬이라고 개명해야 하지 않을까?

그러나 마왕의 착각이 아직 이어지고 있었다. 자기 유니크 스킬의 원리를 공개해준다면 솔직히 나야 좋지.

꽤 치사한 스킬이지만, 직접 때리거나 광범위 마법을 쓰면 상관없어 보인다. 레이저의 궤도가 빗나간 건 놀랐지만, 레이저로 그어버리면 괜찮았을까?

"그러면, 한 수 배우도록 하지요. 『권속 소환』."

(콜 패밀리어)

눈동자에 보라색 빛을 밝힌 마왕 앞에 거대한 마법진이 나타났다.

공도에서 노란 피부 마족이 만들어낸 마법진하고 비슷하니까, 고래라도 나타날까 기다려봤지만 아무 일도 없었다.

맥 빠지네.

"뭐야?"

"실례. 염왕, 공왕, 해왕, 육왕. 모든 권속이 봉인되어 버린 모양이군요."

구두의 4천왕이란 녀석이군.

미안하지만, 육왕 말고는 이미 토벌했어.

"즉석이라 부족할지도 모르겠지만, 용서하시길—."

마왕은 그렇게 양해를 구하고 귓가의 털을 뽑더니 숨을 후우 불어 털을 날렸다.

"권속이여."

그 털이 보라색 개가 되어 일제히 덤벼들었다.

—손오공이냐!

하늘을 달리는 보라색 개는 유령 개라고 AR표시가 떴다. 레벨은 50이고 「분해」의 브레스를 쓴다.

성가셔 보이는 공격 마법을 가지고 있으니, 유령 개들이 퍼지기 전에 일망타진하고자 중급 공격 마법 「화염 폭풍」으로 태워 버렸다. 「화염로」랑 달리 효과 범위가 넓으니까 편하다.

"여전히 말도 안 되는 위력이군. 도저히 『불꽃 바퀴』 같은 하급 마법으로 보이지 않아. 그래야 싸우는 가치가 있는 법이지."

아니아니, 「화염 폭풍」은 중급이거든요!

—응?

마왕의 말에 마음 속으로 태클을 건 다음에, 조금 불길한 걸 깨달았다.

하급인 「불꽃 바퀴」를 내 「화염 폭풍」과 동등한 위력으로 쓰는 녀석이 있단 말야?

있을 법한 존재는 마신 정도인데…….

나는 질색하면서, 방침을 「마왕 토벌」에서 「정보 수집」으로 변경했다.

신상의 안전과 앞으로 관광 라이프를 위해서도 이 녀석에게서 정보를 모아야겠어.

봐줄 수 없는 상대에게 정보수집이라니. 난이도 폭망이지만,

이 녀석이라면 멋대로 말해줄 것 같아.

마왕에게 캐물어야 할 것은 두 가지.

가장 중요한 건 「신의 조각」이다.

절망 따위 마이너스 방향으로 강하게 발현된 감정이 마왕화의 트리거가 된다고 저 녀석이 말했다.

아리사는 감정 기복이 심한 녀석이니까 「신의 조각」을 제거하는 것이 가능하다면 그 방법을 알아내고 싶었다.

"그러면 다음 한 수로 가지요."

─마왕이 불러낸 사자의 몸에 노인의 얼굴이 돋은 거대한 마물이 공격해오기에, 공간 절단의 마법으로 적당히 베어 처리했다. 레벨이 70으로 상당히 높았다.

"역시, 만티코어 정도로는 순살이군요……."

두 번째는 저 녀석이 말하는 존재의 정체다.

대강 짐작은 가지만, 어떤 성격인지, 어떤 기술과 도구를 쓰는지 알아두고 싶었다.

되도록 적대하고 싶지 않지만, 가능한 한 대책을 세워놔야겠어. 여차할 때 우리 애들을 지킬 수 없으면 곤란해.

"그러면, 이건 어떠신지?"

이번에는 불꽃으로 만들어진 거인과 회오리로 만들어진 거인이 좌우에서 공격해 오기에 「폭축」의 마법으로 압살했다. 레벨은 60정도로 낮았지만, 둘 다 내성 계통이 뛰어난 상대였다.

"과연 나의 주군. 지금 그 진과 이프리트는 하이 엘프들에게서 빼앗은 저의 비장의 수였습니다만?"

아까부터 마왕이 뭐라고 말했지만, 딱히 중요한 이야기는 아닌 것 같으니 넘어갔다.

일단 두들겨 패놓고, 성직자에게 손을 대지 않는다는 약속을 받을 수 없는지 시험해보자.

악마 같은 것은 계약을 어기지 않는 법이지만, 마왕은 어떨까?

그리고, 소년 만화의 적대자처럼 싸운 뒤에 우정이 싹튼다면 편한데 말야. 위험해지면 「너를 쓰러뜨리는 건 이몸이다!」 같은 느낌으로 가세를 해준다거나.

"그러면, 다음은 취향을 바꿔보지요."

단독으로 강한 마물은 의미가 없다고 생각했는지, 수백 개체의 진홍색 전갈을 사막에 소환했다. 차례차례로 붉은 점이 레이더에 늘어났다.

놀랍게도 그것들은 모두 「구역의 주인」이나 그 권속 수준의 레벨이다.

나를 둘러싸며 소환되어서 독침이라도 날릴 거라고 예상했는데, 집게에서 머신건처럼 불 탄환을 쏘기 시작했다.

"당신에게 이 정도는 그저 잔챙이. 그러나―."

마왕의 몸에 보라색 빛이 흘렀다.

"―이렇게 하면 다르겠지요. 『난심광란^{버서커}』."

쏘아내는 불 탄환의 사이즈가 커지고, 연사속도가 한 단계 바뀌었다.

개중에는 한층 커다란 붉은 전갈로 변화하는 것도 있었는데, 그것들은 등의 갑각이 잠수함의 SLBM 발사구처럼 열리더니 유도형 불덩이를 쏘아냈다. 마치 미사일 같았다.

나는 마법란의 「유도 기절탄」을 선택했다.

시야 안에서 날아오는 불덩이나 불꽃 탄환에 타겟 마크의 AR 표시가 겹치고, 차례차례 록온되었다.

한순간에 록온이 완료된 대상을 「유도 기절탄」으로 요격했다.

전갈 본체는 「집광」과 「광선」의 합체기로 처리하자.

그것들 사이를 빠져 나온 소수의 불덩이는 「자유 방패」와 새롭게 익힌 「자유 검」으로 받아 흘렸다.

그건 그렇고, 이렇게 펑펑 소환을 한다면 거대 소나 거대 돼지 마물 같은 게 좋은데. 고래를 소환해낸 노란 피부 마족의 센스를 본받았으면 좋겠다. 아아, 미노타우로스 같은 건 내놓지 말고.

그리고, 이 정도 소환을 해놓고 마왕의 마력 소비가 총량의 30퍼센트라는 것은 어떻게 된 거지?

마력량이 10만이라거나, 말도 안 되는 용량이거나 그런 건가?

"정말이지, 『군단 소환』으로 불러내 『난심광란』으로 강화한 무적의 군세도 당신 앞에서는 고블린이나 마찬가지로군요."

마왕이 떫은 표정을 지으며 내 마법에 쓰러진 시체의 산을 내려다보았다.

생각하면서 한 탓인지, 적당한 힘으로 밀어붙이기가 마음에 안 들었나 보다.

응, 성실하게 싸우자.

"조금 다른 생각을 하고 있었다. 용서해라."

마왕의 착각을 유지하기 위해서 조금 횡포를 부리는 느낌으로 말해봤다.

"용서하라니, 이 또한 드문 일. 당신은 어린 소녀가 아니면 누가 어찌 생각하든 개의치 않는 분이라고 생각했습니다만?"

─으엑, 설마 로리콘이냐!

그러고 보니, 마왕이나 마족이 엘프의 숲을 공격한 적이 없다고 아제 씨가 말했지.

나는 분명 엘프의 전력을 두려워한 건 줄 알았는데, 흑막 포지션인 녀석이 로리콘이었다는 건 예상을 너무 삐딱하게 넘어서는데.

어이쿠. 내가 교란당하면 어쩌라고. 이야기를 아리사로 몰아가자.

"아까 그 보라색 머리칼의 아이에게, 상당히 친절하게 조언을 해준 것이 뜻밖이었다."

"전생자 따위 드물지도 않지만, 당신의 완구가 된 아이가 가여웠던지라."

"가엽게 생각했다면 조각을 꺼내주었으면 될 것을."

"그 소녀를 죽이라 하심인지? 신의 자리에 한쪽 발을 디딘 정도로는 조각을 꺼낼 수 없음을 이미 잘 아실 텐데."

─칫, 꺼내는 건 무리구나.

나는 방법이 없는 것에 작게 혀를 찼다. 테니온 신전의 무녀장에게 기아스를 상담했을 때 신에 대한 기원 마법 이야기가 나왔으니까, 그걸로「신의 조각」이 제거 가능한지 물어보자.

"그러면, 제2라운드로 가실까요? 마력이 완전히 회복될 때까지 기다린 보람이 있었다고 말씀하시게 해보지요."

마왕은 스틱을 빙글 돌리더니 3미터 정도의 글레이브 같은 폴 암으로 변형시켰다. 내가 아는 글레이브랑은 조금 다르다. 긴 자루 끝에 대검과 길이가 비슷한 한쪽 날의 칼날이 달려 있었다.

나도 스토리지에서 성검을 꺼냈다.

성검 클라우 솔라스는 부서지면 곤란하니까, 안정적인 전채 ― 성검 듀랑달을 꺼냈다.

절삭력은 성검 엑스칼리버보다 떨어지지만, 누가 뭐래도 밸런스가 좋아서 쓰기 쉽단 말이지. 그리고 칼날이 나가도 칼집에 되돌리고《영원하라》고 성구를 읊으면 부활하니까 손질이 편하기도 하다.

내 성검은 오리하르콘 같은 소재나 엘프 마을에서 배운 기술 덕분에「신이 내린 성검」까지 앞으로 한 걸음에 다가섰지만, 아직 마왕이랑 싸울 때 쓰기에는 불안하다.

"무슨 생각이신지? 아까도 그렇고 용사의 무기를 쓰다니, 놀이가 지나치시군. 날 상대로는 자랑하는 차원도와 허무도를 휘두를 가치도 없다 이 말이신가?"

굉장히 위험하게 들리는 이름의 무기다.

마왕이 착각하는 흑막 씨하고는 절대 만나고 싶지 않아. 대전할 거면 천 년 뒤에 하고 싶다.

아니, 천 년 따위 오차라고 할 것 같으니까 빅 크런치 뒤가 좋겠어.

"그러면, 쓰고 싶어지는 기술을 보여드리지요."

마왕이 자기 주변에 8색으로 빛나는 구슬을 만들었다.

위기 감지 스킬이 경고를 전했다. 전에 용사의 동료들이 금주를 쓰려고 했을 때 반응과 비슷하다.

위험할 것 같으니까 쏘아내기 전에 「마법 파괴」로 없앨까?

그렇게 생각하며 메뉴의 마법란을 스크롤했다.

"우선은, 불꽃의 검."

붉은 구슬에 글레이브를 찔러 넣자, 글레이브의 날이 타오르며 녹고 1미터쯤 되는 흔들리는 불꽃의 날이 형성됐다.

—그렇게 쓰는 거였어?

뜻밖의 사용법에 무심코 마음속으로 태클을 걸어 버렸다.

그 틈을 찌르는 것처럼, 마왕이 급속하게 접근했다.

—빠르다.

순동보다 빠른 움직임이다.

공기 분자마저 양단할 듯 날카로운 마왕의 일격을, 마력을 주입해 성인을 발생시킨 듀랑달로 받아내고자 움직였다.

그 찰나, 위기 감지 스킬에서 강한 경고가 왔다.

—위험해.

나는 받아내기 직전에 검을 끌어당겨 회피를 골랐다.

그래도 미처 피하지 못한 불꽃의 칼날을 「자유 검」과 「자유 방패」로 받아 흘렸다.

"―타올랐다?"

술리 마법의 의사 물질로 만들어진 「자유 검」과 「자유 방패」가 타오르는 건 처음 봤다.

적어도 내 불 마법으로는 부술 수는 있어도 태우는 건 본 적이 없었다.

"『연소』라는 개념을 자아내 칼날로 바꾼 것입니다만, 설마 당신의 신무(神舞) 장갑이나 용파참(龍破斬)을 태울 수 있을 줄이야!"

흑막 씨는 「자유 방패」나 「자유 검」의 상위 호환 같은 기술을 쓰는 모양이네.

나랑 발상이 비슷하니까 싫군. 내가 만들려다가 구상 단계에서 멈춰 있던 마법까지 벌써 완성했을지도 모른다.

―아차, 의심에 빠져 허우적거리는 건 관두자.

"트롤의 마왕에게서 빼앗은 『삼라만상』의 유니크 스킬이 이렇게 근사할 줄이야. 기쁜 오산이군."

다른 마왕에게서 유니크 스킬을 빼앗을 수 있냐?

아까 아리사 이야기로 생각해보면 죽인 마왕에게서 빼앗은 게 틀림없어.

어라? 아리사의 유니크 스킬을 빼앗지 않은 건 왜지?

조금 도발하는 기색으로 물었다.

"흥, 다른 마왕에게 빌린 것인가? 아까 그 소녀에게서도 빼앗으면 좋지 않았나?"

"저는 자신의 그릇을 숙지하고 있습니다."

마왕은 내 질문에 대답하면서 「연소」의 효과가 떨어진 글레이브를 하얀 구슬에 찔렀다.

AR표시를 보니 하얀 구슬의 효과는 「소멸」인가 보다.

"지금 있는 아홉 유니크 스킬이, 이 몸에 깃들일 수 있는 한계지요. 더 이상 얻고자 하면, 『조각』의 힘에 자아를 먹혀 미쳐 날뛰는 마왕으로 추락하고 말겠지."

과연, 모조리 가질 수 있는 건 아니구나.

그렇지만, 유니크 스킬이 아홉 개나 있는 건 굉장하군. 저왕이 셋, 아리사가 둘, 젠은 직접 확인한 건 하나였지만 대화 내용을 보니 둘이나 셋은 있는 것 같았다. 나의 넷과 비교해도 이녀석만 빼어나게 많아.

마왕의 글레이브를 「자유 검」과 「자유 방패」로 막으며, 그 틈에 「폭렬」 마법으로 구슬을 모두 파괴하고자 했다.

「자유 검」과 「자유 방패」를 겹쳐서, 나에게 다가오는 하얀 칼날을 흘려내고자 대기했다.

―아니, 안 된다.

「자유 검」이나 「자유 방패」가 하얀 빛에 닿은 순간에 사라졌다.

흑룡 헤일롱의 브레스를 받아냈을 때도 「자유 방패」가 한순간은 저항을 했건만, 그것마저도 없다.

반사적으로 「폭렬」 마법의 대상을 마왕으로 바꾸어 작렬시켰다.

읽고 있었는지, 마왕이 만들어낸 칠흑의 커튼에 「폭렬」이 막혀 버렸다.

칠흑의 커튼은 「절대 마법 방어」^{안티 매직}라고 AR 표시가 떴다.

아까 그 「절대 물리 방어」랑 합치면 무적 아냐?

황금의 저왕도 「물리 대미지 99퍼센트 차단」이랑 「마법 대미지 90퍼센트 차단」밖에 없었는데, 그 이상이라니 치트에도 정도가 있어야지.

"—칫."

나는 혀를 한 번 차고 다음 수를 생각했다.

두 효과를 동시에 쓸 수 없기를 기대하며, 스토리지에서 샷건을 꺼냈다.

샷건에 사용하는 산탄은 저왕전에서 대활약한 성시와 같은 종류였다. 성산탄이라고 명명할까.

나는 「폭렬」의 연기가 사라지기 전에 샷건을 마왕에게 쏘았다.

덤으로 「가속문」 마법을 병용해서 위력을 올렸다.

굉음보다 빠르게, 마력 과충전 상태의 성산탄이 마왕에게 닿았다.

그것을 막고자, 마왕 앞에 비늘 모양의 작은 방패 무리가 나타났다.

그러나 성산탄은 한순간에 그것을 쳐부수고, 그 너머에 있던 마왕의 몸에 빨려 들어갔다.

파란 소형탄의 비가 마왕의 하반신에 바람구멍을 뚫었다.

다행히도 「절대 마법 방어」와 「절대 물리 방어」는 동시에 못 쓰는 모양이다.

"과연— 나의 주군."

마왕은 성산탄의 직격을 받아 하반신을 잃고서도, 하얗게 발광하는 글레이브를 나에게 휘둘렀다.

나는 성검 듀랑달로 글레이브의 축을 때려 난을 벗어났다.

성검 듀랑달마저도, 하얀 빛이 닿은 부분이 깔끔하게 소멸했다.

이 빛을 쏘아내는 기술이 있다면 좀 위험했을지도 모른다. 축 부분까지 효과가 없어서 다행이군.

나는 검 끝이 소실된 성검 듀랑달을 스토리지에 수납하고, 전에 만든 오리하르콘제 자작 성검을 꺼냈다.

성검 듀랑달은 성구로 수리할 수 있지만, 괜한 틈을 보이고 싶지 않으니까 수리는 나중에 한다.

"후후후, 설마 총 같은 골동품을 그런 식으로 사용하다니! 실로 유별난 분 다우시군."

흠, 끝판왕 씨는 유별난 사람이라.

성가시니까, 「삼라만상」으로 만들어낸 구슬 나머지를 성산탄으로 파괴해뒀다.

"그러나, 제 진심은 이 정도가 아닙니다만?"

마왕은 하반신을 잃은 상태에서 하늘로 떠올랐다.

"『군단 소환』과 『삼라만상』, 그리고 『난심광란』을 아우르면, 이런 것도 할 수 있지요."

마왕의 몸에 세 번 보라색 빛이 흘렀다.

그것과 동시에, 굉장한 기세로 사막의 모래가 기묘한 형상의 마족으로 변했다.

모래에 「삼라만상」을 써서 마족의 묘판으로 변화시킨 건가?

아무리 그래도 너무 치트잖아.

만들어진 모래 마족들은 각자 중급 마족 클래스의 레벨과, 광란 상태를 통한 공격력 300퍼센트 상승이란 덤이 붙어 있었다.

놈들 가까운 곳에 유리처럼 반짝이는 모래가 떠올라 있었다. 아마도 내 레이저 대책이겠지.

상대 쪽 준비를 기다리면 귀찮아질 것 같고, 모래 마족에게서 소재를 취할 수도 없을 것 같아 단숨에 섬멸하기로 했다.

조금 상공으로 이동했다. 지상에 있는 모래 마족들이 휘몰아 치는 모래로 만들어진 창을 던졌지만 자유 방패로 문제없이 막 았다.

다섯 발 정도로 자유 방패가 한 장 깨지니까, 수가 늘어나면 성가시겠어.

─어디, 관찰은 이 정도면 되겠지.

나는 공중에서 스토리지에 담아둔 바닷물을 꺼냈다.

교사 100개 분량이 넘는 대량의 바닷물을 재료로 두루마리에 서 배운지 얼마 안 되는 물 마법 「해일」을 썼다. 상급 물 마법인 「해일 소환」은 장소를 가리지 않고 쓸 수 있는 마법이지만, 중 급은 바다나 호수처럼 수원 근처에서만 쓸 수 있다.

열사에 닿아서 일부가 증발했지만, 그 압도적인 질량이 모래 마족을 무너뜨렸다.

물론 대미지를 준 것뿐이지 쓰러뜨리진 못했나 보다.

"오오, 과연 마를 다스리는 자! 사막에서 굳이 해일이라! 내게 는 없는 발상을 하시는군!"

마왕이 감탄의 말을 하면서 거창하게 놀랐다. 미묘하게 바보 취급을 한 것 같은데.

나는 이어서 해일에 휘말린 모래 마족에게 「빙결 공간」을 써서 동결시키고, 더욱이 「폭렬」 마법을 거듭해 얼음과 함께 모래 마족을 산산조각 냈다.

본래 모래니까 효과가 없지 않을까 생각했지만, 문제없이 쓰러뜨렸다.

"무척 시원하군. 도저히 사막 같지 않아."

하반신을 재생시킨 마왕이 연극조로 숨을 들이켰다.

아무래도 아까 그 모래마족들은 마왕이 하반신을 재생할 시간을 벌기 위한 거였나 보다.

다음 주문을 위해서도 화염 폭풍으로 얼음을 증발시켜두자.

증발한 물이 하늘에 두꺼운 구름을 만들었다. 천공에 휘몰아치는 먹구름 사이에서 번갯불이 흐르고, 천마의 최종 결전 같은 분위기가 되었다.

이제 그만 정보는 충분하지만, 다시 한 번 정도 마음을 고칠 생각이 없는지 확인해 보자.

"마지막으로 한 번 더 묻는데, 성직자에게 손대는 걸 그만 둘 생각은 없나?"

"없습니다. 당신에게는 부처 귀에 설법일지도 모르지만, 신전을 부수고, 신관이나 무녀를 죽이고, 신앙을 빼앗는 것은 신들의 힘을 깎아내기 위해 필요불가결이지요. 신들과 싸우려면, 신력의 근원이 되는 신앙심이나 기도, 그리고 신들을 형성하는 『신은 절대적인 선』이라는 잘못된 인식을 부술 필요가 있습니다."

이쪽 신들도 그리스나 북유럽의 신들처럼 바람이나 부조리한 짓을 하는 건가?

　"어째서, 그렇게까지 신을 혐오하지?"

　"그것 또한 새삼스럽지요. 그들은 이 별의 사람들을, 자신의 힘을 증폭시켜 신의 계위를 올리기 위한 가축─ 아니, 비료 정도로만 생각하고 있습니다."

　마왕이 팔짱 낀 팔을 손가락으로 두들기면서 말하기 시작했다.

　"자신들에게 도움이 안 되는 문명이 발전하고자 하면, 내우나 외환을 부추겨 없애고, 사람들이 신을 바라도록 가혹한 재해를 일으킨다."

　증오의 빛을 눈동자에 깃들이고, 마왕이 어두운 미소를 지으며 말을 이었다.

　"신탁으로 재해가 온다는 것을 알려주면서도, 스스로 재해를 막으려는 일은 하지 않고 사람들이 기도하는 것을 바라보기만 할뿐. 그리고 사람들이 절망하는 순간을 재다가 손을 뻗는다."

　마왕이 깊은 한숨을 내쉬면서 고개를 옆으로 저었다.

　"그런 자작극이 극에 달한 무능한 전능자들을 제거하고자 생각하는 것은 당연하지 않습니까?"

　마왕의 말을 그대로 믿는 것은 위험하지만, 분명히 부합하는 점이 많다.

　과거에 용사나 전생자들이 있었다면, 좀 더 과학이 발전했어도 좋을 텐데.

　적어도 종이가 그렇게 보급되어 있는데 활판 인쇄가 없는 건 너무 부자연스러워. 비공정을 많이 못 만든다면 기구나 비행선 정도는 만들 수 있을 거고, 열기구 같은 건 불 마법사가 한 명 있으면 날 수 있을 텐데.

"나는 우신(愚神) 놈들의 족쇄에서 사람들을 해방하고, 그들에게 진정한 자유를——."

내가 생각하는 동안에도, 마왕이 계속 말했다.

그러나 갑작스런 난입자 때문에 구두의 마왕과 대화는 거기서 끝나버렸다.

◆

"——웬 놈이냐!"

마왕이 외치며 무영창 불 마법을 쏘았다.

내 화염 폭풍에 필적하는 업화의 폭풍이 공중의 한 구석에서 부자연스럽게 소멸했다.

——왜곡?

하늘에 사람 모양의 윤곽이 생기더니 하나의 형상을 만들었다.

모습을 드러낸 것은, 이런 장소에 어울리지 않는 대여섯 살의 어린 소녀였다.

——아니야.

결코 그냥 어린 소녀가 아니다.

왜냐하면, 그녀에게서 느껴지는 존재감은 마왕조차 가볍게 능가하니까.

그 모습을 보니, 마음 속 깊은 곳이 떨린다.

위압감이나 경외하고도 다르다.

—환희.

그리운 상대하고 재회했을 때와 비슷한 신기한 기쁨이 흘러넘친다.

AR표시로 소녀 옆에 「정체불명」이라고만 떴다.

만난 적이 없을 텐데, 어디선가 본 것 같은 얼굴이다.

"설마, 내 주군 앞에 스스로 나타나다니! 겁쟁이인 네놈답지 않구나— 파리온!"

마왕이 또 다시 전봇대 사이즈의 불꽃 창을 몇 개나 날렸지만, 어린 소녀가 가볍게 손을 한 번 휘두르자 사라져 버렸다.

이 소녀가 용사를 소환하는 파리온 신인가?

"마왕의 헛소리에 귀를 기울이면 안 된답니다."

어린 소녀는 마왕의 공격을 개의치 않고, 나를 내려다보며 생긋 웃었다.

"이놈, 파리온!"

마왕이 아까 그 「연소」의 구슬을 만들어, 글레이브의 칼날로 바꾸어 소녀를 베어 버렸다.

소녀는 종이공작의 모형처럼 한순간에 타올랐다.

—어라? 신은 약한가?

"실례잖아요? 나의 용사. 이 모습은 마왕에게 농락당할 것 같은 당신을 구하기 위해 만들어낸 임시 그림자입니다."

그렇게 정정하면서, 어느샌가 모습을 재생시킨 소녀가 타일렀다.

혹시 마음을 읽고 있지 않아?

"내 주군이 용사라고?"

"당신은 조금 입 다물고 있어요."

마왕이 공중에 나타난 그림 한 장에 갇혀 버렸다.

그걸 보고 떠올랐다.

어디서 본 얼굴이다 싶더라니, 공도에 있는 박물관의 그림 속에서 손을 흔들던 소녀다.

판타지한 그림이라고 생각했는데, 진짜배기 초상현상이었구나!

—그냥 초상현상도 아니고, 신이었다니.

"이제야 떠올려 줬네요."

기다려. 그 시점에서 나에게 접촉했단 건 나나시의 정체가 사토라는 걸 알고 있다는 건가?

"그래요, 왜냐면 나는 계속 당신 곁에 있었으니까."

설마, 신이 스토커였다니.

"너무해라. 하다못해 수호령이나 수호신이라고 해주면 좋겠어요."

마음의 소리와 대화하는 건 그만두시죠.

아차, 그런 것보다 물어보고 싶은 게 있다.

"신이여, 당신은 마왕이 말한 것처럼 문명을 억제하고 있나요?"

"적어도 **나**는 사람들의 생활에 흥미가 없어요. 내가 흥미를 가지는 건 언제나 당신뿐이니까."

뭔가 은근히 넘어가는 기분인데.

이건, 좀 더 캐물어야겠어.

"활판 인쇄나 열기구 따위가 전파되지 않도록, 인심을 조종하지는 않는다?"

"하는 신도 있었나 봐요? 하지만, 활판 인쇄를 저해하는 건 어째서일까? 지구에서 최대의 베스트셀러는 뭐죠? 떠올려 봐요."

베스트셀러라면 그건가?

그렇다면, 저해하는 신의 목적은 뭐지?

"그러면, 재해를 일으키거나, 자작극으로 신앙심을 모으지는 않는 건가요?"

"**나**는 안 했지만, 다른 신들은 했던 모양이에요. 천재지변의 조절이 어려웠는지, 중간부터 서로의 사도나 신도에게 대리전쟁을 시키거나, 신도에게 부유섬을 내리고 지배를 대행시키면서 즐긴 모양이랍니다."

그녀는 어쩐지 남의 일처럼 말하며 작게 어깨를 으쓱거렸다.

분명히 신들이 할 법한 짓이지만…… 아까 헛소리라고 단언한 것치고는, 마왕이 하는 말을 긍정하고 있지 않나?

"그것도 마신이 『마왕』이란 원리를 만든 다음부터는 드물어요. 왜냐면 자기들이 안 해도 마신이 대신 『마왕』이나 『마족』 같은 **적절한 재해**를 일으켜주는걸. 신들은 아무것도 안 해도, 저절로 흘러 들어오는 신앙을 쬐면서 유유자적한 생활을 보내고 있어요."

뭔가 위화감이 있는데.

어린이용 그림책으로 읽은 신화에 나오는 파리온 신은 마왕이나 마족의 위협에 떠는 사람들을 위해 왕들을 설득하고 다니거나, 용신에게 부탁해서 용사 소환의 마법을 배우거나 하던 어린 여신이었을 텐데.

마왕을 가볍게 봉하는 강함이나 사람들의 생활에 흥미가 없다는 초연한 태도는 내가 아는 신화하고는 커다란 차이가 느껴진다.

그림책과 현실의 차이겠지만, 그 차이가 대단히 신경 쓰였다.

"알겠어요? 나의 용사. 당신은 언제까지나 당신이면 돼요. 내 옆에 나란히 설 정도로, 언제나 강하게 있어요."

그녀는 그것만 말하더니, 하늘에 녹는 것처럼 사라져버렸다.

〉칭호 「여신의 총아」를 얻었다.

◆

"으으으으으으으으으!"

공중에 떠오른 그림을 찢으면서, 구두의 마왕이 부활했다.

"완전히 속아 넘어갔다, 신의 변견!"

"그쪽이 멋대로 착각한 것뿐이잖아?"

그림 속에서 꽤 힘들었는지, 신사 같던 아까까지의 모습과 달리 만신창이다.

180센티미터 정도였던 몸이 2단 변신이라도 한 것처럼 신장 5미터의 거대한 늑대인간 같은 모습으로 변했다.

드러난 송곳니로 당장이라도 물어뜯을 기세다.

"야, 마왕."

"시끄럽다! 닥쳐라, 번견!"

마왕이 외침과 동시에 「분해」의 브레스를 뿜어냈다.

치사의 브레스를 자유 방패로 막았지만, 고작 한순간만 버티고 파괴되어 버렸다. 섬구를 써서 브레스의 범위 밖으로 피할 때까지 시간 벌기밖에 못하네.

역시, 영창 스킬을 익혀서 상급 마법을 쓰지 못하면 정말로 강력한 공격은 막을 수 없나본데.

"지구에서 가장 많이 팔린 베스트셀러가 뭔지 아냐?"

험악한 태도의 마왕에게 묻자, 뜻밖에도 대답을 해줬다.

"흥, 성경 아닌가? 아니면 모 주석 어록이나 꾸란을 들고 싶은가?"

그래, 활판인쇄의 은혜를 가장 크게 입은 건 성경처럼 사상을 퍼뜨리기 위한 책이란 말이지.

마왕은 양손의 손톱을 칼날처럼 뻗어서, 그 손톱에 「삼라만상」의 「소멸」을 깃들였다.

"그러니까―."

굉장한 박력으로 다가오는 마왕의 공격을 회피하면서, 광기와 증오에 물든 그의 얼굴을 올려다보며 말했다.

"왜 이 세계의 신전은, 지구만큼의 권력을 못 가진 걸까?"

"그게 무슨……."

내 말을 부정하려고 부르짖던 마왕이, 중간에 말문이 막혔다.

내가 하고픈 말을 이해한 모양이군.

그렇다. 신들의 목적이 신앙심을 모으는 것이라면, 신권 국가나 종교 국가가 만연하지 않으면 이상하다.

시가 왕국도 사가 제국도, 일본인이 건국했기 때문에 신앙의 자유가 있다.

신이 실재하는 세상이라면, 신이 뒤를 봐주는 나라가 있어도 이상하지 않단 말이지.

그러나 내가 아는 한 파리온 신국이나 갈레온 동맹, 테니온 공화국 3국을 제외하면 종교 국가는 존재하지 않는다. 그리고, 그 나라들은 모두 중견 국가지만 대국이라고 할 수는 없다.

신이 뒤를 봐준다면, 과거에 세계를 통치했던 라라키에 왕조처럼 더욱 강대한 국가가 되었어도 이상하지 않다.

적어도 마왕을 간단히 그림에 가둘 수 있는 신이 있다면, 시가 왕국을 침략하는 것은 일도 아닐 테니까.

그리고 이야기를 되돌리면, 포교에 가장 편리한 경전을 양산하기 위한 활판 인쇄가 보급되는 걸 막는 이유는 신에게는 없을 거란 말이지.

만약 막을 이유가 있는 자가 있다면, 그건—.

"그러니까, 네놈은, 문명의 진보를 막고 있는 것이 내 주군이라는 거냐!"

"다른 제3자의 가능성도 조금 있지만 말야. 신들에게 적대하는 자가 보급을 방해한다고 생각하는 편이 이해하기 쉽지 않아?"

"말도 안 된다……."

이건 설득할 수 있을법한데.

"그러면, 정말로 쓰러뜨려 마땅한 상대는—."

마왕이 말하는 도중에, 그의 몸에서 보라색 빛이 흘러넘치고 어두운 보라색의 목걸이가 구두의 목에 나타났다.

"이 목걸이는 뭐냐!"

마왕이 목걸이에 손을 뻗었지만, 그 손은 목걸이를 통과해 버렸다.

저 사슬은 「신의 조각」과 같은 존재인 모양인지, 「삼라만상」의 소멸의 힘이 깃든 마왕의 손톱도 그냥 통과해 버려서 찢어낼 수가 없는 모양이다.

"생각났다……. 생각났어! 나는 그 녀석의—."

마왕의 외침과 동시에, 어두운 보라색의 목걸이에서 같은 색의 사슬이 뻗어 그를 칭칭 옭아맸다.

"—크으으으으으으으으으으으."

어두운 보라색 사슬이 그를 옥죄고, 사슬 위에 문자 그대로의 색을 띤 자전(紫電)이 흘렀다.

AR표시되는 마왕의 체력 게이지가 어마어마한 속도로 줄어들었다.

혹시, 마왕은 흑막 씨한테 조종당했을 뿐인가?

"그러타면, 내가 해온 이른? ……이 기나긴 투쟁의 나날은 잘못됐던 거시냐아!?"

사슬이 조이는 힘과 자전을 버티면서 마왕이 외쳤다.

기분 탓인지, 말투가 이상해져 가는데.

그러고 보니 싸움에 들어가기 전에, 마왕이 몇 번이나 마신에게 살해당한 적이 있다고 했었지.

"크르르르르우, 무어슬 위해, 울부짖는 무녀들을 이 손으로 죽인거시냐? 신에 대한 신앙을 버리지 않는 소박한 농미늘 이 손으로 주긴거스으으은."

마왕이 피눈물을 흘리면서 절망의 외침을 질렀다.

"나, 나는 도탄에 빠져 괴로워하는 사람들에게, 자유를 주고 시퍼쓸 뿐이어따. 레이아—."

마왕의 눈이나 입에서 어두운 보라색 아우라가 넘치고, 놈의 표피가 울퉁불퉁하게 파도 쳤다.

혹시, 위험한 느낌 아니야?

진실을 깨달아 버린 탓에 「감정에 휩쓸려 미쳐 날뛰는 마왕으로 추락」해버릴 상황이 틀림없다.

일단 이성을 되찾아야해.

"진정해라, 마왕!"

아아, 이런 말로 진정할 리가 없잖아.

아무래도 나도 조금 초조한 모양이군.

"나는, 냉저엉하다. 그렇고말고 냉정침착하안, 원초의 마왕이다아!"

외치는 것과 동시에, 마왕이 거대화했다.

거대화와 동시에, 늑대인간 스타일에서 4족보행의 짐승 그 자체로 모습이 변했다.

—WZZZAOOOOOOOOHYN.

낮의 하늘에 떠오른 달을 향해서, 증오와 광기가 담긴 포효를 질렀다.

듣기만 해도 이쪽까지 불안정해질 것 같은 소리다.

"진정해! 마음을 단단히 먹어!"

몇 번이고 소리쳤지만, 나에 대한 반응이 없다.

이제, 뭘 말해도 내 말이 닿지 않는 모양이다.

—하는 수 없지.

두들겨 패서 제정신으로 돌려놓자.

섬구로 256방향에서 「폭렬」을 난사하고, 16방향에서 성산탄 사격을 섞어 때려 박았다.

지형이 굉장해졌지만, 모래니까 바람 불면 본래대로 돌아가겠지.

더욱이 먹구름에서 불러낸 128개의 「낙뢰」 마법을 때려 박았다.

〉칭호 「포악한 파괴자」를 얻었다.
〉칭호 「섬광의 사수」를 얻었다.
〉칭호 「암운의 뇌술사」를 얻었다.
〉칭호 「폭풍의 마술사」를 얻었다.

어쩐지 중2병 같은 칭호가 이것저것 생겼지만, 신경 쓸 틈이 없으니 무시했다.

아무래도 마왕의 위협도 평가는 마법보다 성산탄이 위인가 보다. 「절대 물리 방어」를 쳐서 성산탄을 받아내고, 다른 마법 공격은 비늘 모양의 작은 방패 무리와 무수한 권속들에게 막도록 할 모양이다.

이성을 잃고 「미쳐 날뛰는 마왕으로 추락」해도, 본능으로 전투는 가능한가 보군.

—WZZZAOOOOOOOOHYN.

마왕의 포효와 동시에 백은의 브레스가 날아왔다.

빙설의 속성을 부여한 모양인지, 모래 언덕이나 모래 위의 거대한 바위를 한순간에 얼려버렸다. 그리고 브레스가 만들어낸 얼음의 오브제들은 바람과 함께 분해되어 사라졌다.

아무래도 절대영도 같은 초저온 브레스인가 본데.

"—우와 위험해라."

나는 섬구로 회피했지만, 예비동작 없이 위험한 공격을 하니 간담이 서늘하군.

—AWOOOOOOOOOWNN.

마검을 입에 문 권속들이 공격해오지만, 마왕 본인이 아니면 여유롭게 처리할 수 있다.

설령 그 마검이 「삼라만상」의 「소멸」 효과를 띤 것이라고 해도 맞지만 않으면 문제없어.

"타올라라."

처음과 마찬가지로 「화염 폭풍」의 마법을 써서 권속들을 태워버렸다.

물론 이번에는 불태우든 쓸어버리든, 마왕이 「권속 생성」이나 「군단 소환」으로 계속 추가한다. 묻지도 따지지도 않고 보충되다니, 전에도 말했지만 그런 건 왕코소바면 충분하다고.

"먹어라."

폭렬의 불꽃이나 연기에 뒤섞여서 마력 과잉 충전 상태인 성산탄의 비를 때려 박았다.

마왕을 제정신으로 되돌리고자 계속 두들겨 패긴 하는데, 상황은 신통치 않았다.

"―앗, 위험해라."

성산탄의 가속용 「가속문」을 120개 사용했더니, 위력이 너무 올라가서 파란 레이저의 비 같은 것이 되어 마왕의 몸을 증발시켜 버렸다.

"너무 지나쳤나?"

무심코 중얼거리며 머리를 긁적였다.

그러나 시선 끝에 사막을 붉게 물들인 피에서 보라색 그림자가 피어오르더니, 본래의 네발짐승 스타일로 부활해 버렸다.

"으에엑, 과연 마왕⋯⋯."

전에 쓰러뜨린 「황금의 저왕」과 마찬가지로, 한 번 쓰러뜨린 정도로는 의미가 없는 모양이다.

역시 마왕은 만만치가 않네.

"크하, 크하흐하하하, 이런 세상 따위, 멸망해버려어라아."

어이쿠, 말이 부활했다.

아무래도 두들겨 팬 건 의미가 있긴 했나 보군.

"신도 사람도 마도 세상도, 평등하게 멸망해버리면 되는 거시다아! 『신식마랑(神喰魔狼)』."

좀 기다려봐라, 마왕. 옥쇄나 상심자살은 그만둬. 그리고 언제 개에서 늑대가 됐냐?

"—뭐지?"

마왕을 중심으로, 어두운 보라색 돔 형태의 빛이 생겼다.

반투명한 돔은 순식간에 마왕을 감싸더니, 거기서 그치지 않고 천천히 사막과 하늘로 퍼졌다.

바람이 돔을 향해 불기 시작했다.

가만 보니, 돔에 닿은 모래나 바위가 물에 녹는 설탕처럼 사라졌다.

"혹시?"

스토리지에서 꺼낸 철 창을 던져봤는데, 돔에 닿은 부분부터 증발하는 것처럼 사라져 버렸다.

"이건……."

아무래도, 보이지 않게 되는 게 아니라 정말로 소멸하는 모양인데.

「삼라만상」의 「소멸」의 효과가 있다면 대처가 어려워.

아까부터 부는 바람도, 돔에 닿은 공기가 소멸한 탓에 생긴 기압 저하가 원인이겠지.

"좀 위험할지도 모르겠는데."

저 녀석이 말한 것처럼 정말로 세상을 통째로 멸망시키는 게 가능할 것 같은 느낌이다.

돔이 퍼지는 움직임은 느리지만, 사막이 구 모양으로 소멸해 간다.

—WZZZAOOOOOOOOHYN.

반투명 돔 너머에서 마왕이 하늘을 향해 짖었다.

마왕이 보는 곳에, 낮의 하늘에 떠오른 하얀 만월이 보였다.

혹시 저 녀석은 달을 향해 울부짖고 있는 건가?

"그러, 면. 구경하다간 손쓰는 게 늦을 것 같으니까 내가 할 수 있는 일을 해보자."

나는 중얼거리면서 메뉴의 마법란을 열어 적당한 마법을 찾았다.

시험 삼아 「마법 파괴」를 걸어봤지만, 마법하고는 원리가 다른 건지 「마법 파괴」 자체가 소멸해 버렸다.

이어서 「마력 강탈」로 마력을 빼앗으려고 시도해봤지만, 그것에 선행되는 마소가 소멸해 버려서 잘 안 된다.

성산탄이나 집속 레이저도 빨려 들어가기만 하고 효과가 없었다.

신검이라면 대처할 수 있을 것 같지만, 칼날의 길이를 봐서 내 몸이 먼저 분해되어 끝날 것 같단 말이지.

"특공하는 취미는 없고. 어떻게 하면 될까—."

나는 「신식마랑」을 발동한 마왕을 관찰했다.

마왕을 감싼 반투명한 돔은 꾸준히 같은 속도로 퍼지는 게 아니라, 어두운 보라색의 파문이 표면에 흐를 때 퍼지는 모양이다.

—응?

돔이 모래 위의 커다란 바위를 삼킬 때, 돔이 퍼지는 속도가 둔화했다.

"시험을, 해볼까."

스토리지에 대량으로 있는 잔해나 바닷물을 때려 박았더니, 아까 그 바위 때처럼 확대 속도가 떨어졌다.

대질량을 갖다 박으면, 돔에 의한 물질 소멸 처리 속도가 따라잡지 못하고 일시적으로 돔이 좁아지는 모양이다.

"이거라면 될려나?"

맵 안에 아무도 없는지 다시 체크했다.

제법 오랜 시간 천재지변이 이어진 탓인지 맵 안에는 아무도 없었다. 땅벌레나 모래 언덕 전갈 같은 마물은 있지만, 인적 피해가 없으면 뭐 괜찮겠지.

"일단은 주변 피해를 억제할까—."

나는 스토리지에 수납했던 도시 핵의 단말을 손에 꺼내, 도시 핵 본체에 내 계획이 실행 가능한 것을 확인하고 실행했다.

"좋아, 다음은—.

나는 메뉴의 마법란을 열어서 **잠금을 걸었던 마법**을 선택했다.

준비를 마친 나는 멸망을 바라는 불쌍한 마왕을 올려다보았다.

"—체크메이트야. 다음 인생은 평화롭게 살아라."

말이 닿지 않는 건 알지만 그렇게 말하고, 선택한 마법을 발동시켰다.

나는 모든 것을 마치고, 대사막의 경계로 「귀환전이」했다.

"여기서부터도 보이네……."

까마득히 멀리 떨어진 여기서도, 마왕이 만들어낸 어두운 보라색의 돔이 희미하게 보였다.

공간 마법 「멀리 보기」로 확인하니, 얼마 안 되는 시간에 범위를 늘려서 이미 반경 1킬로미터 가까운 사이즈로 퍼졌다.

이대로 방치하면 마왕이 말한 것처럼 세상 모든 것을 집어삼키겠지.

그러나—.

그것은 실현되지 않는다.

나는 하늘 너머를 올려다보았다.

그리고, 잠시 시간이 지나자 허공 너머에서 그것이 찾아왔다.

먹구름을 찢어내고.

빛의 꼬리를 끌면서.

굉음과 함께 별이 내린다.

유성우— 과거에 용의 계곡을 멸망시키고 최강의 용신마저 죽인 최강의 마법이다.

지평선 너머에서, 대질량 운석이 어두운 보라색의 돔에 명중했다.

그러나 바위산 같은 거대 운석을 받아내고서도 돔의 빛은 사라지지 않았다.

─응, 예상한 범위 안이야.

어두운 보라색 돔을 향해서 별이 내린다.

사라지든 부서지든, 별은 계속 내린다.

총계 천 개가 넘는 거대 운석이 사막에 쏟아져 내리자, 이윽고 어두운 보라색 빛이 크레이터 바닥으로 사라졌다.

〉칭호 「마왕 살해자 『구두의 고왕』」을 얻었다.
〉칭호 「땅을 찢는 마술사」를 얻었다.
〉칭호 「하늘을 무너뜨리는 마술사」를 얻었다.

"……후우, 잘 돼서 다행이야.

온갖 물질을 소멸시키는 어두운 보라색 돔도, 이 정도 대질량의 연타를 받으면 견디지 못하고 그 안에 숨어 있던 마왕을 노출시키는 수밖에 없었나 보다.

시야 구석의 로그가 굉장한 속도로 흘렀다.

맵 안의 적을 모두 섬멸했으니 「전리품의 자동회수」 발동 조건을 충족시킨 거겠지.

나는 로그의 확인을 미루고, 황토색으로 물든 하늘을 올려다보았다.

대질량 운석의 비 때문에 피어오른 모래먼지가 주변 나라에 악영향을 끼칠 걱정은 필요 없었다.

내 지배하에 있는 도시 핵들에게, 모래먼지를 진정시키는 결계를 사막 전체에 전개하도록 했다.

도시 핵의 수에 비해 대사막이 너무 넓으니까 조금은 모래가 새어나갈지도 모르지만, 조금이라면 각각의 나라에서 어떻게든 해줄 거야.

마왕이 날뛰는 것보다는 낫겠지.

◆

"졌네?"

"그 녀석이 방해해서 그래."

"너무하네에."

"아우, 괴로워?"

"이상하네, 비틀비틀거려."

"비틀비틀~."

"지쳤어~."

"흔들린다아~."

"돌아갈 수 있어? 돌아가자아."

―못 돌아가거든?

유성우가 만든 크레이터 바닥에 나타난 어두운 보라색 빛―「신의 조각」을, 검은 아우라를 두른 신검으로 가볍게 처리했다.

이번에는 부서진 빛을 감시했으니까, 보라색 빛이 신검에 빨려 들어가는 걸 확인했다.

역시 신검은 봉인구 같은 역할도 겸하는 건가?

그걸 생각하는 동안 신검의 검은 아우라가 생물처럼 꿈틀거리며 내 마력을 빨아들이기 시작하기에 재빨리 스토리지에 되돌렸다.

이 검은 아우라를 어떻게 할 방법을 찾지 않으면 신검으로 장시간 전투를 할 수 없다.

그건 그렇고―.

그 사악하게 느껴지는 「신의 조각」은, 사람의 몸에 깃들어 유니크 스킬이라는 초상적인 힘을 미끼 삼아 사람을 마왕화시키는 누군가의 함정인가?

아니면 딱히 사악한 의도 따위 없이, 지나치게 커다란 힘에 빠진 자가 멋대로 파멸하여 마왕이란 존재로 타락해 버리는 것뿐일까?

어쨌든지, 가볍게 사용하면 파멸을 부르는 건 틀림없군.

아리사한테는 앞으로도 유니크 스킬을 쓰지 못하게 말을 해둬야겠어.

"―응?"

어느샌가 내 앞에 어린애 하나가 있었다.

레이더에 비치는 광점은 하얀 색이고, AR표시되는 이름은 「크로우」였다.

―이 이름은 들어본 적 있다.

탐색자 길드에 나타난 보라색 개 수인 소년이었다.

아니, 그가 입은 펑퍼짐한 판초 아래로 보이는 손은 인간족의 손이다.

다시 말해서, 개 수인이 아니라 개머리 종족.

그게 의미하는 건—.

『—고오오.』

크로우 소년이 이쪽을 올려다보았다.

가만 보니, 그의 몸 너머에 사막이 비쳐 보였다.

그러고 보니 탐색자 길드에서 그가 유령처럼 사라져 버렸다고 했었지.

『고마, 워어.』

크로우 소년이 노이즈가 뒤섞인 소리로 말했다.

이건 신화시대 언어 같았다.

『뒷일은 맡긴다—.』

그 의미심장한 말을 남기고, 크로우 소년의 몸은 사막에 부는 바람에 녹아드는 것처럼 사라져 버렸다.

지금 그 발언으로 생각하면, 그가 「구두의 고왕」으로 변하기 전의 모습일지도 모르겠군.

혹시 신기루 안에 나타났던 보라색 그림자도 마왕으로 부활하기 전에 떠돌고 있던 크로우 소년의 영혼이었을지도 모르지.

그렇게 생각하면 미궁도시의 독기가 없었던 것도, 「구역의 주인」을 토벌했을 때 독기가 묘한 움직임을 보인 것도 마왕 부활의 전조가 아니었을까 생각된다.

뭐, 이제 와서 눈치채도 의미가 없지만.

"그건 그렇고— 그렇게 후련한 표정으로 뒷일을 맡겨도 곤란하거든."

뭐, 내가 짊어질 의리는 없지.

마왕이니까, 시간 지나면 멋대로 부활하겠지.

성불한 것 같은 느낌도 들지만, 마왕이 그렇게까지 기특할 리 없어.

아까 느낀 바로는 「신의 조각」이 빠져나가 제정신으로 돌아온 모양이니까, 자기 뒷처리는 자기가 하라고 하자.

그럼, 마왕도 정리했고 대강의 정보도 회수했다.

이제부터는 마왕이 말했던 내 상위호환 같은, 흑막 같은 존재에 대한 대응인데…….

솔직히 말해서 가능한 한 다가가기 싫군.

하지만 게임이라면 구두를 쓰러뜨린 게 흑막 이벤트 개시 분기점이 되는 게 정석이다.

이 세계는 게임 같을 뿐이지 게임은 아니지만, 언젠가 나타날지도 모르는 상대용으로 대항 수단을 준비하는 정도의 조심성은 필요하겠지.

최강의 신이라는 용신을 쓰러뜨린 「유성우」의 연타를 쓰면 이길 수 있을 것 같기도 하지만, 그걸 했다간 내가 세상의 적이 되어버릴 것 같고, 조커 포지션의 신검은 장시간 전투에 부적합하다.

뭔가 단일개체 상대로 위력이 높은 마법이나 무구를 개발해야겠군.

뭐, 그건 지금 당장이 아니다.

다들 걱정할 테니까 얼른 돌아가자.

어쩌면 벌써 「계층의 주인」을 쓰러뜨려 버렸을지도 모른다.

만약을 위해, 유성우의 흔적이 「전리품의 자동회수」로 스토리지에 수납된 것을 확인한 다음에 미궁으로 귀환했다.

『계층의 주인』토벌

<ruby>계층의 주인<rt>플로어 마스터</rt></ruby>

"아리사입니다. 아무리 그래도 중간 보스랑 대결하려고 했는데 끝판왕이 나오는 건 망겜이라고 생각해. 운명을 관장하는 신한테 큰 소리로 말해주겠어! 난이도 조정은 엄청 중요하다고!"

"마, 마왕⋯⋯."

레벨 140?

기다려, 개 머리의 마왕?

―아니야.

눈앞에 있는 이 녀석은 마왕 같은 어설픈 상대가 아니다.

이 녀석은 신화에 기록된 녀석이다.

전세계의 신전을 불사르고, 지상에 강림한 신의 사도들을 먹어 치운 사신.

신의 군단과 싸우고, 용을 물리친 마신의 사도.

그게, 어째서 이런 곳에?

혹시, 내가 있어서?

내 고향에서, 이 보라색 머리칼이 불행을 부르는 불길한 색이라고 했다.

그런 불길한 색을 가진, 내가 있으니까 이런 곳에 마왕이 나타났어?

내가, 없었으면…….

나쁜 방향으로 루프하려는 내 머리를 주인님이 상냥하게 끌어안아주었다.

"아리사, 괜찮아."

주인님이 작은 소리로 격려해주었다.

그 목소리에는 전혀 공포가 없었다.

"……응."

간신히 목소리를 냈다.

그렇지! 떨고 있을 때가 아냐!

내가 주인님과 모두를 지켜야 돼!

유니크 스킬 「불요불굴」과 「전력전개」를 병용해서 차원 너머로 추방해 주겠어.

한 번으로 무리라면— 몇 번이라도.

이 힘을 준 신이 말했다.

사용 회수의 제한은, 영혼의 리미터.

그렇다면, 내 영혼을 전부 써도 좋아. 좀 더 알콩달콩 하고 싶었지만, 친구들과 사랑하는 상대를 구하기 위해서라면 싼 대가야.

이번 생은 나쁘지 않았어. 지금이라면 웃으면서 죽을 수 있어.

가능하면 내세에서도, 이 낙천적인 주인님 곁으로 전생하고 싶어.

심호흡을 하고, 유니크 스킬을 발동— 어?

갑자기 눈앞의 광경이 바뀌었다. 주인님의 축지다.

한순간에, 나는 나나 일행이 있는 장소까지 이동되어 버렸다.

내 무모한 주인님은 혼자서 싸울 생각이 틀림없어.

◆

"어, 얼른 찾아야 돼!"

마왕과 함께 전이해 버린 주인님을 공간 마법으로 찾아봤지만 발견되지 않는다.

거짓말. 잘 아는 사람이라면 금방 발견할 수 있을 텐데!

"아리사, 『계층의 주인』입니다. 일단 후방으로 물러납니다."

리자 씨의 지령에 따라 다 함께 후방의 안전권으로 피난했다.

나는 리자 씨의 옆구리에 짐짝처럼 들려서 이동했다.

그런 대우에 불평을 할 시간도 아깝다.

나는 몇 번이고 탐색 마법을 써서 주인님을 찾았다.

딱 한 번 「전력전개」를 써서 탐색했지만 발견되지 않았다.

마치 이 세상에서 「사토」가 사라져버린 것 같았다.

"안 돼, 못 찾겠어."

나는 자기 힘이 부족한 것에 이를 악물었다.

"아까 그거~?"

"마족처럼 오싹오싹한 거예요!"

"아니야. 분명 마왕."

"그럴 수가?!"

"정말인가요? 미아."

미아도 알아본 모양이다.

"걱정 없어~?"

"그래도, 걱정되는 거예요!"

걱정 안 하는 건 타마 뿐인가 보다.

어째서 이 애는 이렇게까지 믿을 수 있을까?

루루도 얼굴이 새파래졌고, 리자 씨나 나나도 상대가 마왕이란 말에 차분함을 잃었다.

"정말이지, 진정하고 있는 건 타마 뿐이냐? 심호흡이다!"

어느샌가 가까이 다가온 스승들이 호통을 쳤다.

"들이쉬고~ 내쉬고~ 들이쉬고~ 들이쉬고~ 들이쉬고~."

더 들이쉬지 못해서 푸하 내쉬고 말았다.

하지만 조금 진정됐다.

"정말이지, 방벽은 언제나 냉정침착 하라고 말하지 않았니?"

"죄송합니다라고 사죄합니다. 마스터의 위기에 아무것도 못하는 자신을 어찌하지 못했다고 자기분석했습니다."

"정말이지. 사토는 이기지 못하는 상대와 자폭을 고르는 녀석이 아니지 않니? 그 녀석은 이기지 못하는 상대라면 아무 주저없이 도망칠 수 있는 남자야. 너희들을 두고 간 것은 아직 마왕과 싸우기에는 부족하다고 생각했거나, 너희들의 힘을 빌릴 것도 없이 가볍게 쓰러뜨릴 수 있다고 생각한 게 아니겠니?"

우우, 논리가 아니란 말야. 감정이 따라가고 싶었어!

"입막음을 했지만, 너희들이라면 괜찮겠지. 사토는 허공에서 만 단위의 거대한 해파리 마물을 한순간에 쓰러뜨렸다. 그 농담 같은 광경을 봤다면 사토의 걱정 따위 해봤자 바보 같은 일이란 걸 이해할 수 있는데 말이다."

―만 단위?

해수 구제라는 게 그런 무모한 규모였구나…….

스승들의 말에 귀를 기울이면서 끙끙거리고 있는데, 진도 3 정도 되는 흔들림이 간헐적으로 생겼다.

"흔들려~?"

"흔들흔들하는 거예요!"

"꺅, 꽤, 괜찮을까?"

"미궁은 튼튼합니다. 이 정도 흔들림으로는 무너지지 않는다고 단언합니다."

"이 흔들림은, 주인님과 마왕이 싸우고 있는 걸까요?"

내 공간 마법의 탐지권 밖에서 이렇게까지 지진을 일으키는 거면 거대 운석의 비라도 내리지 않는 한 무리야.

내가 세류 시에 도착하기 전에 본 유성군이 뇌리를 스쳤지만, 아무리 주인님이라도 그렇게까지 규격을 벗어나진 않았을 거야.

"아마 지진 아닐까? 대사막 경계 부근에 휴화산이 있었으니까 그게 분화한 걸지도 몰라."

그리고, 이 지진…… 길다.

진원지를 상상하는 게 무서운 수준이야.

◆

"다녀왔어. 걱정 끼쳐서 미안."

잠깐 장이라도 보고 온 태도로 그 녀석이 돌아왔다.

"어서오~."

"어서오세요인 거예요!"

""주인님!""

"사토."

"마스터, 무사 귀환을 축복합니다."

모두에게 둘러싸인 주인님의 미소가 너무나 평소 같아서 한 발 늦었다.

마왕은 어떻게 됐냐고 물었더니, 가볍게 「쓰러뜨렸어」라고만 대답했다.

쓰러뜨렸다니, 당신, 그렇게 간단히…….

그야 상처는커녕 옷도 안 찢어졌지만 말야.

그건 신화에 나오는 녀석이거든?

마왕의 영역 바깥쪽으로 삐쳐 나온, 규격을 벗어난 존재인 데…….

"오~ 저게 『계층의 주인』이구나."

주인님이 시선을 돌려서, 시련의 방 중앙에 유유히 서 있는 「계층의 주인」에게 눈길을 고정했다.

주인님과 교대해서 나타난 「계층의 주인」은 새빨간 번개를 몸 표면에 두른 「적뢰 오징어 황제」다.
썬더 스퀴드 엠페러

높이가 50미터를 넘어가는 커다란 몸에, 지면에서 꿈틀거리는 촉수도 그와 같거나 그 이상의 길이가 있었다.

"어쩔래? 날을 다시 잡아서 도전할래?"

주인님이 우리들을 배려하여 물었다.

끙끙거리면서 정신적으로 소모된 우리들의 컨디션을 생각해 보면, 날을 새로 잡아서 다시 싸우는 게 정석일지도 모른다.

하지만, 최강의 마왕이랑 싸우고서도 시원스런 주인님의 얼굴을 보고 있으니 도저히 그럴 생각이 안 들었다.

언젠가 주인님 옆에 서고 싶다면, 이 정도 일은 가볍게 넘어서지 못하면 안 돼.

"할래! 다들, 할 수 있지?"

다행이다. 다들 끄덕여 주었다.

태평하게 「계층의 주인」을 바라보는 주인님에게 거친 콧김을 뿜으며 선언하고, 모두에게 대전 상대의 정보를 설명했다.

"적의 이름은 적뢰 오징어 황제. 레벨은 59— 예상한 것보다 조금 높지만, 결코 손이 안 닿는 상대는 아냐."

동료들이 진지한 표정으로 고개를 끄덕였다.

오징어라고 하자 먹을 걸 연상할 법한 타마와 포치도, 입에 지퍼 포즈로 조용히 듣고 있었다.

"특수 공격은 물 마법이랑 전격. 둘 다 성가시지만, 가장 위험한 건 저 눈알이야. 매료의 사안 같으니까 얼른 뭉개버리자."

다행히 전에 쓰러뜨린 「구역의 주인」 불벼락 수사슴으로, 전격을 가진 강적과 싸우는 걸 경험했다.

라이트닝 엘더 스태그

이 녀석은 물 마법을 같이 쓰니까 물을 뒤집어써서 감전되지 않도록 해야겠다.

"루루, 맡겨도 될까요?"

"앗, 네! 열심히 할게요."

리자 씨가 루루를 지명했다. 응, 나도 찬성.

"하지만 몇 가지 상정했던 케이스 중에서 가장 쉬운 부류에 들어가. 제릴이 중층에서 싸웠던 『빙설 넝쿨 황제』처럼 『물질 투과 계통』 특수 능력을 가진 녀석이 아닌 건 행운이야."

"네. 우리들 전위의 공격이 효과가 있다면, 어제 의논했던 전투 방식을 쓸 수 있어요."

리자 씨에게 고개를 끄덕이고, 전투의 순서와 주의 사항을 전달한 뒤에, 미아와 둘이서 동료들에게 지원 마법을 걸고, 마지막으로 공간 마법「전술 대화」를 써서 전투 중에도 대화를 할 수 있도록 했다.

"좋아, 준비 완료."

내가 선언하자 과보호 주인님이 술리 마법인「마력 양도」로 나랑 미아의 마력을 모두 회복시켜 주었다.

늘 그렇지만, 어마어마한 마력량이야.

아까 역대 최강의 마왕이랑 싸운 주제에, 이렇게 마력이 여유가 있다니까.

"고마워, 주인님."

하지만, 언제까지나 보호를 받기만 할 수는 없어.

우리들도 일류의 탐색자라는 걸 가르쳐 주겠어!

『아리사, 모두 배치 장소에 도착했습니다.』

"오케이."

전술 대화를 통해서 리자 씨의 보고가 들어왔다.

전투를 시작하기 전에, 적뢰 오징어 황제의 상태를 재확인해 두자.

우리들이 배치 장소에 도착하는 동안, 적뢰 오징어 황제는 자기 주변에 솜사탕 같은 핑크색 안개를 띄웠다.

아무래도 전기를 띠고 있는지, 파직파직 터지는 소리가 들렸다.

섣불리 근접전으로 도전하면 감전사해서 종료란 거구나.

상층이라도 「계층의 주인」이라서 어중간한 적은 아니네.

세 방향으로 흩어진 타마, 포치, 리자 세 사람이 이쪽으로 손을 흔들었다. 정말이지 「계층의 주인」한테 발견되면 어쩌려고.

"미아, 모래 거인 준비를 시작해줘."

"응."

나는 옆에 있는 미아에게 말하고, 공간 마법인 「격납고」로 만든 아공간에서 수납해둔 대량의 모래를 땅으로 방출했다.

이 모래를 재료로 미아가 정령 마법의 의사 정령 창조로 「유사의 거인」을 만들어냈다.

모래가 아니라도 만들 수 있지만, 재료를 준비해두면 필요 마력이 격감한다니까.

모래 거인은 푸른 종자정령보다도 전격이나 타격에 강하니까, 초반의 방벽 역할을 맡길 셈이었다.

미아의 마력에 반응해서, 적뢰 오징어 황제가 움직였다.

"리자 씨도 준비 시작해줘."

"알겠습니다."

리자 씨가 용조창에 마력을 주입하고, 다른 전위진도 오리하르콘 합금제 성검에 마력을 주입했다.

성검용 청액이 마력 필터가 되는 건지 다들 검이 파랗게 빛나고, 나타나는 마인도 주인님의 성인처럼 파란 빛을 뿜었다.

주인님의 성인 스킬은 청액의 마력 필터 기능을 대체하는 건가봐.

『갑니다.』

대형 광장 반대쪽에 대기하고 있던 리자 씨가 적뢰 오징어 황제의 뒤통수에 말도 안 되게 커다란 마인포를 때려 박았다.

적뢰 오징어 황제가 한층 격렬하게 방전하면서 타겟을 미아에서 리자 씨로 바꾸어 몸을 돌렸다.

있잖아~ 분명히 작전대로긴 한데 리자 씨 기합 너무 들어갔어.

"나나, 조금 빠르지만 참전 부탁해."

『알겠다고 고합니다.』

우리들 후위 앞에 진을 치고 있던 나나가 대형 광장으로 발을 들였다.

도발은, 아직 이르다.

『이력의 창, 전력 발사라고 선언합니다.』

나나가 다섯 발의 「이력의 창」을 적뢰 오징어 황제에게 때려 박아 자신을 최우선 공격목표로 변경시켰다.

더욱이, 타마와 포치가 좌우에서 교대로 마인포를 때려 박았다.

이건 리자 씨랑 달리 상식적인 위력이었다.

그래, 그러면 되는 거야!

넷이서 순서대로 공격하며, 적뢰 오징어 황제를 우왕좌왕시키는 작전이 잘 되고 있었다.

게임에서도 레이드 보스에게 어그로를 주고받아 타겟을 바꾸는 드리블 릴레이를 자주 했지.

"……■ ■ ■ ■ ■ ■ 모래 정령 창조."

내 옆에서 미아의 정령 마법 영창이 완료됐다.

모래산이 변형하며 나타난 모래 거인이 적뢰 오징어 황제를 향해 성큼 움직였다.

적뢰 오징어 황제 주위에 방벽처럼 떠오른 전기 안개를 흡수하면서 태평한 표정으로 접근한다.

뭐, 모래 거인한테 얼굴이야 없지만.

―IKWAAAWH.

일정한 거리까지 다가간 모래 거인을, 적뢰 오징어 황제가 촉수를 들어 올려 위압의 포즈로 맞이하더니 중저음의 포효를 질렀다.

촉수 사이에서 전광이 반짝인 다음 순간, 귀가 아플 정도의 강력한 전격을 모래 거인에게 뿌렸다.

웃하아, 귀가 아파.

눈은 손으로 가렸지만, 귀가 키잉 울려서 안 들린다.

다음에는 방어구에 일정 수준 이상의 소리를 차단하는 기능을 달아달라고 해야겠어.

모래 거인은 그 정도 전격을 맞고서도, 태연하게 적뢰 오징어 황제를 향해 걸어가고 있었다.

그래도 30퍼센트 정도 체력이 깎인 모양이네. 전기 내성 타입의 의사 정령이 아니었으면 아까 그 일격으로 침몰했을지도 몰라.

『눈이, 눈이~ 인 거예요.』

아차, 포치는 정면으로 봐 버렸는지 눈을 누르면서 웅크리고 있었다.

다른 사람들도 포치 정도는 아니지만 눈과 귀를 당한 모양이니까 잠시 시간을 벌자.

『다들 진정해! 시간을 벌 테니까 시력이 회복될 때까지 오징어한테서 거리를 벌려!』

내가 외치자, 다들 오징어와 거리를 벌렸다.

"미아는 괜찮아?"

귀가 들리지는 않는 것 같지만 전술 대화는 통했는지, 미아가 고개를 끄덕였다.

괜찮은 모양이네.

"모래 거인을 돌격시켜서, 오징어를 붙잡아 버려."

"응."

미아의 지시를 받은 모래 거인이 적뢰 오징어 황제를 붙들었다.

적뢰 오징어 황제가 그것을 싫어하며 촉수를 모래 거인에게 때려 박았지만, 모래 거인의 몸을 구성하는 모래에 파고들기만

하고 유효타격을 주지 못하는 모양이다.

타격이 효과가 없는 것에 조바심이 난 적뢰 오징어 황제가 어쩔 수 없이 오징어 먹물 같은 독 안개를 뿜었지만, 호흡을 안 하는 데다가 광학적인 시야가 없는 모래 거인에게는 아무 효과도 없었다.

좋아, 생각한 것 이상으로 상성이 좋은가 보네.

"이 틈에 오징어의 매료안을 뭉개자."

그렇게 말하며 루루를 보았다.

"루루, 저격할 수 있어?"

"한쪽은 어떻게 돼."

"그러면 또 한 쪽은 내 마법으로 할게."

내 옆에서 루루가 광선총을 겨누었다.

나는 원거리 저격이 서투르니까 호밍 기능이 있는 「추적 화염구」를 쓰기로 했다.^{파이어볼 체이서}

안 되겠어. 내 마법은 적뢰 오징어 황제가 저항해서 대미지가 안 들어가네.

루루의 광선총은 한쪽 눈에 명중했지만, 눈을 보호하는 막에 반사되어서 현혹하는 정도의 대미지밖에 주지 못한 것 같아.

"루루, 대물 라이플이나 가속포로 오징어 눈을 노릴 수 없어?"

"무리 같아."

봐. 루루가 가리킨 곳에는 이쪽을 경계한 적뢰 오징어 황제가 촉수로 눈을 가드하고 있었다.

아까 그 광선총이 어지간히 싫었나 보네.

"난처하네. 사선이 트이는 장소까지 이동하는 수밖에 없을까?"

『포치가 하는 거예요!』

『타마도 해~?』

계속 이어둔 공간 마법 「전술 대화」에서 포치와 타마의 활기찬 목소리가 들렸다.

―어? 포치?

"포치, 눈은 괜찮아?"

『마법약을 얼굴에 뿌려서 나은 거예요!』

아니, 보통은 안 낫거든?

뭐, 좋아.

"할 수 있니?"

『맡겨만 줘, 인 거예요!』

『네잉~?』

우~응. 적뢰 오징어 황제의 위협 수준(어그로)이 너무 올라가서, 방벽 역할인 모래 거인에서 포치나 타마로 공격 목표가바뀔 것 같아 무서운데.

매료안을 뭉개는 건 최우선이고, 모래 거인이 붙잡고 있는 한전기 안개는 못 만드는 것 같으니까 어떻게든, 되려나?

좋아, 여자는 배짱이랬어!

"그럼, 부탁해."

『받들어모시~.』

『는 거예요!』

타마와 포치가 척하고 착 포즈를 각각 취하더니, 전력으로 성검에 마력을 모았다.

두 명의 성검이 파란 빛을 뿜으며, 파란 입자가 성검 주위를 떠돌았다.

나행이야. 이번에는 포치도 제어에 성공한 모양이네.

『딸기 맛~?』

『이번에는 아껴둔 저키맛인 거예요!』

두 사람이 허리의 마법약 홀더에서 꺼낸 마력 회복약을 들이켰다.

으엑. 비프 저키 맛 마법약을 용케 마시네.

적뢰 오징어 황제가 몇 번째인가 방전을 마친 타이밍에 포치와 타마가 돌격했다.

다가오는 적뢰 오징어 황제의 촉수를 포치는 순동으로 회피하면서 품으로 급속 접근했다. 그리고, 그대로 칼날을 늘린 성검을 적뢰 오징어 황제의 한쪽 눈에 꽂았다.

적뢰 오징어 황제가 고통에 눈을 감았다.

『아직 멀었어~ 인 거예요!』

오오! 꽂은 상태에서 마인포를 쏴서 한쪽 눈을 폭파시키다니…… 귀여운 얼굴로 상당히 소름끼치는 기술을 쓰네.

『자바라 쏘~온, 앤드~, 드릴~.』

반대쪽에서 접근한 타마가 마인으로 코팅한 사복검을 뻗어 적뢰 오징어 황제의 눈알에 찔렀다.

그대로 사복검을 짧게 하는 힘에 실어서 자신을 들어 올렸다. 용케 안 빠진다고 생각했는데, 분명히 끝 부분에서 가시가 튀어

나오지. 소름끼치는 건 타마도 똑같네.

접근한 타마가 또 한 손에 든 오리하르콘 합금제 회전 칼날 성검을 꽂았다.

저런 무기를 정말로 활용하다니, 꼬맹이들은 굉장한걸.

아차, 범위 공격이 오겠어.

"나나."

『대왕 오징어여! 잘났다고 생각한다면 매오징어처럼 빛을 내봐라, 라고 갈파합니다!』

아아, 그런 도발을 하면.

적뢰 오징어 황제가 반짝반짝 거리더니, 괴수라도 쓰러뜨릴 법한 강렬한 전격이 나나를 덮쳤다.

"―굉장해."

루루가 숨을 삼켰다.

나나를 중심으로 열 겹 스무 겹의 마법의 방패와 마법 장벽이 떠오르더니 나나를 멀쩡하게 지켜냈다.

―성채방어.
<small>포트리스</small>

발동한 걸 보는 건 두 번째지만, 말도 안 되는 방어력이야.

◆

"오징어의 체력을 꽤 깎아 내렸네."

여기까지 싸우면서 몇 번인가 나나 말고도 공격을 받았지만, 주인님이 만들어준 치트 방어구와 윤택한 마법약 덕분에 전선이 무너지지 않았다.

『그렇군요, 아리사. 이제 그만 치고 나가죠.』

찔끔찔끔 적의 체력을 절반 정도 깎아냈을 때, 리자 씨가 밀어붙일 결단을 내렸다.

『나나, 타마, 포치, 연계해서 갑니다.』

『수락.』

『네잉네잉~.』

『라져인 거예요!』

오오! 콤보 기술이구나!

『영(零)의 칼, 「마인 쇄벽」이라고 고합니다.』

파란 빛을 띤 나나의 황금빛 성검이 적뢰 오징어 황제의 방어 장벽에 격돌했다.

팽팽하게 버티는 것처럼 보인 다음 순간, 나나의 성검이 섬광을 뿜으며 적뢰 오징어 황제의 방어 장벽을 무참하게 파괴했다.

방어 장벽을 분쇄하는데 특화된 필살기란 값을 하네.

『하나의 칼~? 「마인 쌍아^{보팔 팡}」.』

타마가 양손에 든 성검에서 거대한 송곳니 같은 칼날을 만들어냈다.

팽이처럼 몸을 회전시키면서 돌격하여, 방어 장벽을 잃은 적뢰 오징어 황제의 몸에 물어뜯은 것 같은 상처를 파헤쳤다.

그런 타마에게 적뢰 오징어 황제가 촉수를 휘둘렀다.

『여유~?』

굉음을 울리며 다가오는 촉수를 타마가 화려하게 피해냈다.

그렇게 종이 한 장 차이 아크로바틱으로 안 피해도 돼! 그런 건 가면의 어쌔신한테나 맡기렴. 그리고, 대사는 「별 거 없군」이야.

『둘의 칼인 거예요! 「마인 돌격^{뱅쿼시 스트라이크}」!』

이어서, 온몸을 새파랗게 빛내는 포치가 순동을 써서 돌격했다.

방어 장벽을 잃고서, 튼튼한 외피가 상처투성이가 된 적뢰 오징어 황제의 몸에 포치가 성검째로 박혀버렸다.

옛날에 본 미스터리 영화의 마지막 장면 같네.

—BUIGWAABBWH.

날뛰는 적뢰 오징어 황제의 기세를 이용해서 포치가 거대한 상처에서 탈출했다.

나나, 타마, 포치의 연속 공격으로 커다란 대미지를 입은 적뢰 오징어 황제에게, 파란 빛을 나부끼며 리자 씨가 다가갔다.

용조창의 연장선상에 마인이 뻗었다. 평소의 3배 가까운 길이다.

『셋의 기술. 「마창 용퇴격^{드래그 버스터}」!』

리자 씨가 파랗게 빛나는 용조창의 연격을 때려 박고, 마지막으로 몸을 빙글 회전시키며 그 회전을 실은 일격을 박았다.

지금 그 공격은 포치의 돌격으로 너덜너덜해진 피하지방의 갑옷을 꿰뚫고서, 내장에 깊숙하게 박혀 파헤친 모양이다.

—BUIGWAAABBWH!

적뢰 오징어 황제가 한층 커다란 비명을 질렀다.

그것을 곁눈질한 리자 씨가 입에 물고 있던 마력 회복약의 병을 깨물어 부수더니 들이켰다.

고갈 직전이었던 리자 씨의 마력이 쭉쭉 회복된다. 중급인 주제에 상급 마법약 같은 회복량이야.

『절(絶)의 기술. 「마인 폭렬」.』
마나블레이드 블러스터

리자 씨가 용조창을 박은 자세 그대로 추가 공격의 필살기를 뿜었다.

다음 순간, 적뢰 오징어 황제의 안쪽에서부터 표피를 찢으면서 파란 칼날이 여기저기서 드러났다.

—BUIGWAAABBWH!

눈동자에 증오의 불꽃을 태우는 적뢰 오징어 황제가 리자 씨에게 보복하려고 촉수와 번개의 다중공격을 뿜었다.

『못한다고 고합니다.』

도발 스킬을 담아 외치더니, 신체 강화와 순동을 쓴 나나가 사람 같지 않은 속도로 리자 씨와 적뢰 오징어 황제 사이에 끼어들었다.

한쪽 촉수를 대형 방패로 막고, 나머지 촉수와 번개를 공중에 띄운 마법의 방패로 받아냈다.

다들 굉장해.

적뢰 오징어 황제의 남은 체력은 30퍼센트에 가깝게 줄어들었다.

더 이상 깎아내면, 적뢰 오징어 황제가 폭주 모드로 들어가 버린다.

여기서부터 한꺼번에 깎아내야 해.

"아리사, 이제 금방."

"오케이."

미아가 다루는 모래 거인의 체력이 다해 붕괴했다.

그때 공간 마법 「미로」의 주문을 써서 시간을 번다. 고작해야 30초도 못 버티겠지만, 그거면 충분하다니까.

옆에서 꿀꺽꿀꺽 마력 회복약을 마시는 미아에게서 복숭아 향이 났다.

애는 복숭아 맛이네. 다들 제멋대로 개량을 부탁하고 있어.

미아가 모래 거인의 잔해를 재료 삼아서, 정령 마법으로 「유사의 뱀」을 만들어 적뢰 오징어 황제를 구속했다.

적뢰 오징어 황제가 모래 뱀을 뜯어내려고 날뛰었지만, 아까 그 모래 거인 이상으로 뜯어내기 힘든 모양이네.

"루루, 준비해."

"응, 알았어."

광선총이나 대물 라이플로 모두를 지원하던 루루에게 가속포 준비를 재촉했다.

나도 공간 마법으로 적뢰 오징어 황제가 움직이지 못하도록 고정시키자.

다만, 노리는 건 적뢰 오징어 황제가 아니다.

직접 노리면 저항해 버리니까.

노리는 건, 적뢰 오징어 황제에 엉긴 유사의 뱀이다. 유사의 뱀을 공간에 고정시켜서, 간접적으로 적뢰 오징어 황제를 구속했다.

허리의 마법약 홀더에서 마력 회복약을 꺼내 단숨에 들이켰다.

—써어.

쓴 마법약이 회복량이 많으니까 썼지만, 역시 평소의 달콤한 게 마시기 편하네.

루루의 가속탄이 명중하면, 적뢰 오징어 황제의 체력이 나머지 30퍼센트 이하가 될 거야.

적뢰 오징어 황제가 폭주 모드에 들어가기 전에, 유니크 스킬을 전개해서 상급 공간 마법인 「공간소멸」을 때려 박아 단숨에 마무리를 지어주겠어.

루루가 요정 가방에서 가속포를 꺼내 겨누었다.

눈으로 묻는 루루에게 고개를 끄덕여 GO 사인을 보냈다.

"조준 완료. 고정."

『예스 마이 레이디. 디멘젼 파일, 스탠바이.』

루루의 지령에, 가속포의 서포트 음성이 응답했다.

역시 삐뽀 소리보다는 주인님의 쇼타 보이스가 모에하다니까.

보이지 않는 차원 말뚝이 가속포의 묵직하고 긴 포신을 공중에 고정했다.

"가상 포신 전개."

『오케이. 버추얼 배럴, 스프레드.』

가속포의 전방에 20미터쯤 되는 술리 마법 계통의 의사물질 포신이 전개됐다.

크으, 불타오르네!

"가속 마법진, 제한 해제."

『아이아이 맘. 배터리, 풀 차지.』

가속포 옆에 붙어 있던 마력통에서, 마법진을 만들기 위한 마력이 충전된다.

—어라?

전에는 눈금 3개 분량이었는데, 예비통도 포함해서 전부 비어버리지 않았어?

『액셀러레이션, 오버 드라이브.』

가상 포신을 따라 붉게 빛나는 마법진이 전개된다. —어, 몇 장 만드는 거야!

어라라? 가속 마법진은 3장 아니었어?

100장 정도 만든 거 아냐?

"준비 완료! 아리사?"

준비가 완료된 루루가 타이밍을 물었다.

—물론, GO야.

적뢰 오징어 황제를 가리키며 발사를 지령했다.

"발사아아아아아아아!"

『이그니션!』

루루의 가는 손가락이 방아쇠를 당기자, 포탄이 발사됐다.

「퍼엉!」인지 「쿠앙!」인지 알 수가 없을 정도의 폭음을 남기고, 파란 궤적이 루루의 가속포에서 쏘아져 나갔다.

어? 실체탄이지?

어째서 레이저 같아?

웃하, 일격으로 적뢰 오징어 황제의 몸통에 커다란 구멍이 뚫렸어.

커다란 구멍 주위에서 안쪽으로 당기는 것처럼 함몰되더니, 적뢰 오징어 황제의 몸이 뒤로 끌려갔다.

그리고 마지막에는, 굳어진 모래 뱀에게 찢어지는 것처럼 적뢰 오징어 황제가 너덜너덜하게 고리 모양으로 썰렸다.

으에엑, 연장선상에 있는 미궁의 벽면까지 파헤쳤어!

그때, 우리들의 주인님이 태평한 목소리로 말했다.

"역시, 마하 20은 굉장하네."

마하? 20이라니. 음속의 20배란 말야?!

좀 자중하란 말야!

하지만, 너무 놀라서 입은 아우아우 바보 같은 소리밖에 안 나왔다.

"전에 아리사가 레일건은 마하 20이라고 했으니까, 좀 도전해봤지."

—아니, 분명히 말은 했는데……!

정성들인 요리 같은 거랑 비슷한 레벨로 말하지 마—.

어쩐지 한 발 쏘는데 가상 포신을 구성하고 있던 의사 물질이 살얼음처럼 터져서 사라지더라.

힘이 빠진 내 곁으로 타마와 포치가 달려왔다.

"아리사~."

"승리 포즈를 하는 거예요!"

어? 지금 그걸로 끝?

거짓마알? 내 차례가.

저기, 유니크 스킬, 아직 안 썼는데요.

마음 속으로 사고가 공회전하는 내 손을 타마와 포치가 이끌었다.

그리고 소환 술식을 한 제단 한가운데 출현한 거대 보물 상자 앞에서, 주인님이나 모두와 함께 승리 포즈로 기념 촬영을 했다. 두 장째는 스승들도 모여서 찍었다.

이렇게…….

우리들은 미스릴증을 손에 넣었다.

에필로그

"사토입니다. 사회인이 된 뒤로 시골에 돌아갈 때마다 사촌 여동생의 아이들이 성장하는 것에 놀랐습니다. 정말로 아이들의 성장은 빠르다니까요."

"다들, 참 열심히 했구나."

내가 말을 걸자, 「계층의 주인」을 토벌한 동료들이 달려왔다.

나는 자랑스런 기분으로 동료들을 칭찬했다.

"니헤헤~?"

"열심히 한 거예요!"

돌을 던지는 사람들 앞에서 나약하게 떨기만 했던 타마와 포치는 이제 없다.

지금 두 사람이라면, 그때 같은 일을 당해도 스스로 부조리를 타개할 수 있겠지.

"응, 똑똑히 보고 있었어."

해냈다는 표정의 타마나 꼬리를 붕붕 흔드는 포치의 머리를 쓰다듬었다.

쓰다듬는 방식이 좀 부족했는지, 타마가 쓰다듬는 손을 머리로 밀어 올렸다.

"브이."

작은 손으로 아리사에게 배운 V사인을 하는 미아의 머리를 톡톡 두드려주고, 가볍게 머리를 쓰다듬어 축복했다.

"미아도 뒤에서 잘 받쳐줘서 고마워."

강력한 베히모스로 무쌍하는 게 아니라, 수수한 모래 거인으로 적의 공격을 받아내고 동료들이 공격하기 쉽도록 지원을 해줬으니까.

"응."

내 말에 미아가 만족스럽게 고개를 끄덕였다.

"—리자, 손가락에서 피가 난다."

마지막 필살기 힘 조절을 좀 잘못했는지, 리자의 장갑에서 피가 떨어졌다.

나는 재빨리 물 마법으로 그녀의 상처를 치유해 줬다.

"정말 감사합니다, 주인님."

인사를 하면서도 리자의 꼬리가 자랑스레 흔들리고 있었다.

"강해졌구나."

성희롱이 되지 않도록 가볍게 그녀의 어깨에 손을 올리고 그녀의 노력을 칭찬했다.

이런 타이밍이 아니면 좀처럼 말할 수가 없다니까.

"네……. 네, 주인님……. 주인님 덕분입니다."

목소리가 떨리는 걸 듣고서 시선을 돌리자, 리자의 볼에 끊임없이 눈물이 흐르고 있었다.

한순간 칭찬의 말을 잘못했나 생각했지만, 표정을 보니 감격의 눈물인가 보다.

"리자가 있으니까 안심하고 맡길 수 있는 거야. 앞으로도 잘 부탁해."

"……네. 미력하게나마 힘을 다하겠습니다."

더욱 눈물을 흘리는 리자에게 손수건을 건넸다.

그때 나나가 불쑥 다가왔다.

"마스터, 저도 칭찬을 희망합니다."

지금은 튼튼한 금속 갑옷을 입고 있어서 가슴을 밀어붙여도 별로 기쁘지 않아.

"나나, 모두를 잘 지켰구나."

"예스, 마스터."

나나는 무표정하면서도, 희미하게 입가가 풀어진 것 같았다.

"루루."

"앗, 네!"

내가 말을 걸자, 초조한 기색으로 대답한 루루가 직립부동이 되었다. 긴장을 했는지 끊임없이 앞머리를 만지고 있었다.

여기서 「예뻐졌구나」라고 농담을 하고 싶은 치기가 마음에 스쳤지만, 그런 타이밍이 아니니까 자중하자.

"근사한 조준 속도와 명중률이었어."

아리사 상대라면 「라스트 어택 축하해」라고 하겠지만, 얌전한 루루는 기뻐하지 않을 것 같아서 말을 바꾸었다.

"그리고, 다루기 어려운 가속포나 마법총을, 잘 써줘서 고마워."

"아뇨, 모두 주인님 덕분이에요!"

루루가 얼굴 앞에서 필사적으로 손을 흔들며 황송해했다.

조금 더 평소부터 루루를 칭찬해서 칭찬에 익숙해지도록 하는 게 좋을지도 모르겠군.

"아리사―."

아리사가 납득 못하겠다는 표정으로 이쪽을 보았다.

풀이 죽은 아리사를 보니, 마지막 차례가 없어서 아쉬웠구나라고 하기 어렵군.

"―작전 입안과 지휘를 굉장히 잘했어. 전격의 섬광 뒤에 다들 동요하지 않은 건, 아리사가 마법으로 지원하며 말을 걸어준 덕분이야."

내 말에 동료들도 고개를 끄덕끄덕했다.

"아, 그래? 데헤헤, 어쩐지 성실하게 칭찬받으니까 쑥스럽구먼유~."

아리사가 쑥스러움을 감추려고 이상한 반응을 했다.

언니인 루루 이상으로 칭찬에 익숙하지 않은 것 같아.

"자! 전리품 확인을 하자!"

"네잉!"

"인 거예요!"

아리사가 쑥스러움을 감추듯 선언하자, 타마와 포치 말고 다른 동료들도 차례차례 긍정의 말로 대답했다.

기왕이니 관전하고 있던 엘프 스승들도 불러서 함께 전리품의 감상회를 하자.

"함정함정~?"

소환의 의식을 한 제단에 거대한 보물 상자가 나타났는데, 타마가 말하는 것처럼 함정이 몇 개나 걸려 있었다.

"마비독에 신경독에, 보통의 맹독, 더욱이 마법적인 마비 함정에 마물을 끌어들이는 알람, 더욱이 폭탄까지 달려 있나 봐."

상당히 소름끼치는 함정이군.

게다가, 보물 상자를 움직이기만 해도 모든 함정이 발동하는 트리거까지 달려 있다.

"으에에, 어쩐지 옛날 시련장의 던전 RPG 같은 함정이네."

아리사가 고전 RPG를 떠올리면서 질색하는 표정을 보였다.

"그렇네. 이걸 정면으로 해체하려면 꽤 힘들겠다."

"정면으로? 혹시 평소처럼 반칙 기술 쓸 거야?"

"물론이지."

나는 보물 상자째로 스토리지에 회수하고, 안의 보물만 땅에 깔아둔 융단 위에 늘어놓았다. 금화나 보석, 보통의 보물과 장식은 보기 좋은 보물 상자에 넣어서 장식을 해봤다. 저주 받은 무구가 나름대로 있기에, 그것들은 다른 상자에 나눠 담았다.

어째선지 그림자 종족의 세올 씨가 만능 도구를 손에 든 채 넋이 나가 있었다.

혹시 우리들 대신에 보물 상자의 함정을 해제해줄 셈이었을 지도 모르겠다.

"와오오우, 뷰리포~?"

"굉장히 굉장한 거예요! 리자 봐봐, 아주아주 예쁜 거예요!"

"네, 보고 있습니다."

반짝반짝 빛나는 보물을 본 타마와 포치가 보물에 지지 않을 정도로 눈빛을 반짝거렸다.

그런 두 사람을 본 리자가 엄마처럼 상냥한 표정을 지었다.

"헤에, 마검이나 마법의 갑옷도 몇 갠가 있어."

"응, 마법 지팡이. 옷도."

아리사와 미아가 융단 위에 늘어놓은 장비품을 확인했다.

이른바 마법의 도구는 크고 작은 갖가지 물건이 10개 이상 있고, 장신구 계통의 마법 물건도 비슷하게 있다.

마법 도구도 있지만, 회수 제한이 달린 게 많고 효과가 영속되는 종류의 물건은 적은 모양이다.

"이쪽 물건도 마법 도구일까?"

루루가 커다란 수정구를 끼운 상을 바라보면서 고개를 갸웃거렸다.

"마력이 느껴지니 틀림없다고 고합니다."

나나가 말한 것처럼, 루루가 들고 있는 상은 2개가 한 세트인 통화 장치인가 보다.

그 밖에도 일회용 물품 감정지나 저주 받은 물건을 봉인하는 부적 같은 보기 드문 것도 있었다.

"있잖아, 주인님."

감정을 담당하던 아리사가 말을 걸었다.

"여기까지 진동이 닿았는데 마왕이랑 어떤 식으로 싸웠어?"

"거의 마법이야. 마지막에는 메테오 같은 마법으로 쓰러뜨렸으니까 그때 충격이 여기까지 전달된 거 아냐?"

"헤에, 메테오—."

내 간단한 설명을 들은 아리사가 감탄한 것처럼 중얼거린 다음에 표정이 얼어붙었다.

"주인니임?"

국어책 읽기의 아리사가 목소리를 떨면서 내 멱살을 잡아끌었다.

뭔가 비밀 이야기를 하려는 건지 아리사가 입가를 귀에 가까이 댔다.

"메, 메테오라니— 혹시나가 역시나가, 그 『별 내림』 말하는 거야?"

"맞아. 아리사도 봤어?"

"응, 세류 백작령에 들어가기 전날에, 산 속에서 봤어—가 아니라!"

아리사가 으가아 부르짖었다.

"주인님은 그런 초상 마법까지 쓸 수 있어?"

"평소에는 위험하니까 봉인하고 있지만."

아리사의 질문에 긍정하고 조금만 보충하기로 했다.

"하지만, 그렇게까지 위력이 있는 마법은 그것뿐이야. 다른 건 두루마리에서 배운 중급 마법들 정도지."

얼른 영창을 마스터해서, 스스로 개발한 마법이나 상급 마법을 쓸 수 있게 되고 싶다.

매일 아침저녁으로 영창 트레이닝을 계속하고 있지만, 이제부터 한가할 때에도 트레이닝을 추가하는 편이 좋을지도 모르겠군.

"주인님…… 지상의 사람들은 괜찮을까요?"

"유생체가 걱정된다고 고합니다."

루루와 나나는 미궁도시 사람들을 걱정하는 모양이다.

물론, 두 사람 말고 다른 애들도 같은 마음인가보다.

"—도시 핵의 결계로 여파나 모래먼지를 막았으니까, 미궁도시에 피해는 없을 거야. 일단 공간 마법으로 상태를 살펴볼게."

나는 모두에게 그렇게 말하면서, 공간 마법 「멀리 보기」와 「멀리 듣기」를 발동했다.

저택의 어린 메이드들이 불안한 표정을 짓고 있지만, 미테르나 씨와 연장자 메이드들이 평범하게 지내고 있으니 문제없어 보였다.

양육원은 선생님들이나 어린 아이들이 불안해하고 있지만, 연장자 애들은 사막에 떨어진 유성을 주우러 갈 계획을 세우고 있었다.

상당히 판타지하고 즐거워 보이지만, 사막으로 가는 도중에 마물이 나오는 이블 베리아의 숲이나 국경의 산들이 있으니 실행하기 전에 막을까.

탐색자 학교는 평상 운전이었다.

멀리 있는 유성우보다도, 눈앞의 훈련이 중요한가 보다.

"미궁도시에 있는 식구들은 괜찮아."

"다행이다."

"마스터에게 감사하다고 고합니다."

나는 동료들에게 보고한 다음, 나아가 지인의 상태를 확인했다.

탐색자 길드에서는 일부 탐색자들이 「마왕이 나타났다!」라며 소란을 피웠지만, 그 자리에 있던 도존 씨나 제릴 씨 일행이 진정시키고 있었다.

도시 핵으로 전이시킨 시가8검 「총잡이」 헤르미나 양 일행은 미궁도시를 향해서 이동하고 있었다.

국경의 산꼭대기에 있는 파수탑 앞을 지나쳤으니까, 나라에 대한 보고는 이미 한 다음인 모양이다.

그 탓인지, 시정의 사람들보다 마왕 출현의 소식을 받은 위정자나 신관들이 떠들썩하게 대소동을 피우고 있었다.

일단은 맨 윗사람한테 마왕 출현과 토벌 보고를 해두는 편이 좋겠군.

"—폐하, 지금 괜찮아?"

나는 공간 마법인 「원거리 통화」를 시가 국왕에게 연결해서, 나나시 어조로 말을 걸었다.

『왕조— 나나시 님!』

여전히 국왕은 나나시와 왕조 야마토를 동일시하고 있군.

"대사막에 마왕 『구두의 고왕』이 출현한 건 알아?"

『구, 구두! 사신이라고까지 불리는 대마왕이 나타난 것입니까!』

시가 국왕이 졸도할 것 같은 소리로 외쳤다.

"응."

내 대답에 시가 국왕이 절망의 오열을 흘렸다.

『세, 세상의 끝을 고하는 것이 드디어…….』

아차. 먼저 쓰러뜨렸다고 말할걸 그랬다.

"걱정하지마. 벌써 쓰러뜨렸으니까."

『—네?』

"그러니까, 마왕이 나타났으니 약속대로 쓰러뜨렸다니까."

전에 국왕이랑 그런 약속을 했었으니까.

『그 정도 위업을 이루시다니! 과연 왕조— 나나시 님. 이 감사의 뜻을 어찌 표현해야 좋을지……!』

"그냥 『고마워』 한마디면 충분해."

금전이나 작위 같은 포상은 필요 없다.

"다음에 또 한 번 갈게."

이야기가 길어질 것 같아서 국왕의 말을 안 기다리고 「원거리통화」 마법을 해제했다.

불경하기 짝이 없는 짓이지만, 용사 나나시는 그런 캐릭터니까 딱히 문제없을 거야.

그러면, 통치자들에게는 이거면 될 거고.

"다들, 승전 축하는 뭐가 좋니?"

지상으로 개선하는 것은 전이를 이용한 지름길만큼 얼버무릴 필요가 있다. 아무리 짧아도 닷새 뒤니까, 그 전에 미궁 온천에서 우리들끼리 승전 축하를 할 생각이었다.

"고기~?"

"고기가 좋은 거예요!"

내가 물어보자, 타마와 포치가 기운차게 대답했다.

"우응, 버섯 스테이크."

"오므라이스가 좋다고 고합니다."

"이번에는 새 구이나 튀김이 좋지 않을까요?"

"스키야키랑 대뱃살에 복어 회, 그리고 송이버섯 밥이 좋아!"

"타마는 새우튀김~이랑 햄버그~?"

"포치도 햄버그 선생님하고 두꺼~운 스테이크 아저씨가 좋은 거예요!"

미아, 나나, 리자, 아리사가 구체적인 요리 이름을 꺼내자, 타마와 포치도 조바심 내면서 덧붙였다.

우리 애들은 흔들림이 없어.

"루루는 뭐 먹고 싶니?"

뒤에서 암전하게 미소 짓던 루루에게 물어보자, 조금 망설인 다음에 요청했다.

"저, 저는 주인님이 만들어 주시는 밥이 좋아요!"

"물론, 모두의 승전 축하니까, 전부 내가 만들어 줄 거야."

내가 말하자, 루루뿐 아니라 다른 애들도 일제히 기쁨의 소리를 질렀다.

이렇게까지 기뻐해주면 나쁜 기분은 안 드는군.

지금은 루루의 요리도 나와 큰 차이 없이 맛있지만, 이번에는 기합을 넣고서 맛있는 걸 만들자.

"저도 도울게요!"

"타마도~."

"포치도 열심히 돕는 거예요!"

루루가 말하자 타마와 포치가 척, 포즈로 도울 것을 선언했다.

"설거지나 야채 껍질 벗기기는 맡겨 주세요."

"별 모양 장식으로 썰겠다고 고합니다."

리자는 그렇다 치고, 나나의 말은 돕겠다는 건지 자기 취미인지 미묘하다.

"나는 미아랑 같이 응원할게."

"응, 연주."

"미아의 연주를 옆에서 듣다니, 사치스럽네."

"그럼, 나는 노래라도 할까?"

동영상 사이트의 작업용 BGM은 오히려 작업을 못하게 된다는 평판이 있지만, 미아의 곡과 아리사의 노래라면 분명히 즐겁게 요리를 할 수 있을 거야.

"축하 파티는 별장에서 할 거야?"

"그래. 우리끼리 승전 축하는 미궁 온천에서 하자."

아리사의 질문에 대답했다.

"마스터, 유생체도 함께 축하하고 싶다고 고합니다."

"지상에 개선하면 또 축하 파티를 할 거니까 괜찮아."

개선은 닷새 뒤니까, 잠시 미궁 온천에서 축하를 하고 수행의 피로를 치유하자.

"자, 그러면 가자―."

나는 동료들과 손에 손을 잡고, 전장에서 일상으로 「귀환전이」했다.

역시, 유유자적 느긋한 나날이 제일이야.

EX: 제나 부대의 여로

"행운으로 위기를 벗어난 저희들이지만, 아직 운명은 저희들에게 시련을 내릴 모양입니다. 하지만 신뢰할 수 있는 동료들과 함께라면, 어떤 시련이든 넘어서겠어요!"

"릴리오! 생존자를 발견했어! 인부들을 불러와줘!"

"과연 제나! 기다려, 금방 불러올게!"

가볍게 대답한 것과는 달리 피로가 쌓인 몸을 채찍질하며 릴리오가 달려갔다.

그것을 배웅하지도 않고, 나는 서둘러 다음 마법을 읊었다.

"제나 씨, 마법을 지나치게 썼어요. 조금 더 휴식을 하세요."

이오나 씨가 배려를 해줬지만, 고개를 옆으로 저어서 거부했다.

지금은 생매장 당한 사람들에게 도움이 오는 것을 알리는 게 먼저니까.

아무리 그래도 영창을 지나치게 해서 턱이 아프기 시작했다. 「바람의 속삭임」의 영창을 실패하지 않도록 주의하자.

"이오나, 저쪽의 구조는 순조로운 것 같아서 맡기고 왔어."

"제나 씨의 마법이 발동하면, 구조할 사람에게 말을 거는 건 루우에게 맡깁니다. 괜찮을까요?"

"그래그래. 괜찮고말고."

루우가 너무 소리쳐서 남자처럼 낮은 목소리가 되었지만 흔쾌히 수락해 주었다.

루우의 목소리는 듬직한 언니 같아서 도움을 기다리는 사람들이 안심할 수 있나봐.

마법의 발동을 확인하고, 그 다음은 루우에게 맡기고 명상으로 이행했다. 다음 생존자를 찾는 마법을 쓰기 위해서 조금이라도 마력을 회복하자.

말발굽 소리가 들리더니, 명상하느라 눈을 감고 있는 나에게 가까운 곳에서 경계하고 있던 이오나 씨가 「차기 님이 오셨어요」라고 정보를 전달했다.

조금 더 마력을 회복하고 싶었지만, 상급 귀족 앞에서 계속 명상을 하는 건 지나치게 무례한 일이라 포기하고 일어섰다.

"마리엔텔 경, 오늘도 수많은 병사를 구해냈다고 하지 않나! 귀공의 활약은 내 귀에도 들어왔다."

"네, 황송합니다."

차기 백작님이 굳이 일개 병사를 찾아와서 위무의 말을 해주러 온 걸까요?

"마리엔텔 가문은 동생이 이었다고 들었다. 귀공에게 생각이 있다면, 내 가신으로 삼아주지. 처음에는 명예사작 정도의 신분밖에 내려줄 수 없지만, 활약에 따라 영세 귀족으로 승격해줄 것을 약속하겠다."

"분에 넘치는 말씀입니다만, 저는 이미 세류 백작에게 충성을 맹세했습니다. 부디 용서해주시길."

꽤 파격적인 말이지만, 대대로 세류 백작을 섬긴 마리엔텔 가문의 사람으로서는 이제 와서 다른 가문에 사관할 생각이 안 들었다.

젊은 차기 백작님은 거절할 거라고 생각 못했는지 불쾌한 표정으로 노여움을 드러냈다.

그러나, 아무리 그래도 그것을 감정 그대로 해방하지 않을 분별은 있었나 보다.

"그렇군……. 마음이 바뀌면 언제든지 오도록. 귀공의 자리는 비워두지."

그렇게 말하고, 그가 거느린 기사들과 함께 돌아갔다.

"제나, 그래도 돼? 내년에 동생이 가문을 이으면 신분이 준귀족 취급으로 떨어지잖아?"

"상관없어요. 군에 있는 동안에는 귀족도 평민도 취급은 같으니까요."

"그렇단 말이지~. 제나는 소년이 기다리고 있으니까."

어느샌가 돌아온 릴리오가 이야기를 헤집었다.

아이참, 릴리오!

사토 씨는 상관없어요……. 조금뿐, 이에요.

"그리고, 그가 백작령을 이을 수 있을지 알 수 없으니까요."

"그래?"

"피해가 너무 큰 데다가, 마족 토벌을 정체불명의 마법사에게 의지해 버렸으니까요."

"과연, 실책에 더해서 공적 없음. 덤으로 무모한 야전으로 일손이 많이 죽었으니까, 젊은 나리의 평판은 땅에 떨어졌다는 거구나."

"잠깐, 루우!"

전혀 포장하지 않는 데도 정도가 있어요. 렛세우 백작 가문 사람이 들으면 어쩌려고 그래요!

◆

마족의 전투가 끝나고 벌써 열흘이 흘렀다.

세류 시의 미궁 선발대 중에서, 최전선에서 싸웠던 기사는 절반이 전사했다. 우리들과 노리나 분대 둘은 기적적으로 경상 정도였지만, 로도릴 마법 분대와 혼성 부대 둘은 거의 괴멸 상태가 되어 버렸다.

마족과 싸운 이튿날에는 한쪽 팔을 잃은 데리오 대장과 정기사 한 명이, 백작님에게 보고하기 위해서 세류 시로 귀환길에 올랐다.

동시에 전서구로 보고를 보냈으니, 이제 곧 세류 시에서 답신이 올 무렵이었다.

답신이 오지 않는 경우, 우리들은 미궁 선발대의 생존자와 전사자의 확인을 마친 다음에 세류 시로 귀환하게 됐다.

한때는 전사했다고 여겨진 리로 부대장도 무사히 잔해 아래에서 구출됐지만, 목숨의 대가로 한쪽 다리를 잃고 말았다.

"다들 들어라. 백작님의 명령서가 도착했다. ─선발대의 임무는 속행한다고 한다."

리로 부대장이 읽은 명령서에, 기합을 넣는 자, 낙담하는 자, 쓴웃음을 짓는 자, 모두 갖가지 반응을 보였다.

"부대장, 부탁해. 나를 세류 시로 돌려보내줘. 겁쟁이라고 손가락질해도 좋아. 아내와 자식들 곁에 있어주고 싶어."

"리로 부대장, 나도 세류 시로 돌아갈래. 이런 손으로는 검도 만족스레 휘두를 수가 없어."

덩치 큰 병사에 이어서, 마족의 전술 마법으로 한쪽 팔을 잃은 종자 남성도 포기를 선언했다. 그 밖에도 몇 명이 거기에 동조하듯 리로 부대장에게 다가갔다.

리로 부대장은 쓴웃음을 지으면서 양손으로 그것을 막았다.

"당황하지 마라. 명령은 아직 이어진다─."

몸에 상해를 입은 자나 미궁도시에 갈 의지를 잃은 자는 세류 시로 귀환하라는 것이었다.

의외로 로도릴도 세류 시에 돌아간다고 했다.

역시, 자기를 남기고 마법 분대 호위병들이 전멸한 충격이 컸다 보다.

◆

"기사 헨스, 앞으로 일은 맡긴다."

"네, 세류 시로 돌아갈 때는 시가8검에 천거될 정도의 실력을 키워놓죠."

"하하하, 그래."

기분 탓인지, 새로운 대장인 기사 헨스를 격려하는 리로 공의 웃음이 메말라 보였다.

결국 미궁도시 세리빌라로 가는 건 기사 헨스와 그의 종자, 나와 노리나의 분대와 문관들, 그리고 혼성부대의 생존자인 가야나와 또 한 명의 병사까지 합계 18명뿐이었다.

세류 시로 돌아가는 사람들을 배웅하고, 우리도 렛세우 령을 나갈 준비를 서둘렀다.

"제나, 정말로 미련은 없어?"

"뭐가 말인가요?"

"차기 님한테 열렬한 권유를 받았잖아."

준비를 마친 노리나가 놀리는 것처럼 말했다.

나는 고개를 옆으로 흔들며 되물었다.

"노리나도 차기 백작님에게 권유를 받지 않았나요?"

"그야 나는 평범하게 마법병으로서 권유잖아."

노리나의 말에 고개를 갸웃거렸다.

나에 대한 권유도 마법병을 곁에 두고 싶어서라고 생각하는데요?

"안 된다니까. 제나는 차기 님 마음 같은 건 전혀 전달이 안 됐으니까."

"그렇네~. 하기는 나한테 권유하러 온 건 가신이었는데 제나한테는 차기 님 본인이 직접 갔으니까."

"그러게~."

난처하게도, 릴리오와 가야나까지 노리나와 함께 이상한 말을 했습니다.

평범하게 생각해서 상급 귀족, 그것도 영주의 적자가 나 같은 하급 귀족의 딸을 상대할 리가 없는데.

기사 헨스가 출발의 호령을 하지 않았다면, 루우와 이오나까지 황당무계한 사랑 이야기에 참가해서 수습이 안 됐을 거예요.

이렇게 우리들은 하늘을 떠돌기 시작한 싸락눈에 등을 떠밀리듯이 렛세우 백작령을 떠났다.

렛세우 백작령에서 젯츠 백작령으로 가는 길은 꽤 어려운 여정이었다.

중급 마족이 모은 마물들 중에서 살아남은 것들이 여기저기에 둥지를 만들고 있었다.

가도의 안전은 그 땅의 영주가 할 일인데, 병사가 순찰하러 오지를 않아서 수많은 마물들이 방치되어 있었다.

그리고 그것을 한탄하는 마을 사람들을 동정한 새로운 대장 기사 헨스가 마물 사냥을 받아들여 버리기 때문에, 우리들의 여로는 좀처럼 나아가지 못했다.

물론, 나도 곤경에 빠진 사람들의 힘이 되고 싶다고 생각했으니까 기사 헨스의 행동을 탓할 생각은 없었다.

"또오 마물이야?"

"이번에는 촌락 근처에 「큰 송곳니 개미」가 둥지를 만들었다고 해요."

한탄하는 릴리오한테 기사 헨스에게 들은 정보를 전달했다.

"젯츠 백작령에 들어오면 편하게 나아갈 수 있을 거라고 생각했는데…… 물렀네."

루우가 한탄한 것처럼, 영지군이 거의 괴멸 상태인 렛세우 백작뿐 아니라, 젯츠 백작도 영지 순찰을 제대로 시키지 않는 모양이다.

길을 가면서 들은 젯츠 백작의 소문을 믿는다면, 마족의 기습을 경계하여 영지군을 도시 수비를 위해서 모아 버린 탓인가 보다.

남북으로 긴 젯츠 백작의 영지를 여행하여, 간신히 가장 남쪽 끝의 도시가 보이는 언덕에 도착했다. 저 도시를 빠져나가면, 며칠이면 국왕 직할령으로 들어간다.

미궁도시까지, 앞으로 조금— 기다려 주세요, 사토 씨!

"있지, 제나가 좀 이상하지 않아?"

"아~ 저건 소년을 생각하면서 기합을 넣는 표정이니까 못 본 척하면서 미지근하게 지켜봐 주자."

"그래요, 루우. 사랑의 힘은 근사한 거랍니다."

정말! 다들 제멋대로 말을 한다니까요!

특히 이오나 씨! 입가가 웃고 있어요.

"아하하하— 응?"

웃고 있던 릴리오의 눈이 갑자기 진지하게 바뀌었다.

"바로 위 구름 사이에 적을 발견!"

"마물인가?!"

"아마도 와이번!"

릴리오의 경고에 다들 금세 자기가 해야 할 행동 준비를 시작했다.

세류 백작령 이후로 처음 만났지만, 익숙한 강적의 출현인지라 모두들 자기 역할을 파악하고 있었다.

"전원, 대공전 준비!"

기사 헨스가 용감하게 호령을 했다.

—어?

다들 오싹한 표정으로 기사 헨스의 얼굴을 보았다.

그의 종자가 황급히 조언을 했다.

"명령을 변경한다! 저 언덕 너머에 보이는 숲으로 대피! 와이번이 접근한다면 제나와 노리나의 마법으로 떨어뜨려 시간을 번다."

다들 안도한 표정으로 명령에 따라 행동을 시작했다.

"우리 새로운 대장(임시)는 자기 부대 전력을 제대로 파악해 줬으면 좋겠어. 전투원 10명으로 와이번에게 이길 수 있을 리 없잖아."

"릴리오 씨, (임시)는 관두세요. 저래 봬도 갑작스런 중책을 견디면서 노력하고 있는 거니까요."

"이오나 씨는 한심한 타입 좋아하니까. 울먹거리며 매달리는 남자를— 아니, 아무것도 아냐. 그러니까 그 대검 뽑으려고 하지 마! 응!"

이오나 씨가 생긋 웃는 표정으로 대검을 뽑으려고 했다.

사이가 좋은 건 좋지만, 지금은 그럴 때가 아니라고 생각해요.

"릴리오! 저 와이번의 꼬리랑 오른쪽 날개를 봐!"

노리나 분대의 척후가 와이번에게 느낀 위화감을 릴리오에게 확인했다.

"우으응? 어디 보자~. 앗! 다들, 대피 중지! 저건 왕국의 비룡 기사야."

"위에 타고 있는 건— 하얀 갑옷을 입고 있어! 혹시 시가8검의 토렐 경 아냐? 분명히 비룡을 탄다고 했지?!"

하얀 갑옷의 노기사가 선회하면서 손을 흔들고, 그대로 영도 쪽을 향해 날아갔다.

시가8검— 그건 시가 왕국 최강의 전사들이다.

분명히 무슨 중요한 임무를 수행하는 중이었을 게 틀림없어.

우리는 그것이 뭔지를 의논하면서, 영지 경계의 도시 파우에 들어갔다.

그리고 거기서 우리들은 예상도 못한 이야기를 듣게 되었다.

"—용^{드래곤}이라고?"

"그래, 덕분에 왕도로 가는 상단이 모두 발이 묶였어."

놀랍게도, 영지 경계의 산맥에 하급룡이 진을 쳤다고 한다.

아무리 그래도, 하급이라지만 진짜 용을 사람의 손으로 어떻게 할 수 있을 리 없었다.

우리는 이 파우의 도시에 발이 묶일 수밖에 없었다.

◆

파우에 발이 묶이고, 벌써 한 달이 지났다.

용이 점거한 고갯길을 우회하려면 새처럼 하늘을 날아가기라도 하지 않는 한, 험난한 후지산 산맥을 넘어서 무노 남작령을 경유하는 진로로 가거나, 렛세우 백작령까지 돌아가서 에르엣 후작령을 지나는 가도를 나아가는 수밖에 없다.

무노 남작령 방면은 몇 개월이나 걸리니까 논외로 치고, 에르엣 후작령 방면으로도 상당히 우회하게 되니까 이쪽도 한 달 이상 걸려 버린다.

"제나 씨, 그쪽은 어떤가요?"

"유감이지만, 모든 가게가 어제보다 가격이 올랐어요. 역시 무리를 해서라도 도시에 온 첫날에 사둬야 했어요."

에르엣 후작령 방면을 고르든, 왕국군이 용을 격퇴할 때까지 기다리는 걸 고르든, 우리들은 여행을 재개하기 위한 식량이 필요하다. 그렇지만 가격이 너무 올라서 충분한 양을 얻을 수 없었다.

주변 농촌에서 직접 사들이려고 가봤지만, 이미 이득에 민감한 상인들이 사간 뒤였다.

"제나~."

인파 너머에서 손을 흔드는 작은 그림자가 보였다.

모습은 보이지 않지만, 이런 식으로 부르는 건 한 사람뿐이다.

"릴리오!"

내가 대답하자 인파 너머에서 작은 손이 뿅 튀어 오르는 게 보였다. 릴리오 뒤에는 루우도 있었다.

간도를 조사하러 간 릴리오와 루우가 한 소월만에 돌아왔다.

"다녀왔어, 제나."

"어서 와, 릴리오."

재회가 기뻐서, 우리들은 참지 못하고 얼싸안으며 무사히 귀환한 걸 축하했다.

길거리 한복판이라서 방해가 되겠지만, 주변 사람들은 상냥한 미소로 용서해 주었다.

"어서 와, 릴리오. 간도는 쓸 수 있을 것 같았어?"

나는 통행에 방해되지 않도록 길 옆으로 빠져서 릴리오에게 물었다.

"미묘해. 마차는 지날 수 없고, 짐을 지고서 간다 쳐도 문관들이나 시녀들은 무리야."

"병사도 힘들거든? 나도 평소 같은 갑주를 입고 있었으면 중간에 포기했을 거야."

체력이 자랑인 루우도 무리라면, 분명히 문관들에게는 힘들거야.

"그리고, 고갯길의 용도 보고 왔어."

"역시, 하급룡이었어?"

내 물음에 릴리오와 루우가 마주 보았다.

"아니, 그게 말야―. 머리에 극채색의 목도리 같은 게 달린 이상한 도마뱀이었어."

"전에 본 히드라보다 컸는데, 날개도 없었지?"

릴리오와 루우가 목격 정보를 가르쳐줬지만, 그런 하급룡은 들어본 적이 없었다.

"그건 하급룡이 아닌 것 같네요. 아마 와이번이나 히드라 같은 아룡 계통의 마물이겠죠."

이오나 씨의 견해에 우리는 고개를 끄덕여 동의를 표했다.

"그러면 그걸 제거하면 고개를 지날 수 있겠네요."

"그런 커다란 아룡이거든? 그렇게 간단히 제거할 수는 없어."

"덤으로 입에서 노란색 안개 같은 걸 뿜어내서 바위를 녹였단 말야~."

진짜 용이 아니라는 말에 안도한 것도 한순간, 루우와 릴리오의 말에 실망해 버렸다.

"어째서 고갯길에 진을 치고 있는지는 알아냈나요?"

"아무래도 고갯길에 있는 귤 나무를 좋아하는지, 귤을 나무까지 통째로 깨물어 먹고는 낮잠을 자던데?"

루우의 대답을 듣고서, 그 아룡이 조금 귀엽다고 생각했다.

"초식 마물일까요?"

"걸쭉하게 녹인 바위를 마시기도 했으니까 잡식 아닐까?"

"마물의 식성을 생각해도 의미가 없어요."

좀처럼 상상하기 어려운 광경이었다.

"그런 것보다도 대장한테 보고를 하러 가요."

잡담이 시작된 동료들에게 제안하고, 우리는 무거운 발걸음으로 임시 거처로 향했다.

—앗.

인파 속에서 검은 머리의 젊은 남자를 발견하여 무심코 눈으로 좇았다.

출발했던 시기를 생각하면 사토 씨가 이 근처에 있을 리가 없는데.

—어머? 저 사람은 어쩐지 낯이 익어요.

내 시선을 좇던 릴리오가 「아아! 찾았다!」라고 말하며 달려갔다.

"릴리오 녀석 왜 저래?"

"아아, 전에 세류 시에서 릴리오를 찬 그 애군요."

이오나 씨가 루우의 의문에 대답했다.

얼굴은 잘 기억이 안 나지만, 릴리오의 옛 연인이고 세류 시에서 크로켓이나 물엿사탕 만드는 법을 가르쳐준 존이란 이름의 외팔이인 사람이다.

하지만 우리는 다른 일로 그를 기억하고 있었다.

"어, 그건—."

돌아보는 루우에게 고개를 끄덕였다.

"네, 렛세우 백작령에서 마물의 대군에서 우리를 구해준 사람이에요."

일곱 명의 마법 검사들과 함께, 빛나는 검으로 마물들을 일도양단했다.

마족을 쓰러뜨려준 마법사 여성을 좇아서 모습을 감춘 이후, 지금까지 그의 행방은 도무지 알 수가 없었다.

"1년쯤 전에 세류 시를 출발한 네가 어째서 아직 이런 곳에 있는 거야? 미궁도시에서 한 탕 한다고 안 했어?"

릴리오도 참. 감사 인사도 안 하고 싸우기 시작했어요.

"예정은 미정이라고 했잖아? 렛세우 백작령 변두리에 유적이 있다는 얘기를 듣고서 탐색하러 갔었어."

"뭐가 나왔는데?"

"나왔다고도 할 수 있고, 안 나왔다고도 할 수 있지."

"그게 뭐야!"

릴리오와 존의 대화는 끊이지 않고 이어졌다.

릴리오도 조사하느라 지쳤을 텐데, 참 생생한 미소로 대화를 즐기고 있었다.

"부부싸움은 고블린도 못 먹는다고 하니까, 젊은이 두 사람은 방치하고 간도에 대한 보고를 하러 헨스 대장한테 가죠."

"그러네. 이대로는 속이 울렁거리겠어."

우리는 릴리오에게 손을 흔들고 먼저 보고를 하러 병사 숙소에 돌아갔다.

◆

"또 하나의 간도? 그런 게 있는 건가?"

밤이 늦을 무렵에 돌아온 릴리오가 가져온 정보에, 다들 들떴다.

어쩌면 현재 상황을 타파할 수 있을지도 모르니까.

"응, 그 녀석 이야기라면 있다고 해."

릴리오가 말하는 「그 녀석」은 아까 만난 존 씨를 말하는 거겠지.

"하지만 릴리오. 도시의 위병들에게 물어봐도 간도는 하나밖에 없다고 하지 않았어?"

"그게 말야~. 그 용 같은 녀석이 살고 있던 계곡을 지나가는 길이 있대. 마차는 무리지만 경사도 완만하니까 그 간도보다는 훨씬 낫지 않겠나 싶어서."

릴리오의 이야기를 들은 기사 헨스는 그대로 모두를 이끌고 계곡에 돌격할 기세였지만, 그의 종자가 잘 말려서 우선 정찰 부대를 보내 조사하는 걸로 이야기가 정리됐다.

어째선지 모두의 시선이 이쪽으로 향했다.

─불길한 예감이 들어요.

기사 헨스가 한 번 헛기침을 하더니 명령을 내렸다.

"그러면, 계곡의 조사는 제나 분대에 맡긴다."

물론 우리들에게 거부권은 없었다. 우리들은 즉시 임무를 받아들이고, 조사의 준비를 시작했다.

다음날, 우리들은 릴리오의 옛 남자 친구인 존 씨에게 간도 이야기를 듣기 위해 서민가에 있는 커다란 식당으로 갔다.

"존!"

"─어제 그 얘기 말이지? 이쪽으로 와."

우리들은 존 씨의 안내를 받아 식당 안쪽에 있는 개인실에서 간도에 대한 자세한 이야기를 들었다.

"그러면, 가는 길에서 문제가 되는 장소는 하피가 살고 있는 메마른 계곡과 슬라임이 솟는 바위들이군요?"

"그래. 그 밖에도 마물이 나오는 장소는 많지만, 릴리오한테 들은 당신들 전력이라면 그 두 군데를 잘 통과하면 아룡이 주인이던 계곡까지 갈 수 있을 거야."

세류 시에서 가져온 젯츠 백작령의 지도를 펼치고 존 씨의 이야기를 확인했다.

대강 그린 지도지만, 가야 할 방향과 눈에 띄는 지형에 대해서 적었다.

"우와~ 존 군이 하렘하고 있어."

"엑, 미토."

개인실에 음료를 가져다 준 검은 머리칼의 여급이 가벼운 느낌으로 존 씨를 놀렸다.

미토라고 불린 여성이 희색을 지은 표정으로 존 씨의 볼을 손가락으로 찔렀다.

존 씨와 같은 검은 머리고, 생김새를 보니까 동향 사람인가 보다.

그 모습을 본 릴리오가 기분 틀어진 느낌이 됐다.

"뭐야? 아는 사이?"

어쩌면 수라장이라는 걸까요?

"오오, 수라장이다."

"자, 잠깐, 루우도 참!"

"그렇군요. 저것은 남녀 관계라기보다는 남매 같은 느낌이에요."

남녀의 관계에 민감한 이오나 씨가 그렇게 말했으니 분명히 그런 거겠지.

정말로 수라장이라고 생각해서 두근거리고 말았다.

"이 녀석은 미토라고 하는데, 겉모습만 젊은 할망구야."

"너무해~. 영원한 스무 살이라고 했잖아? 말귀를 못 알아듣는 애는 혼내줘야지?"

"그 말투가 할망구 같단 말이다."

"콰~앙."

"입으로 효과음 내지 마."

하지만 저는 두 사람이 알콩달콩하는 걸로 보여요.

릴리오도 같은 식으로 생각했는지, 기분이 틀어진 느낌이다.

나는 어떻게 해야 할지를 몰라서 도움을 바라며 이오나 씨를 보았지만, 그녀는 상황을 즐기고 있는 모양이라 의지할 수가 없었다.

루우는 처음부터 구경꾼이 될 생각이 가득하고······.

"어떻게 아는 사이야?"

"유적에서 주웠다."

"유적? 탐색자야?"

"옛~날에는 그랬지. 탐색자를 했던 시기도 있었어."

보통 사람이 아닌 느낌은 들지만, 거친 탐색자로 보이지는 않았다.

"혹시 새로운 여친이야?"

"그럴 리 없잖아. 나는 할망구 취미는 없어."

"너무해~. 나도 이런 건방지기 짝이 없는 꼬맹이 님한테 연애감정을 품을 정도로 남자한테 굶주리지 않았어."

"흐, 흐응. 그러면, 믿어줄게."

서로 연애감정이 없다고 두 사람이 단언하자, 릴리오의 태도가 부드러워졌다.

─다행이야.

안도한 나는 방의 문이 열린 채 금발의 예쁜 소녀가 들여다보고 있는 것을 깨달았다.

"존의 전여친이 있다고 보고합니다."

"아, 하치코다."

소녀를 발견한 미토가 말을 걸었다.

"으엑, No.8. 땡땡이치지 말고 일하러 돌아가!"

"땡땡이치는 건 존과 미토도 마찬가지라고 고합니다."

별난 방식으로 이야기하는 소녀─ 생각났다!

렛세우 백작령에서 마족이 조종하는 마물의 무리에서 구해줬을 때 존과 함께 있던 소녀.

얼굴은 안 보였지만, 그녀들의 예쁜 금발과 별난 말투는 기억하고 있었다.

그렇다면─.

"왜 그래?"

내 시선을 깨달은 미토 씨가 유쾌한 눈동자로 이쪽을 보았다.

─그녀의 정체는 중급 마족을 혼자서 쓰러뜨린 검은 머리칼의 마법사가 아닐까?

하지만 릴리오나 존 씨랑 대화하는 너무나 평범한 모습과, 왕 조님처럼 보일 정도의 마법을 행사하는 초연한 모습이 잘 일치되지 않았다.

그때 댕기머리를 포니테일로 한 금발 여성이 찾아왔다.

방금 전 하치코라고 불린 여성과 같은 얼굴이었다.

"미토, No.8! 얼른 일하러 돌아가라! 점장이 화를 낸다!"

"시급 감소는 싫다고 애원합니다."

"우와~ 위험해~."

고양이처럼 소녀의 목덜미를 붙잡은 금발 여성이, 소녀와 미토 씨를 가게로 연행했다.

"정말이지. 그러면 경로를 마저 가르쳐줄게."

"앗, 네. 부탁드려요."

미토 씨에 대해 물어보고 싶었지만, 여기에 온 본론을 내팽개치고 물어볼 수는 없었다.

우리는 존 씨에게 들은 정보를 지도에 적었다.

"가능하면 존 씨에게 길 안내를 부탁하고 싶은데요—."

"나 혼자라면 어떤 장소든지 잠입할 수 있지만, 다른 녀석이랑 같이 가면 제 실력을 낼 수가 없어. 전투력은 당신들 발치에도 못 미치니까. 거추장스럽기만 할 테니 따라갈 생각은 없어."

"어? 너 굉장히 강했잖아."

"아~ 그건 그때 한정으로 강화 마법이 걸린 덕분이야. 본래는 하피 한 마리에도 도망쳐 다니는 약병(弱兵)이라고, 나는."

강화 마법에 대해서 릴리오가 물어봤지만, 그는 그 이야기나 미토 씨에 대한 자세한 이야기는 하기 싫은 모양이었다.

존 씨 일행은 당분간 노잣돈을 벌기 위해 이 식당에서 일을 한다고 하니까, 나중에 다시 미토 씨 일행이 한가한 시간에 실례하기로 하고 우리들은 물러났다.

◆

"굉장한 장소군요."

우리들은 땅에서 이상한 증기가 나오는 계곡을 나아갔다.

메마른 계곡이라는 통칭이 가리키는 것처럼 나무들이 말라 죽었고, 으스스한 분위기를 만들고 있었다.

증기가 만든 안개 탓에 먼 경치가 흐릿해서 시야가 나쁘다. 주의를 게을리 하면 마물에게 기습을 받을 것 같았다.

이곳의 증기는 단시간이라면 괜찮지만, 장시간 들이쉬면 몸에 나쁘다고 했다.

이오나 씨가 방심하지 않고 안개 너머를 둘러보았다.

"이제 슬슬 하피가 나올 것 같군요."

"응, 정찰하고 올까?"

릴리오를 선행시킬지 잠시 조용히 생각했다.

하지만 생각하는 게 조금 늦은 모양이다.

그림자 하나가 머리 위를 지나쳤다.

모습은 안 보였지만, 존 씨의 정보에 따르면 하피일 가능성이 높았다.

"대공 방어 진형! 릴리오는 주변 탐색. 이오나 씨, 다음 지휘를 맡길게요."

나는 음파 방어의 주문을 외기 시작했다.

하피가 무서운 것은 매료나 수면을 유도하는 노랫소리.

그것만 막으면. 그 다음은 릴리오가 쏴서 떨어뜨릴 거다.

"지휘를 이어받습니다."

이오나 씨가 대검을 뽑았다.

"아까 그 그림자는 하피일 가능성이 높아요. 릴리오, 쇠뇌의 화살은 앞으로 얼마나 남았죠?"

"미안. 여기까지 오는 동안 마물한테 너무 써서 일곱 발밖에 안 남았어."

"적은 아마도 하나뿐이에요. 그만큼 있으면 충분하겠죠."

나도 이오나 씨의 예상에 작게 수긍했다. 분명히 릴리오의 실력이면 일곱 발 있으면 여유다.

하지만 아까 그 그림자가 하피라면, 나는 방식이 좀 이상했다.

마치 무언가에 쫓기는 것 같았다.

그게 조금 신경 쓰였다.

"……■ ■ ■ ■ 방음막."

이걸로 준비는 다 됐을까?

나는 이 틈에 명상에 들어가서 마력 회복에 전념했다.

만약 내 상상이 맞다면 마력을 최대까지 회복시켜두는 편이 좋다.

방음막에 막혀서 들리지 않지만, 하피가 뭔가 외치면서 숲 위에서 공격해왔다.

"핫하! 이 정도 커다란 과녁이면 눈 감고도 맞출 수 있어!"

릴리오가 쏜 화살이 하피의 날개 뿌리 부분에 명중하여, 비행하지 못하게 된 하피가 땅으로 추락했다.

"루우는 제나 씨 가드를!"

"그래! 맡겨둬."

땅에 떨어진 하피의 머리를 이오나 씨의 대검이 가차 없이 쳐부수었다.

릴리오도 소검을 뽑았지만 나설 차례는 없었다.

우리들이 어깨의 힘을 풀었을 때, 안개에 가라앉은 메마른 나무들이 흔들렸다.

"뭔가— 온다."

맨 먼저 릴리오가 경고했다.

우리들의 시선 끝에서, 마른 나무를 쓰러뜨리며 하피를 좇던 생물이 메마른 계곡의 나무들 사이에서 고개를 내밀었다.

뿔이 난 가는 도마뱀 같은 모습에, 와이번 같은 날개.

우리들, 세류 시에 사는 사람이 가장 두려워하는 존재.

최강의 생물— 용.^{드래곤}

용, 그것은 사람은 결코 이길 수 없는 상대다.

왕도의 성기사단을 동원해서도 쫓아내는 게 고작.

몸의 크기를 봐서 하급룡이겠지만, 그런 분류 따위 아무 의미도 없다.

싸우면 반드시 진다. ―아니, 그러긴커녕 제대로 싸우지도 못하고 일방적으로 유린당해 버린다.

그것이 안개 속에서 유유히 모습을 드러내고 우리들을 내려다보았다.

그저 그것만으로도, 우리들은 숨쉬는 것도 잊고 몸이 움츠러들어 행동할 수 없었다.

시간을 따져보면 아주 짧았겠지만, 내게는 지금까지 살아온 인생보다 길게 느껴졌다.

우리들에게 흥미를 잃었는지, 용이 시선을 옮겨 시체가 된 하피를 시시한 기색으로 본 다음에 다시 안개 쪽으로 고개를 돌렸다.

안도감에 다리에 힘이 풀릴 것 같았지만, 미약한 소리로 용의 주의를 끌어버릴지도 모른다. 나는 이를 악물고 버텼다.

용이 몸의 방향을 바꾸고자 했다. 그때―.

새로운 난입자가 나타났다.

『이야, 이야! 내가 바로! 시가 왕국에 모르는 사람이 없다고 칭송 받는, 시가8검의 제4석「질풍」의 토렐! 지금 여기서 용에게 정정당당한 승부를 청하노라!』

그는 와이번을 타고 상공을 선회하면서, 용에게 자기소개를 시작했다.

와이번에 탄 토렐 경의 손은 마상용 랜스보다도 긴 마법의 무기를 쥐고 있었다.

아무리 시가 왕국 최강의 검사 집단인 시가8검이라도, 상대가 너무 나쁘다.

그야말로 세류 시의 미궁에 나타난 상급 마족과 혼자서 싸우는 거나 마찬가지다. 그때도 은가면의 용사님이 나타나지 않았다면, 우리들은 누구 한 사람 살아남지 못했을 게 틀림없다.

—GROROU.

용이 한순간 힘을 모으더니, 도움닫기도 없이 하늘로 날아올랐다.

날아올랐을 때 보인 용의 눈이 장난꾸러기처럼 빛나는 것으로 보인 건 분명히 기분 탓이리라.

"어이, 릴리오! 이 틈에 도망친다. 그쪽 분대장 씨도 얼른!"

뒤에서 누가 팔을 붙잡아 끌었다.

놀라서 돌아보자 가죽 갑옷 차림의 존 씨가 있었다.

뒤에는 미토라고 불리던 여성이 「잠깐 장보러 나왔어」라고 할 것처럼 평상복으로 서 있었다.

눈이 마주친 나에게 미토 씨가 작게 손을 흔들었다.

아무리 그래도 발은 여행용 부츠를 신었지만, 이런 장소까지 저런 모습으로 용케 왔다.

"어이, 분대장 아가씨?!"

의문스레 묻는 존 씨의 말에 제정신을 차리고, 모두에게 지시를 내렸다.

"그랬죠, 전원 대피! 바위 뒤로!"

상공에서는 용이 토렐 경을 가지고 노는 것처럼 싸우고 있었다. 마치 쥐를 가지고 노는 고양이처럼.

그 틈에 우리는 존 씨의 선도를 따라서, 메마른 계곡의 암벽에 생긴 균열로 대피할 수 있었다.

"정말이지. 전에 왔을 때는 용 같은 거 없었거든?"

"어머? 드래곤이 있다는 소문이라면 도시 전체에 퍼져 있었잖아."

"그건 고갯길 위에 있던 굴 좋아하는 아룡이야."

"그러니까~ 고갯길 위의 아룡을 쫓아낸 존재를 예상해야지."

눈앞에서 존 씨와 미토 씨가 경쾌하게 대화하고 있지만, 그 대화에 참가할 수 있을 정도로 마음이 회복되지 않았다.

실제로 릴리오도 두 사람의 대화를 불쾌한 기색으로 바라보기만 했지, 참가할 기색이 없을 정도였다.

"아앗!"

바깥을 살핀 루우가 하늘을 가리키면서 외쳤다.

가리킨 곳에서는 술래잡기에 질린 용이 와이번을 후려쳐 땅에 떨어뜨린 참이었다.

추락한 와이번이 메마른 나무를 쓰러뜨리면서 이쪽을 향해 굴러왔다.

"야야, 이쪽으로 오지 마!"

"어머나, 불쌍해라. 저 와이번 이제 못 날 것 같은데?"

미토 씨 말처럼, 와이번은 한쪽 날개를 지탱하는 팔이 중간 정도에서 부러진 지독한 상태였다.

고위의 치유 마법이라도 걸지 않는 한, 이제 날 수 없을 거야.

"오오, 저 아저씨는 살아 있어."

존 씨가 와이번 쪽을 보며 말했다.

와이번이 추락한 충격을 흡수해줬는지, 등에서 튕겨나간 토렐 경은 피를 흘리고 있지만 단단히 땅을 디디고 장창을 겨누었다.

『용이여! 내 인생을 모두 이 창에 건다! 전사들이여, 내 무훈을 이야기하거라!』

토렐 경의 장창이 빨간 빛을 띠면서, 끝 부분에 빛으로 만들어진 칼날이 생겼다.

저건, 혹시—.

"마인이네."

"저게……."

미토 씨의 말을 듣고서, 존 씨가 숨을 삼키며 침묵했다.

마인이라고 하면, 세류 백작령에서도 3명밖에 쓰는 사람이 없는 전설적인 기술이다.

『그럼! 간다! 마인 천공(穿孔)격!』

대포의 탄환처럼 날아간 토렐 경이 장창을 겨누고 용에게 돌격했다.

그가 디딘 땅이 푹 패이고, 흙먼지가 뒤로 퍼졌다.

붉은 잔광을 하얀 안개에 남기면서, 장창이 용에게 빨려 들어가는 것처럼 돌격한다.

저거라면 용의 비늘도 꿰뚫을 게 틀림없다.

창의 날 끝이 용의 표면에서 격렬한 불꽃을 튀겼다.

—거짓말.

창의 칼날은 비늘에 닿지도 못했다.

어느샌가 용의 비늘 앞에 나타난, 사슬 갑옷 같은 빛의 방어막에 막히고 말았다.

『아직 멀었다—!』

토렐 경의 열화 같은 기합에 호응하여 장창의 표면을 뒤덮은 마인의 붉은 빛이 비틀리는 것처럼 끝에 모이더니, 용의 방어막에 미약하게나마 균열을 넣었다.

"아저씨, 굉장한데!"

"할아버지, 제법이네."

존 씨 옆에서 미토 씨가 작게 짝짝짝 박수를 쳤다.

어째서 이 사람은 이렇게 태평할 수 있을까?

그녀가 그때 그 마법사라고 해도, 중급 마족과 하급룡을 비교하면 후자가 명백하게 강하다.

게다가, 지금 여기에는 그녀를 지키는 마법전사들이 없으니까.

—GROUUU?

용이 고개를 갸웃거리고, 자기 비늘에서 멎은 장창을 날벌레를 쳐내는 것처럼 처리해 버렸다.

갑자기 자신의 손에서 사라진 장창에 한순간 주의가 틀어진 토렐 경을, 용의 손이 튕겨내 버렸다. 토렐 경은 아까 그 와이번과 마찬가지로 땅을 굴러서 정신을 못 차리고 있었다.

그는 레벨 50에 가까운 초상의 기사일 텐데, 그런 그를 이렇게까지 아이 취급하다니…….

용은 토렐 경에게 다가가 손가락으로 찔러 반응을 확인했다.

"제나땅은 치유 마법 쓸 수 있어?"

"앗, 네. 간단한 거라면……."

미토 씨의 별난 호칭이 신경 쓰이지만, 지금은 그런 것을 물어볼 상황이 아니었다.

"상급인 『치유의 선풍^{큐어 스트림}』같은 건?"

"죄송해요. 중급의 하위까지밖에……."

"그래, 그럼 복합 골절 치료는 무리네."

미토 씨는 내 말에 낙담하는 기색도 없이 잠시 생각한 다음에, 밝은 미소로 예상 밖의 말을 하며 걸어 나갔다.

"그러면, 하는 수 없지. 다들 여기 숨어 있어."

"야, 미토 할망구. 다 늙어서 찬물은―."

"그런 나쁜 말은 이 입으로 했나~?"

"―젊고 어여쁜 누나, 실언이었습니다."

숨어 있는 곳에서 태평하게 나서는 미토 씨 뒤를 존 씨가 따라가고자 했지만, 릴리오가 황급히 그의 팔을 끌어안아 말렸다.

나도 작은 소리로 미토 씨를 말렸지만, 그녀는 웃으면서 「괜찮으니까 보고 있어」라고 말해 버렸다.

"거기 드래곤 군. 시합 종료랍니다~. 할아버지는 이제 못 싸우니까, 후지산 산맥으로 돌아가 주지 않을래?"

―ZUGOOOUN.

"어머나, 역시 안 돼?"

그녀는 옆에 나타난 「보물 창고」 스킬 같은 검은 구멍에서, 봉 같은 지팡이를 하나 꺼냈다.

저 지팡이는 본 기억이 있었다.

틀림없다. 역시 그녀는 중급 마족을 멸한 그 마법사다.

"하는 수 없네. 그러면, 제2라운드 상대를 해줄게."

그녀 주위에 술리 마법으로 만드는 투명한 칼날이나 판 같은 것이 나타났다.

그것들은 그녀를 지키는 방패처럼, 그리고 외적을 제거하는 창처럼 주위에 떠올라 생물처럼 그녀의 움직임을 따랐다.

마치, 왕조님의 전설에 나오는 공방일체의 상급 마법 같았— 마법? 그리고 보니 주문은 언제 영창했지?

"조금 떨어진다!"

미토 씨가 뿜어낸 술리 마법 계통의 투명한 포탄의 비가 용의 표면에 맞아 터졌다.

아까 토렐 경의 싸움에서는 우뚝 서 있던 용도 이 공격은 아팠는지 황급히 하늘로 도망쳤다.

—용이 도망쳐?

있을 수 없는 상황에 놀라움을 감출 수 없었다.

"그럼, 잠깐 다녀올게."

그녀는 보이지 않는 발판이 있는 것처럼, 공중을 도약해서 상공의 용과 싸우러 갔다. 사토 씨보다도 몸이 가벼운 사람은 처음 봤어.

미토 씨와 용의 싸움은 메마른 계곡의 안개 너머에서 펼쳐지고 있어서 자세히는 알 수 없었다.

하지만 때때로 들리는 용의 비명이나 즐거워 보이는 웃음소리를 들어보니 일방적인 싸움이 틀림없었다.

만약 남에게 이 이야기를 들었다면, 분명히 헛소문이라고 생각하며 믿지 않았을 것이다.

토렐 경의 응급처치가 끝날 무렵에, 메마른 계곡 너머로 전장이 옮겨졌는지 이 근처는 조용해졌다.

"있지, 정말로 저 사람 정체가 뭐야?"

"그러니까 나도 몰라. 유적 지하에 있는 숨겨진 문 안쪽에서 잠들어 있었어."

"유적 안쪽에서 살고 있었던 걸까요?"

"그건 아니겠지."

"그런 것보다, 조금 조용히 해줄 수 없을까요?"

이오나 씨의 말에 입을 다물고 귀를 기울이자, 안개 너머에서 날갯짓하는 소리가 들렸다.

역시 마지막에는 용이 이겨버린 걸까요?

"야~호, 끝났어."

용의 등에서 손을 흔드는 미토 씨의 모습이 나타났다. 반대쪽 손에는 마법으로 만들어진 희미하게 빛나는 사슬을 쥐고 있었다.

그리고 그 사슬은 말의 고삐처럼 용의 입에서 뻗어 있었다.

"나는 얘를 후지산 산맥의 텐짱한테 돌려보내러 갈 거니까, 여기서 작별이야. 존 군, 짧은 시간이었지만 즐거웠어! 만약 나를 보고 싶으면 왕도의 서민가를 찾아보면 아마 있을 거야."

"보고 싶을 일 없어! 그보다, 나도 데리고 가라!"

"미안해. 천룡의 성역은 다른 사람을 데리고 갈 수가 없어.

내 몫의 급료는 하치코랑 다른 애들이랑 같이 확 써버려. 그러면, 또 봐."

미토 씨는 그렇게 말하고 커다랗게 손을 흔들더니, 용을 몰아서 하늘 너머로 날아가 버렸다.

그 모습은 건국 이야기에 나오는 왕조님 같았다.

◆

우리는 탐색을 중단하고, 존 씨와 함께 토렐 경을 파우까지 옮기기로 했다.

망토와 말라 죽은 나무로 만든 들것에 실어서 옮기는 건 다섯 명이서도 꽤 힘들었다.

"미안하군, 세류 백작령의 젊은이들."

가도로 빠져나올 무렵, 토렐 경이 의식을 되찾았다.

"의식이 돌아오셨나요?"

상처가 원인이 된 열이 남아있는지, 그 열에 취한 듯 띄엄띄엄 용에게 도전한 이유를 가르쳐 주었다.

그는 고령을 이유로 시가8검을 물러나고자 하여, 용퇴에 걸맞은 상대를 찾고 있었다고 한다. 그 때, 용의 소문을 듣고 이거야말로 은퇴 전의 마지막 싸움에 걸맞다고 생각했던 모양이다.

물론 고갯길에 있던 건 땅에 머무르는 아롱이었기 때문에, 젯츠 백작에게 보고한 다음 왕도에서 원군을 부탁하고 그대로 상공에서 아롱의 동향을 감시했다고 한다.

그리고 그 감시를 하다가 변덕스레 날고 있는 용을 발견하고 도전하러 온 것이었다.

"할아버지. 정말로 용을 이길 수 있다고 생각했어?"

"그렇게까지 우쭐해지진 않았다."

존 씨가 버릇없게 질문했지만, 토렐 경은 기분 상한 기색도 없이 대답했다.

"─죽다가 살아나 버렸군."

토렐 경이 그렇게 중얼거리고 하늘 너머를 바라보았다.

분명히 죽어 버린 와이번의 명복을 빌고 있는 걸 거야.

그 뒤로는 대화도 없이, 파우의 수호에게 그의 신병을 맡겼다.

중단된 간도 수색은 재개하는 일 없이 끝났다.

며칠 뒤에 아룡이 토벌되었기 때문이다.

"가도가 개통됐어요?"

"그래, 아룡은 왕국 기사단과 시가8검 헤임 경이 쓰러뜨렸다고 한다."

이렇게 용 소동도 끝나고, 전에 도와준 마을에서 인연이 생긴 상인이 수배해줘서 식량을 조달한 우리는 또 다시 미궁도시로 가는 여로에 돌아갈 수 있었다.

릴리오와 존 씨 사이에 무슨 일이 있었는지는 안 물었다.

다만, 딱 한 번. 릴리오의 분풀이 술자리에 어울려줬다.

그리고─.

"커다란 석상이네."

“루우, 저건 골렘입니다.”

눈앞에 있는 정문의 좌우에 선 거대한 골렘 둘이 문지기처럼 노려보고 있었다.

여기가, 미궁도시 세리빌라.

만감이 교차하는 심정으로 미궁도시를 바라보았다.

우리는 드디어 도착했다.

금방 만나러 갈게요, 사토 씨!

■작가 후기

안녕하세요? 아이나나 히로입니다.

이번에「데스마치에서 시작되는 이세계 광상곡」제 13권을 집어주셔서 정말로 감사합니다!

방영중인 애니판 데스마치도 즐기고 계시는 걸까요?

이번에도 페이지가 적어서, 본작의 볼거리를 짤막하게 논하겠습니다.

지난 권에서 재수행을 마친 동료들은 드디어 당면의 목표인「계층의 주인」으로 한 걸음 나아갑니다. 그리고, 거기서 그들은 예상도 못했던 상대와 만나게 되는 겁니다.

과거에 없었던 강적을 상대로, 사토는 봉인하고 있던 최강 마법을 해방하게 되는데…….

물론, 배틀 뿐 아니라 온천이나 연회를 즐기는 따끈따끈한 장면도 듬뿍 가필했으니 기대해 주세요!

그러면 늘 하는 인사를! 담당 A 씨와 I 씨, 그리고 Shri 씨, 그밖에 이 책의 출판이나 유통, 판매, 미디어믹스에 연관된 모든 분께 감사를!

그리고 독자 여러분. 본 작품을 마지막까지 읽어주셔서, 정말 감사합니다!

그러면 다음 권, 재회편에서 만나요!

아이나나 히로

■역자 후기

안녕하세요? 불초 역자입니다.

역자가 후기를 작성하고 있는 현재는 본작인 「데스마치에서 시작되는 이세계 광상곡」이 아니라 역자가 담당한 다른 작품의 애니가 방영중입니다. 참으로 복잡미묘하군요. 하하하.

이번에도 후기가 짧아지므로, 어디 작업환경에 대한 투정을 좀 부려보겠습니다.

한국 힙합……이 아니라 발 받침 제조 회사 망해라!(계획대로 되고 있나?)

짐작이 가시겠지만 역자라는 게 하루 종일 타이핑을 하는 직업이다보니 책상과 의자가 참 중요합니다. 그리고 거기에 더해서 또 중요한 것이 바로 의자에 앉았을 때 발을 딱! 지탱해주는 발 받침이죠!

……근데 맘에 드는 게 하나도 없어요.

젠장. 만드는 당신들은 그렇게 다리가 길어? 왜 그렇게 높이가 낮아서 책상 높이에 맞춰서 앉으면 다리가 안 닿느냐 말이야. 솔직히 말해봐. 맨날 키높이 신발 신고 일하는 환경이지? 나처럼 당당하게 맨발로 일해볼 생각 없는가! 거기다 길이는 왜 이렇게 짧아. 솔직히 남자들이라면 다들 일할 때만이라도 편하게! 쩍벌을 하고 싶잖아! 길이도 좀 늘려달란 말이야⋯⋯.

결국 맘에 드는 제품을 찾지 못한 역자는 아예 발 받침 자작을 해버릴까 생각중입니다. 그 욕실이나 현관용 나무 깔판을 좀 자르고 테이블 다리를 길이 맞춰서 붙이면 될 것 같단 말이죠. 잘 되면 좋겠습니다.

후기 끄읕!

데스마치에서 시작되는 이세계 광상곡 13

초판 1쇄 발행 2018년 12월 10일

지은이_ Hiro Ainana
일러스트_ shri
옮긴이_ 박경용

발행인_ 신현호
편집부장_ 김은주
편집진행_ 최은진 · 김기준 · 김승신 · 원현선 · 권세라
편집디자인_ 양우연
국제업무_ 정아라 · 김태환
관리 · 영업_ 김민원 · 조인희

펴낸곳_ (주)디앤씨미디어
등록_ 2002년 4월 25일 제20-260호
주소_ 서울시 구로구 디지털로 26길 111 JnK디지털타워 503호
전화_ 02-333-2513(대표)
팩시밀리_ 02-333-2514
이메일_ lnovelpiya@naver.com
ㄴ노벨 공식 카페_ http://cafe.naver.com/lnovel11

DEATH MARCHING TO THE PARALLEL WORLD RHAPSODY Vol.13
ⓒHiro Ainana,shri 2018
First published in Japan in 2018 by KADOKAWA CORPORATION, Tokyo.
Korean translation rights arranged with KADOKAWA CORPORATION, Tokyo.

ISBN 979-11-278-4790-6 04830
ISBN 979-11-278-4247-5 (세트)

값 9,000원

저 어리석은 자에게도 각광을! 1~2권

히루쿠마 지음 | 유우키 하구레 일러스트 | 이승원 옮김

「돈도 없고, 여자도 없어!」
풋내기 모험가의 마을 액셀의 (자칭) 지배자인
양아치 모험가 더스트는 주머니 사정이 신통찮았다.
신참 모험가 카즈마 일행이 착착 명성을 쌓아가는 가운데—
더스트는 자작극 사기에 도난품 매매,
귀족 영애를 뜯어먹으려고 획책하는 등,
오늘도 액셀 마을에서 돈벌이에 힘썼다!
그런 와중에 나리라 부르며 따르는 대악마 바닐에게서
「재미있는 미래가 찾아올 것이다」라는 불길한 예언을 듣는데?!

더스트 시점에서 그려지는 조금 음란한 외전이 새롭게 시작!

발할라의 저녁 식사 1~4권

미카가미 카즈토시 지음 | fal maro 일러스트 | 이신 옮김

신계의 부엌 『발할라 키친』의 저녁 준비 시간은 언제나 매우 바쁘다!
말할 수 있는 멧돼지인 나, 세이는 주신 오딘 님의 지명을 받아
이곳의 식사 준비에 도움을 주러 왔어.
──『요리되는 쪽』으로서!
아니, 확실히 내가 『하루 한 번 되살아난다』는
신기한 능력을 갖고 있기는 하지만,
그렇다고 해서 『매일 죽어서 밥이 되어라』라니 너무하지 않아?!
······뭐, 그 덕분에 아름답고 귀여운 발키리 브룬힐데 님 곁에 있을 수 있으니까
모든 게 다 괴로운 건 아니지만 말이지······.
응? 어라? 신계 No.2 로키 님이 어째서 이곳에?
어? 신계에 위기가 찾아왔으니 함께 가자고?!
아니, 나는 평범한 멧돼지인데요으아아아아아아─!

제22회 전격 소설 대상 《금상》수상작!
신들의 부엌을 무대로 펼쳐지는 『부드러운 신화』판타지!

라이트노벨의 새로운 빛! ㄴ노벨의 신간은 매월 10일에 발매됩니다. http://cafe.naver.com/lnovel11

흔해빠진 직업으로 세계최강 1~8권

시라코메 료 지음 | 타카야Ki 일러스트 | 김장준 옮김

『왕따』를 당하던 나구모 하지메는 같은 반 아이들과 함께 이세계로 소환된다.
차례차례 사기적인 전투 능력을 발현하는 반 아이들과는 달리
연성사라는 평범한 능력을 손에 넣은 하지메.
이세계에서도 최약인 그는 어떤 반 아이의 악의 탓에
미궁의 나락으로 떨어지고 마는데―?!
탈출 방법을 찾을 수 없는 절망의 늪에서
연성사로 최강에 이르는 길을 발견한 하지메는
흡혈귀 유에와 운명적인 만남을 이루고―.
"내가 유에를, 유에가 나를 지킨다. 그럼 최강이야. 전부 쓰러뜨리고 세계를 뛰어넘자."

**나락으로 떨어진 소년과 가장 깊은 곳에 잠들었던 흡혈귀가 펼치는
『최강』 이세계 판타지 개막!**

검사를 목표로 입학했는데
마법 적성 9999라고요?! 1~4권

넨쥬무기챠타로 지음 | 리이츄 일러스트 | 김보미 옮김

"하지만 전 전사학과에서 검사가 되고 싶어요!"

일류 검사를 꿈꾸는 소녀 로라는 불과 아홉 살에 모험가 학교에 합격하고,

「검사 친구가 많이 생겼으면 좋겠다」는 기대에 부푼다.

그리고 다가온 입학식 날.

로라는 보통 학생이 50~60점이 나오는 검 적성치 측정에서

경이로운 107점을 기록하며 검의 천재가 되지만

하는 김에 마법 적성치도 측정한 결과…… 무려 『전 속성 9999』!!

전대미문의 압도적인 수치에 학교 전체가 술렁이고 마법학과로 즉시 전과 결정♪

검사가 되고 싶은 바람과는 반대로 로라는 천재 마법사로 쑥쑥 커가고

순식간에 마법학과의 어느 선생님보다도 강해지는데…….

마법 재능이 지나치게 풍부한 아홉 살 소녀의 통쾌한 판타지!!